暗恋或许，本就不

高兴的事情。凡事沾上悸动这种词的，似乎总是甜里含着苦，没有尽头的苦。苦似乎不会尽，甘好像也不会来。大概这就是属于胆小鬼的结局，成为唯一的秘密。

陈喃的秘密：

“7，一切平安。”

“7，万事顺意。”

“7，毕业快乐。”

“7，祝你幸福。”

……

那不是数字7，是倒过来的L：凌运

有爱的青春陪伴者

我只偷看他一眼
枝玖
著
四川文艺出版社

图书在版编目（CIP）数据

我只偷看他一眼 / 枝玖著 . -- 成都 : 四川文艺出版社 , 2023.4（2024.5 重印）
ISBN 978-7-5411-6586-3

Ⅰ . ①我… Ⅱ . ①枝… Ⅲ . ①言情小说 – 中国 – 当代 Ⅳ . ① I247.5

中国国家版本馆 CIP 数据核字 (2023) 第 044143 号

WO ZHI TOUKAN TA YIYAN

我只偷看他一眼

枝玖 著

出品人　冯　静
责任编辑　陈雪媛
特约编辑　周丽萍
装帧设计　刘　艳　孙欣瑞
责任校对　段　敏

出版发行　四川文艺出版社（成都市锦江区三色路 238 号）
网　　址　www.scwys.com
电　　话　0731-89743446（发行部）　028-86361781（编辑部）

排　　版　长沙大鱼文化传媒有限公司
印　　刷　天津睿和印艺科技有限公司
成品尺寸　145mm × 210mm　开　本　32 开
印　　张　9.5　字　数　310 千字
版　　次　2023 年 4 月第一版　印　次　2024 年 5 月第三次印刷
书　　号　ISBN 978-7-5411-6586-3
定　　价　42.80 元

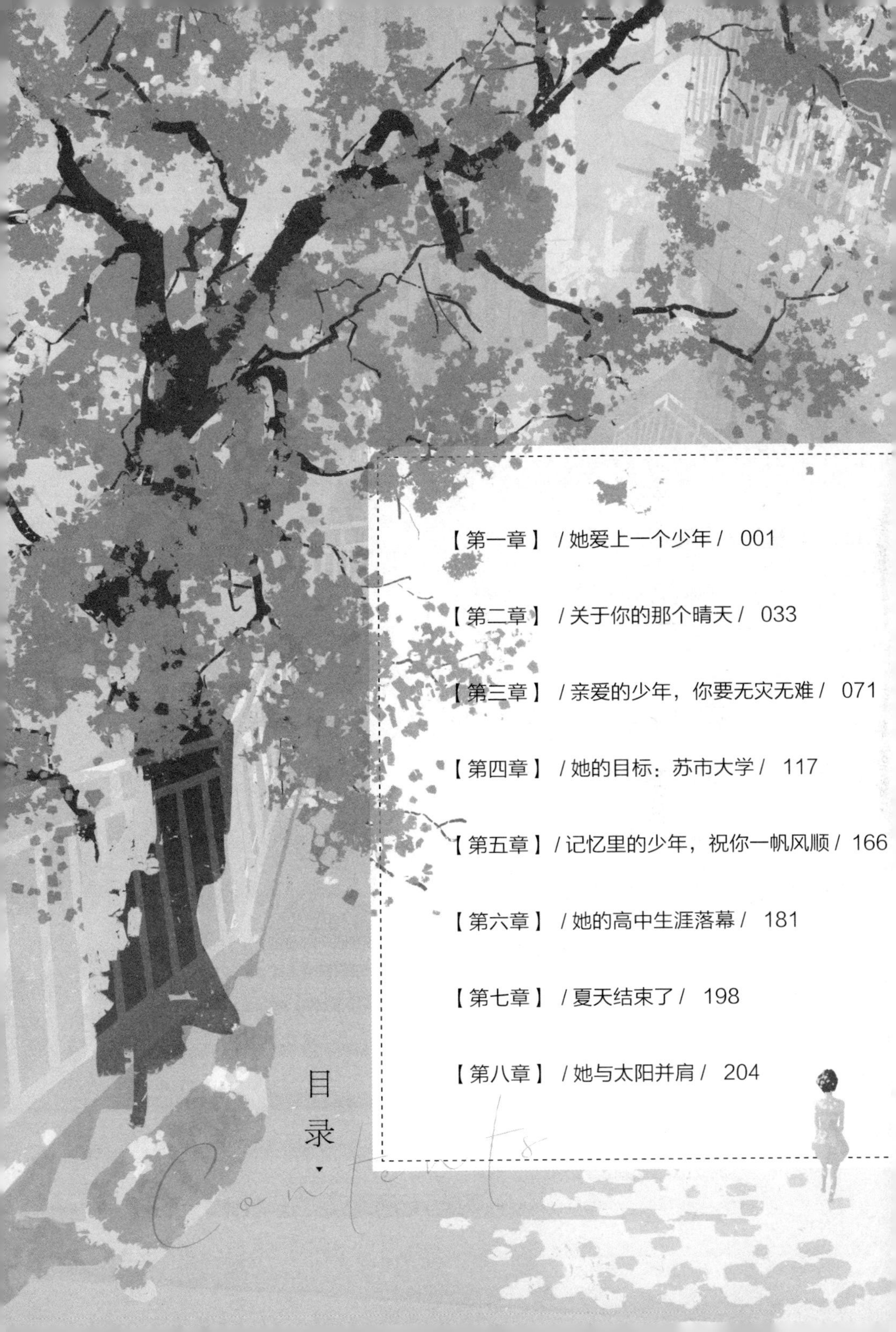

目录

目录

Contents

【第一章】

/ 她爱上一个少年 /

九月中旬，苏市的夏天即将逝去，迎来入秋。晚风不再燥热，阳光不再刺眼。

初秋的夜晚，天空像是一大片青蓝色的大海，无数颗碎星散落在夜空中，美得像一幅画。

陈喃打开窗户，坐在窗前，一个人静静地吹着带些凉意的秋风。

风拂过脸颊，吹乱她的发梢。

又一个夏天热烈地落幕，随着毕业季的结束，大家进入一个新的阶段，认识新的人，发生新的故事。

每当这个时候，陈喃都会老气横秋地想起很多过去的事情。

她总会时不时地想起，那个十八岁胆怯、自卑的自己，那段仅有一次的青春。

想起苏市一中的那几棵枫树，今年秋天一定又会变得红艳漂亮，如同一团火焰般被吹动，也和那个人一样，热烈地跃动在那段青春里。

陈喃回过神，看了眼手机上的消息。

突然，手机上方跳出了一个帖子——你和学生时代暗恋的对象，现在怎么样了？

她有点好奇，顺手就点了进去，评论里有各种结局。

暗恋的人恋爱了，没后来了。

暗恋不下去告白了，被拒绝了。

在一起了！家人们！我快乐！

……

“暗恋对象……”陈喃看着手机上的标题发愣，脑海里闪过一个模糊的身影。她眨了眨眼，犹豫了会儿，最后匿名发了一条评论。

匿名评论：毕业好多年了，没告白，也没有后续，整个高中时代，他好像都不认识我。

发完评论后，陈喃又刷了会儿评论区，发现原来自己是最惨的那个。

暗恋的结局，有人在一起了，有人告白失败了。

好像只有她，从头到尾，暗恋对象应该都没记住过自己。

她有些恍神，脑海里不断浮现那个模糊的背影。

这么多年了，想起他，她还是不争气地再次牵动了情愫，像是原本平静如死水的湖畔，被一颗小石子激起了波澜。

在这样寂静的一个夜晚，她的心却无法平静。

陈喃盯着窗外摇曳着的梧桐树好久，直到手机微信提示音响起，才回过神来。

“叮咚”一声，她被吓了一跳，才发现思绪已经飘远了。她打开手机看消息，发现是编辑疯狂催稿的信息后，整个人更蔫了。

许梦梦：陈小姐，你今年的新文稿到底什么时候交给我？

陈喃的编辑许梦梦，带出了无数金牌作家，唯独在她这儿遭遇了滑铁卢。

高中毕业后，陈喃走运地考上了苏大，踩着分数线进去的，读了中文系。

生活很平淡，大学四年过去，陈喃毕业工作，现在是一家电视台的记者，天天扛着机器跑来跑去报道各种事件。由于工作太忙，她身体也出了点问题。

手边大大小小的事情处理完后，她去看了医生，和领导请了个长假。在家休假闲得没事，就又重操旧业了。

这已经是陈喃写文的第五年了，从大二开始写文到现在，却一点起色都没有。

后来工作忙她就没再写过，正好趁着这一大段假期，练练手。

好在看在这多年的交情上，许梦梦还没放弃她，听她说要写新文，高兴都来不及。

只是她最近陷入瓶颈期，一个字都写不出来。她愣是盯着手机上的消息不敢回复，不用猜都知道许梦梦又会骂自己一顿。

她揉了揉太阳穴，有点后悔告诉许梦梦自己重操旧业了。

可许梦梦是真的觉得陈喃是个写文的好苗子。

想起许梦梦期待的目光，陈喃那些放弃的话只能又收了回去。

她叹了口气，切换手机后台回到那个帖子继续刷评论，想找些灵感。

等她点进帖子的时候，才发现自己主页后台显示“99+”，沦陷了。

陈喃刷着评论的手顿住，点进那个“99+”的红点才发现，原来是自己的那条评论火了。

不少人都在评论：

哎？姐妹，我被伤到了！为什么不勇敢点？

那你是不是也喜欢了他那么多年……

这是什么大BE(悲剧结尾)？到底是什么样的男人让咱们女孩子那么喜欢？

呜呜呜，我也是暗恋的人从来不认识我。

……

陈喃看着这些评论失神——那你是不是也喜欢了他那么多年?

这问题问得她想笑，是啊，到底是什么样的人让她那么难忘?

陈喃的脑子很乱，像是放电影一样，不停地闪过很多回忆画面。

这么多年，她也不止一次问过自己，当时为什么不勇敢点?

可是勇敢了，结局真的会不一样吗?

她低头垂眸，这个答案她始终无法回答。

而在手机那头的许梦梦因为等不到回答，不耐烦地拨打了陈喃的电话。

“喂，陈喃，我警告你，你别给我装死人听到没?你自己说要写文的，现在怎么一个字都不给我？”许梦梦一听电话接通，语气立马变得尖锐。

许梦梦和陈喃是在几年前认识的，两人一个大学的，陈喃是她学妹。

那个时候许梦梦还是个小编辑，很少有人愿意签在她手底下，只有陈喃毫不犹豫地和她签了合同。

“我相信你能带火我。”陈喃语气肯定，没有犹豫。

这么多年来，许梦梦带火了很多作者，可陈喃总是差些运气和契机。

工作后陈喃就再也不写文了，许梦梦起初因为陈喃不再写文而觉得惋惜，如今陈喃再提笔，她激动都来不及。

许梦梦看了眼手机屏幕，确定自己是拨通了的，但没听到声音。

“喂？陈喃说话！今天你必须给我个答复！”

“梦梦，我想写本书，关于暗恋的。”

陈喃突然开口说了句牛头不对马嘴的话，许梦梦还在气头上，听得诧异一瞬，没反应过来：“怎么突然要写暗恋文了？”

说起暗恋这件事，许梦梦是知道陈喃有一段暗恋故事的，但陈喃从未跟别人讲起。

这么多年来，陈喃走不出来，也不告诉别人，她身边人都不知道这件事情，许梦梦也是偶然知道的。

有一次陈喃在公司年会上喝酒了，好久不联系的两个人重新联系上——因为她酒后的一通电话。

那晚陈喃没说什么，就拿着电话，迷迷糊糊地说：“我想到他了。”声音哽咽。

陈喃坐在出租车上，将手机贴在耳边，拿着手机的手微微颤抖着。

电话里是风声和呜咽声。

她接着说，声音嘶哑：“可是见不到他了啊，再也见不到了。”

“见不到谁了？”许梦梦听得愣住。印象里，陈喃很少这样，两人刚认识的时候，陈喃是安静的、不爱说话的。后来陈喃参加了不少活动和比赛，性格慢慢开朗了很多，但也十分沉稳，很少这么失态。

“唔，一个耀眼的……优秀的、最好的人……我这一辈子都遇不到和他一样好的人了。”

声音缓缓变小，陈喃不再说话，靠在车窗边好似睡着了。

第二天，陈喃酒醒后给许梦梦打了个电话说了声抱歉，打扰到她了。

许梦梦后来没有提过这件事，陈喃也没有提起。

然后就没后续了。

但许梦梦知道，陈喃心里有个藏了很多年的人。

陈喃的这一番话，让许梦梦又想起了那个晚上、那个喝醉了酒伤怀的陈喃，与此时电话那头的她一模一样。

“就是想写了。”陈喃不知道许梦梦想了那么多，她开着免提通话，语气淡然，眼睛却紧紧地盯着那些评论。

其中有一条评论：好感同身受啊，想到好几年前因为他还写了本书，带着私心写了个好结局，还傻傻地说，写完这本书，我就不要喜欢他了……

看着这条评论，陈喃有些失神，她有的时候觉得，每个人的暗恋是不是多少都有些相似。她想到自己大学时期写的书，那些全是“L”姓的男主角，又何尝不是她的执念。

当时，她说着写完这本书就放下，结果又写了好多本书。

只是没写过一本真正属于自己的书，理由也挺简单的，没有哪本书的女主角，会自卑、懦弱，会不勇敢、不漂亮。

她当不了仲夏的骄阳。

在青春里，未必每个女生都是骄阳，也有女生是春天轻柔的风，是冬天无声落下的第一场雪。

而她，只是一场无恙的春风，没有留下痕迹和声音。

笔下的女主角都是耀眼的骄阳，陈喃不禁想，总要写本书送给自己吧。

陈喃和许梦梦聊了一会儿，就挂断了电话。过了一会儿，她从卧室拿出许久不用落灰了的笔记本电脑。

她叹口气，笑了起来，笑自己多愁善感，更笑自己昨晚刚释怀，今晚又回到原点。

这么多年她总在写和他相似的男主角，偏偏就没有一个和自己相似的角色。

倘若她真的和小说的女主角一样，自信、漂亮又勇敢，大概一定会得偿所愿吧。

“写完这本书，希望我能真的放下你。”陈喃格外郑重地吸了口气，打开文档，在上边敲下枯燥的两行字——

二〇一〇年九月，她爱上了一个少年。

那个少年，叫路栩。

一切记忆就像是一场电影，录像带倒退着，万物生长又凋零，繁华的苏市变成了当年的那个偏僻小镇，凋落的银杏叶重新回到枝干，初秋像是被人从背后推了一把，不断往前移，回到那年盛夏。

是刚上高中那一年，滚烫炎热的盛夏。

“南南，去操场参加新生典礼啊！听说今年我们一中的新生代表是个帅哥！”

林沉茜急吼吼地跑到隔壁班来找陈喃，班里的人都各自结伴去操场了，就陈喃一个人落单还待在班里。

开学第一天，高一的学生们到校第一件事情，就是去操场参加新生典礼。班里的人陈喃都还不熟，班主任也没强制安排一个班一起走，一些自来熟的同学早就拉着刚认识的朋友走了，陈喃不太会交朋友，太安静了，没人顾得上她。

“茜茜，你们老师也没让你们班排队一起过去吗？”林沉茜的出现让陈喃一愣，她本来都打算自己一个人过去了。

“有啊，但是刚开学，我们老师又认不全我们班的人，我溜出来找你的！”说着，林沉茜还有点骄傲地笑了笑。其实她就是担心陈喃一个人，所以特地跑过来找陈喃。

“这样会不会不好啊……”

“别管了，再不走就来不及了。快快快，我要去看帅哥！”陈喃还有些担心林沉茜，她却压根儿不在意，拉着陈喃就走。

陈喃被林沉茜拽得一蒙，不由自主地跟着林沉茜跑：“茜茜，你慢点慢点！”

林沉茜急匆匆地拉着陈喃就跑进操场，一眼望去都是清一色的校服，人群嘈杂吵闹。

“累死我了。”林沉茜用力过猛，跑得气喘吁吁，忍不住长叹一声，引出不小的动静。

操场上的其他学生都好奇地朝她们这儿投来目光。

陈喃有些不好意思和不自在，扯了扯林沉茜的衣服，转头看着她搭着自己的肩膀那副半死不活的样子，又有些想笑。

要不是两人是发小，从小一起长大，陈喃也遭不住她这风风火火的性子。

“你别笑，我还不是为了看那个年级第一的帅哥！”林沉茜接收到陈喃看戏的目光，忍不住瞪了一眼。

“说不定就是瞎传的，听说年级第一的学霸都很呆的。”陈喃顺着林沉茜的话往下接，看她那么拼命的样子，语气都夸张了不少。

不过她也不是瞎扯的，她初中那会儿，年级第一那个高高瘦瘦的男生就是这样，天天捧着一本书，戴着厚厚的镜片眼镜，用功得不行。

“唉，陈喃，我看你是真的不会说话啊！”林沉茜无语地看了她一眼。

陈喃尴尬地笑了笑，见林沉茜真有点急眼的样子，她没回话，默认似的刚打算抬步，却听到身边路过的人群中传来一声轻笑。

那笑声不响，听着却朗润好听，像是春天的一阵清风，撩动人的心弦。

“哎，说你很呆呢。”

那人笑骂：“一边去。”

陈喃下意识地朝着声音来源望去。她没看见那人的样子，只见到一个清瘦的背影。那人穿了一袭白色的衬衫、黑色的卫裤，左手拿着深蓝色的校服外套，散漫地往肩上一甩。

陈喃第一眼注意到他的手，一双在阳光下白到发光、骨节分明的手。

她盯着那双好看的手，在光下甚至能清晰地看到手上暴起的青筋。

原来真的有人的手能那么好看，她心里想着。

直到被林沉茜拉到队伍里，陈喃才回过神。两人不是一个班的，自然得分开站，规矩地排好队。

今天人多，老师也没怎么多管，只是稍稍训斥了几声让他们安静。陈喃挤进队伍里，和林沉茜分开后，她就一直低着头，没讲一句话。

班级里的几个女生看了陈喃一眼，忍不住蹙了蹙眉，有些不耐烦地往旁边站。

她就站在第一排，周围都是不认识的人，陌生的目光落在她身上，她耳根有些红，不自觉地挺直了背脊。

身边的几个老师正说着话，陈喃没听进去，她脑子里乱糟糟的，想着的还是那双手。

能有这样一双手的人，会是什么样子呢？

覆盖着绿色草坪的操场中央乌泱泱地站满了人。

这一年的九月，苏市一中开学，高一新生站在这里，即将开始属于他们的高中生活。

陈喃低着头看着自己的鞋尖，听着台上校长和老师的讲话，她实在觉得无聊枯燥。

直到话筒里传来声响："接下来让我们欢迎，高一学生代表路栩同学上来发言。"

台上的老师含笑看着走上台的一个男生。

闻声，操场上的学生纷纷昂起脖子，有些好奇地望着台上。

陈喃也跟着一起抬起头。

周围围在一起的几个男生，窸窸窣窣小声说着话。

"这就是我们这一届的中考第一名啊？"

"是。暑假举办的全国奥数比赛，你还记得吗？就他和隔壁市的一个女生，拿了第一名。"那个男生指了指台上的人，唏嘘了一声，"厉害吧，我们市就出了他一个。"

"哟，那他进咱们高中，妥妥是重点保护对象啊，这不得往高考状元培养？"

……

暑假的那个奥数比赛，陈喃虽然没有参加，但是他们初中的几个尖子生，没撑过几轮就被刷下来了。

极富含金量的一个比赛，路栩能拿第一名，已经是非凡人的存在了。

陈喃回过神，目光停留在主席台上。

路栩双手接过老师手里的话筒，清了清嗓："大家好，我是高一（1）班的路栩，今天很荣幸……"

是那个熟悉的声音。

陈喃的眼睫不禁一颤。

那个站在台上，一只手拿着稿子的少年，穿着深蓝色校服、白色衬衫，领口的扣子不太规矩留了一颗没系上，他甚至微皱眉头，还有些不耐烦。

"很荣幸今天能代表大家……我们经过了残酷的中考，在那些日日夜夜的努力下，来到了苏市一中……"

台上的路栩面无表情地念着手上的稿子，没太多的感情。

只是他的声音清润，让许多同学都停住讲悄悄话，忍不住抬起头来听他讲话。

见状，路栩一撇嘴，接收到那么多的目光，原本斜倚在面前演讲台的身体，也悄悄地摆正。

陈喃心细地注意到了他这个小动作。眼前的少年，皮肤白皙，鼻梁高挺，他微微垂着眼，嘴唇一张一合，淡淡地念着稿子。

他拿着稿子的双手，白皙细长，骨节分明，陈喃记得这双手还有这个声音。

她低下头笑着，笑他的动作有点好笑，心里却像是蜂蜜罐子打开了一般，洋溢着一阵甜味。

原来，这双手的主人比他的手还要更好看。

台上的人念着稿，无非是一些听腻了的套话。

像有一道光打在他的身上，让陈喃恍惚得移不开眼，那些枯燥的字眼，也变得灵动起来。

念到最末尾的时候，他吐了口气，刚想要鞠躬下台，却被台上的老师连忙叫住："路栩同学，你等等。

"你作为这一届新生的优秀代表，又是这次奥数比赛的冠军，你给同学们分享分享你的学习心得怎么样？"

路栩："……"

他原本已经迈出去的脚，被迫收了回来。看着老师笑眯眯的模样，他眼皮一跳，有些无奈。

"嗯……我觉得，就是运气吧，难得中考考得还不错。"他尴尬地苦笑了几声，想糊弄过去。

可惜老师并不满意："路栩同学，你不要谦虚啊，老师可是知道你初中的时候就年年蝉联第一的啊，这怎么能说是运气啊。"

"就是啊，路哥别谦虚，快说说！"操场上高一（1）班的学生格外激动，冲着台上一阵喊。

打头的那几个都是路栩最熟的兄弟，也是最损的。

他被那群家伙闹得没办法，连连叹气。

突然，他像是想到了什么，有点想笑。

"我的学习心得啊……大概就是，天赋吧。"说完，他抿着嘴笑了声。

操场上的学生整齐划一地一起"吁"了声。

他的笑声很轻，但还是从话筒里传了出来。

陈喃听得诧异，不解地看着台上的他。

路栩低下头，看着手里的稿子，笑得肩膀微颤。

老师大概也没想到他会突然这么说，看操场上乱糟糟的一团，咳了咳示意他们安静下来。

“哎，路栩同学，你很幽默嘛。”

路栩抬起头，努力地憋着笑，摆了摆手：“开个玩笑，开个玩笑。关于学习，我没太多的心得和大家分享。我并不算太优秀，机会一直都是留给有准备的人，而不是优秀的人。今天我之所以能站在这里，的确是有些运气，但是……”

他的话刻意停住，等在场所有人的目光都聚集在他身上时，他恣意一笑，淡淡开口：“人生重要的，不是现在所站的位置，而是所朝的目标。

“往后，会有无数个和我一样的人站在这里，而我要做的就是努力保持自己的成绩和完成我的目标。

“青春只有一次，在未来的三年里，祝大家不留遗憾，考上心仪的大学，毕竟……现在距离高考只有 749 天了。”

他挺直了腰，用手比了个数字。天光落在他的脸上，少年眉眼温润，嘴角勾起笑，放肆又张扬。

陈喃的目光停留在他含着笑的脸上，心底倏然一阵酥麻。

她看着眼前的路栩，突然想起了一句诗，觉得很衬他——

鲜衣怒马少年时。

他是风华正茂的少年郎。

这话一出，操场上的众人哄堂大笑。

“我的发言到此结束，谢谢大家。”

说完最后一句话，路栩抬眼看了看台下的人群，微微鞠了躬，迎着响亮的掌声下台。

陈喃的目光始终盯着他，跟着大家一起鼓掌，看着他缓缓走下台。

那道光，好像跟着他一起消失了。

她的高中时代，以台上少年的演讲拉开了序幕。

迎着掌声走下台，路栩自顾自地走到主席台后面的休息室，揉了一把头发，把稿子丢在一边，坐在椅子上休息。

“路哥，你厉害啊，那一番学习心得，获得的掌声可比校长多。”

一个穿着黑色棒球服的男生推门进来，嘴角带着戏谑的笑。

路栩抬头看了他一眼，无语地笑了声：“宋词屿，你这家伙要是不会说话，就圆润地滚。”边说边随手拿起桌上的稿子朝他一扔。

“哎，不是，你也太开不起玩笑了。”他笑着，轻松地接住扔过来的稿子，走到路栩旁边，拉出把椅子坐下。

宋词屿看着眼前好友一脸挺惆怅的样子，好似刚才在台上肆意发言的人不是他。

宋词屿看不下去，没忍住开口问：“你这是怎么了？刚下台就愁眉苦脸，又被安排什么苦差事了？”

“别提了，说要写篇优秀范文上去，交到市里面。”路栩越想越无奈，紧蹙着眉。

他的语文成绩在江中的时候其实是出了名地烂，一百三十分的卷子，拿不到多少分。

“没办法啊，谁叫你偏偏中考的时候超常发挥，咱们陈主任肯定以为你是可塑之才啊。”

宋词屿使坏地笑了笑。

他们班是一中的重点班，班主任就是他嘴里的陈伟陈主任，也是一中出了名的教导主任。

路栩的语文成绩忽高忽低，难得考好了这么一次，飙到了一百二十分。

宋词屿幸灾乐祸：“第一名当多了，也难啊。趁着还有时间，你多去书店补补课吧。”

路栩懒得理他，骂他站着说话不腰疼。

两人正聊着天，休息室的门倏然被打开了一条缝。

两人齐刷刷将目光投过去，看见一个高高瘦瘦的女生站在门口。

女生大概是没想到这儿还有其他人在，有些尴尬地笑了笑：“呃，那个，我找一下路栩同学。”

宋词屿微微眯了眯眼，拍了拍路栩的肩膀：“得，我先回避了。”他边走边打哈欠，对此情形见怪不怪了。

“同学，你有事吗？”路栩礼貌地站起身来，目视着这个比自己矮一截的女生。

女生穿着一条黑色短裙搭配着一双长筒靴，深黑色长发有些微鬈，此时她微微弯着眼睛冲路栩笑着，明艳又自信：“路栩同学，我也是江中的，和你是同一届，我叫温漾，我很喜欢你，可以加个联系方式吗？”

也许是她的落落大方令路栩有点意外，少年愣了会儿，这才开口礼貌地拒绝：“不好意思，我不加不认识的人。”

“加了不就认识了吗？”她有点急，“你不加当然不认识我啊！”

路栩有些想笑，低下头努力抿着嘴憋笑：“抱歉啊同学，这联系方式我真不能给。”

温漾还想继续说点什么，门外的宋词屿突然大声喊了一句：“路栩，陈老师有事找你，你快来。”

“哎，我来了。”路栩急忙应了一声，冲温漾露出一个抱歉的表情，“我还有事先走了，抱歉。”

路栩迈步离开，打开门就看见宋词屿那副装模作样的样子，表情浮夸又生动。

“怎么样，哥们儿救你还算及时吧？”宋词屿冲着他挑了挑眉，一脸得意的模样。

他无奈地摇了摇头，迎合道：“是是是，谢谢宋哥了。”

宋词屿一把勾着他的肩膀，两人一起离开。

被拒绝的温漾把手机放回包里，这时候手机的功能还很少，只有 QQ 和短信两个发消息的软件。

想要个联系电话都那么难。女生一脸无奈地叹了口气，自顾自地嘟囔着：“还是失败了啊，我都穿那么漂亮了。”

她虽然泄气，但并没有就此放弃，一边嘀咕着“等着吧，我一定会要到你的联系方式”，一边离开这里，与陈喃擦肩而过。

意外目睹了这场闹剧，陈喃抬头细细看了一眼那个女生，漂亮又明媚，可路栩还是拒绝了。

陈喃抿了抿唇，不知道在想什么，然后慢慢地回到操场。

新生典礼在中年发福的校长说完最后一句祝福语后结束，在老师的安排下，每个班级排好队有序地离场。

林沉茜向来随便惯了，立马蹿到陈喃班里来："怎么样，我就说是个大帅哥吧，你还不相信我。"

她哼哼唧唧地想向陈喃证明自己的小道消息还是很靠谱的，却没发现，自己在臭屁的时候，陈喃的思绪已经跑远了。

"你在想什么呢？不会也在想那个新生代表吧，他叫什么来着？"见陈喃许久不回话，林沉茜这才发现她走神了，在她面前晃了晃手。

"叫路栩。"陈喃眨了眨眼，回过神来，下意识地应了一声。

林沉茜调侃："哟，你记得那么清楚啊。"她语调拉长，戏谑的目光落在陈喃的身上，让陈喃有些不自在。

"不是，你别乱说啊。"陈喃臊得慌，耳垂都有些红。

林沉茜就是开个玩笑，也没真要打趣她："行行行，我不开玩笑了。不过你刚刚在台上看到没，那个新生……路栩，是吧，穿的那件衬衫和裤子，还有鞋子，可都不便宜呢，得上千呢。"

陈喃听得一蒙："这么贵吗？"

"嗯。听我们班的男生说，路栩家很有钱，大早上他爸开宾利来送他上学。你没看到他衣服后面的 logo（商标）哦，都不便宜呢，尤其是那双鞋！"

林沉茜倒也不懂车子、鞋子之类的，是之前站在她旁边的那群男生一直在说：

"那鞋一看就很贵。"

"那衣服也不便宜吧，路栩家是真有钱，他爸妈大早上开宾利来送他啊。"

……

不知是真是假的话就这么传进了林沉茜的耳朵，林沉茜便八卦给了陈喃听。

陈喃望着不远处，前面都是人，穿着统一颜色的校服，她却能一眼就看出来，这里面没有路栩。

新生典礼结束后，一中的学生们立马投入学习中。

陈喃在一个普通班，成绩不算多好也不算多差。她性格沉闷，在班级里是个小透明，没人会在意她。

虽然大家都刚刚认识，但有些人自来熟，很快就认识熟悉了很多同学，像她这样的，就显得孤僻另类了。

她有时感觉，班里的人落在她身上的目光很奇怪，不过她又觉得应该是自己敏感了，想多了。

在一中的生活就这么平淡如水，她没能迈出交个新的朋友那一步，反倒是林沉茜在新的班级混得风生水起，认识了很多人，每回中午和陈喃吃饭都有说不完的话。

一般这个时候，陈喃就一边听一边默默吃饭，偶尔也会有些羡慕，倒不是羡慕林沉茜，只是挺羡慕这样的好性格。

陈喃觉得自己这辈子都不可能这样了，但好在还有林沉茜陪伴着她，也不算太孤单。

开学一个多星期，苏市就下了一个星期的大雨，原定在新生典礼后进行的军训，就这么被搁置了。

今年的夏天格外热，阳光很毒，一中的校长怕八月底军训会把学生热得中暑，就推迟了军训的时间，没想到，这雨下得倒是不愿意停了。

一天午休，外边还是下着大雨，雨声淅淅沥沥，听得人忍不住犯困。

班里一大半人都趴在桌子上午休，陈喃不知道为什么，被雨声吵醒后就睡不着了。

她轻轻站起身，想到外边去透透气。

陈喃所在的高一（5）班，被安排在二楼，上下楼很方便。她靠在栏杆上吹着风，外面下那么大的雨，夏风都带着些许的凉意。

这种天气穿一中的校服外套是最合适的，不会热也不会冷，陈喃穿着深蓝色的外套，扎着高马尾，圆圆的脸上戴着一副有些厚重的眼镜，眼睛圆溜溜地盯着楼下。哪怕下那么大的雨，还是有一些打篮球的男生风雨无阻。

陈喃思绪飘远，直到听到有人喊“路栩”，脑袋一下清醒了，跟着声音望向楼下。

少年没有撑伞，手里抱着个篮球，身边三两好友，皆穿着一身球服。

雨水打湿了路栩的衣服和头发，他却丝毫不在意。

“这样打完球又淋雨，明天会不会感冒啊？”他身边的朋友问。

另一个朋友说：“宋词屿，你什么时候那么金贵了啊？”

路栩也转过头调侃了句：“你看你细皮嫩肉的，别给淋坏了啊。”步子却迈得比谁都快。

路栩很高，有一米八几，没几步就跑到长廊里了。

“路栩，你能不能麻溜地滚！”宋词屿被气得咬牙切齿，又拿他没办法，跟着他跑进长廊避雨。

“我看你是真不会讲话，你瞅瞅你说的，说我细皮嫩肉有个鬼会相信。”宋词屿一脸无语，他是一个体育生，天天风吹日晒地训练着，皮肤被晒得黢黑，怎么可能细皮嫩肉。

都这么辛苦了，还要被路栩开玩笑，他不满道：“你等着吧，等过几天天晴了，要军训了，你这家伙肯定跟我黑成一个度。”

“那我得晒成什么样，才能和宋哥黑成一个度啊。”路栩撩起额前湿透的刘海，刘海紧紧贴在前额还在滴着水，有点难受。

少年靠在长廊的栏杆上，语气上扬，听得宋词屿恨不得上手给他来一下。

几个少年就站在长廊里躲着雨，没事闲聊几句。

“哎，路栩，你那篇作文写得怎么样了？”宋词屿说不过路栩，就找他痛处下手。

“哟，路哥要写作文啊，稀罕事啊。”一边的朋友也起哄笑着。

路栩低下头，无奈地勾了勾唇，用力地把手上的篮球丢进宋词屿的怀里：“一边去，哪壶不开提哪壶。”

“哎，兄弟还不是关心你。”宋词屿一手接住篮球，装模作样地揉了揉胸膛，用路栩的话来说，就是矫揉造作。

路栩懒得理他，叹了口气：“等雨停了我就去图书馆看看，学习学习。”

“啧啧啧！”宋词屿阴阳怪气地感叹。

“能不能滚？”路栩被宋词屿气笑了，作势要上去给他一拳。

身边的几个兄弟也纷纷大笑，早就习惯了这兄弟俩的日常互掉了，雨声中夹杂着少年们的互戗声和清润的笑声。

二楼的陈喃没有再继续听下去，很快就回了班级，却记住了路栩说要去图书馆的事情。

原来他的语文成绩不是很好，他不太喜欢写作文。

他很喜欢打篮球，下雨天也不例外。

陈喃将这些事情记在本子上，一条一条地记下来，记在心里。

等她反应过来的时候，她也不知道自己到底在做什么。

少女的悸动，随着一阵阵夏风漾进心底，陈喃捂住有些泛红的耳根，合上记录心事的本子。

谁也没留意到她的小动作。

大雨在下午五点停了，雨后还罕见地出了太阳。

陈喃是走读生，家离一中很近。

上完最后一堂课，走读生就可以回家了，不用上晚自习。

初秋的天空暗得很晚，就算到了下午五六点还是敞亮的。陈喃收拾好东西，走之前去隔壁班和林沉茜打了个招呼。

"茜茜，我先走了啊。"她趴在隔壁班的窗口，小声喊着坐在窗边的林沉茜。

她们两家隔得很近，林沉茜家离一中也不远，但是林沉茜想摆脱家里的控制，不愿意走读。

但陈喃不一样，她的家庭情况和林沉茜不同，必须得走读。

"哎，好，南南你路上小心啊！"林沉茜点了点头，嘱咐了她一句。

陈喃背上书包离开学校后，并没有马上就回家，她借用了商场的公用电话给妈妈打了个电话。

"喂，妈妈，我今天想去图书馆学习会儿，可能会晚点回来。"她拿着公用电话凑近耳边，有点紧张。

大概是难得听到女儿要晚回的消息，电话那头的赵兰停顿了几秒，才开口："去图书馆啊，那身上的钱够吗？路上小心点啊，记得早一点回家，妈妈今天下班早，等会儿回家给你做好吃的啊。"

"钱够了的，我去借本书就回来，你放心吧。"她乖乖地回答，又说了一会儿才挂断电话。

陈喃挂了电话后松了口气，转身往苏市唯一的图书馆走去。

那个时候的苏市并不算太发达，只有一个较大的图书馆，里边的书籍很全，苏市一中不少学生都会去那儿查阅资料。

陈喃也经常去，她熟门熟路地走进图书馆，坐在以前常坐的角落，环顾了一眼。

图书馆挺大的，书架上分门别类地摆满了各种不同的书籍，前边的位子上坐了不少学生，大多是放了学过来学习的。

也有一小部分小孩子，在翻阅着儿童书籍。

很少有人愿意坐在那么偏僻靠窗的角落里，陈喃一个人坐着，感觉没有束缚。

否则面对那么多人的目光，她会很不自在。这是她从小养成的习惯，面对亲戚朋友也会这样，不太合群，习惯一个人安安静静的。

她放下书包，拿出作业，写了一会儿，又时不时地抬头看周围几眼，可惜没有看到她期望的那个人。

写了好一会儿，她脖子有些酸，站起身来活动了一下。她抿着嘴紧盯着图书馆门口，人来人往，唯独没有见到那个熟悉的身影。

陈喃叹了口气，笑自己有些傻，就因为那么一句话就当真了。她也不知道自己到底是怎么了，听到路栩说会来图书馆，就真的想来碰碰运气。

不过既然来了，她打算去借几本感兴趣的书回去看。

不知怎的，或许是心里老想着路栩说的话，她鬼使神差地跑到了优秀范文这一类书籍这边，满书架都是一些好文章、好句子合集，还有一些名人作文点评和写作技巧大全。

一中不少学生会来这儿翻阅这些书，期望提高自身的写作水平。

书架上的书太多了，陈喃一本本地寻找自己想看的书，从上到下找了一会儿，才在中间的地方找到了。

她小心地把那本书抽出来，却在这个缝隙里，看见书架的那头，那个少年正背对着她也在找书。

路栩穿着深蓝色的校服，有些烦躁地揉了揉头发，不知道该选哪本书。

哪怕背对着，陈喃也能看出他在纠结，不知道该挑哪本书。

或许是见惯了少年在主席台上优秀耀眼的模样，如今看见他那么富有烟火气，因作文写不好而找书找到烦躁，陈喃忍不住浅浅勾起了嘴角。

她低下头看着自己手里的书，犹豫了一会儿，重新又拿了一本。

她站在那儿忍不住看了路栩好几眼，却见他好像找到了书，正要转过身来，她猛地蹲下身，却吓到了他。

她这才意识到自己的反应有多蠢，瞬间羞红了脸，嘴上小声说着“不好意思”，站起身来匆匆忙忙拿着书回到位子上，把脑袋埋在书里尴尬得不行。

正当她吐槽自己刚才那副蠢样子的时候，耳边却传来了清润熟悉的声音：“同学，你旁边有人吗，我能坐在这儿吗？”

陈喃抬起头，见到是路栩，脑袋宕机了似的，整个人蒙住，紧张得有些结巴：“啊，没、没人的，你……你坐吧。”

她不好意思地紧抿着唇，手指蜷缩起来，呼吸有些急促。

路栩没留意到面前女孩的异常，只礼貌地说了句“谢谢”，拉开椅子坐在了陈喃的旁边。

他坐下的瞬间，陈喃闻到他衣服上有一股很淡的薰衣草味。

从第一次见面，她就注意到这个味道了。

靠窗的角落位子很少，路栩大概也很喜欢坐在窗边看书，所以和陈喃看上了同一个地方。

他选的位子很好，正好能晒到从窗外洒进来的阳光。

现在是下午六点多，落日余晖落在书籍上，光线刚刚好，还有夏风时不时地拂过发梢。

坐在这个位子上看书学习，心情都会变得愉快很多。

窗外粉色晚霞映满了整个天空，像是一幅漂亮的风景画。陈喃屏住了呼吸，用余光瞥了一眼旁边的路栩。

少年侧脸英气，坐姿标准，那抹光落在了泛黄的书纸上，也落在了他的身上。

天光衬得他皮肤很白，她甚至能看见他鼻梁上的那颗痣。他高挺的鼻梁上架着一副金丝眼镜，整个人像是从书里走出来的。

路栩仔细地看着书，眉眼舒展，没了刚才那副烦躁不安的样子。

此刻岁月静好。

少年，连落日余晖都偏爱他。

他们离得很近，她都能听见少年呼吸的声音。

陈喃不敢再看路栩，生怕被他发现。她慌慌张张地低下头，心跳却很快。

她能清楚地听见自己的心跳声，“怦怦怦”，像是篮球触地的声音，很沉重。

不仅外边的云朵红了脸，她脸上的绯红一路蔓延到了脖颈，脖子后都红了一大片。

身边坐着路栩，她根本学不进去。

陈喃咬着嘴唇，没敢在那儿待太久。

所以没过多久，陈喃就收拾了书，抱着书包和借好的书要走。

路栩见旁边的女孩起身要走，便站起来给她让出道来。

“谢谢。”她低下头，声音小得像是蚊子叫。

但路栩还是听到了，他声音里带着淡淡的笑意：“不客气。”

陈喃走出去后，他又重新坐下，继续看书。

她瞥了一眼路栩手上的书。

是一本优秀范文选集，她又低头看了一眼自己手上的书。

思虑再三，在离开图书馆前，她把手里的一本书放在了前台。

“要借几本书啊？”前台的管理员问。

“啊，我借这本书就好了。”

她有些出神，反应过来后有些不好意思地把手里的书递给前台的管理员，声音还是很细很小。

这时，有人在陈喃的身后排队。

陈喃佯装不在意地用余光看着，看到是路栩后，后背一僵，递书的动作都有些不自然起来。

他明显有些不高兴，大概是刚才那本书对他没有什么帮助。

她不自觉地看了一眼自己刚才放在前台的书，希望他能看到。

在借阅登记表上登记好要借的书后，她利索地接过管理员递过来的书，说了声“谢谢”，便低下头逃也似的就走了。

前台的管理员一愣，看着女孩匆匆跑走的背影，喃喃了一声：“这女孩子怎么奇奇怪怪的？”

“要借书吗？”管理员没再多管，问眼前的路栩。大概是因为男生长得很好看，她眼前也一亮，突然明白刚刚那女孩表现奇怪的原因了。

管理员笑了笑，心中了然。

“嗯。我想问一下，你们这边有什么能提高写作水平的书吗？”路栩向管理员询问。

他将刚才那本书看完了，但是发现没有太大的用处。

管理员被他问住了，说："啊，有肯定是有，但是找起来估计会有点麻烦……我记得有本书很多学生都借过，说很有用的。"

她蹙着眉，努力回想："叫什么名字来着，我想想。"突然，她的余光落在前台放着的书上，最上面的就是那本关于提高写作技巧的书。

"哎，就是这本。你可以借回去看看，很有用的。"管理员拿起那本书，笑了笑说，"你运气真好啊，这本书很多时候都被借走，要不是前面那个女生不借了，一般都借不到啊。"

"是吗？那看来我运气不错啊。"路栩笑了起来，接过那本书翻了几页，发现的确和刚才那本书不同，内容很不错，"那就借这本好了，麻烦你了。"

"不麻烦，为你这种帅气的男生服务，姐姐最愿意了。"她开着玩笑。

路栩不好意思地笑了笑。

管理员拿出借阅登记表来让他登记姓名，在他写下名字的上一栏中，写着这本书借阅的时间和人名——

2010 年 5 月 20 日 陈喃

路栩匆匆扫过一眼，没多在意，拿着笔写下自己的名字，然后双手将笔还给了管理员，道了声谢便拿着书走了。

那是一个普通且浪漫的日期，巧合地落在借阅登记表上，很多年后陈喃再想起那张借阅登记表，还记得上面写着的两行字：

借书时间：2010 年 5 月 20 日 陈喃

借书时间：2010 年 9 月 8 日 路栩

那年苏市的图书馆还没有启用电子录入，每一本书都有一张借书的登记表，一一记录下每个借书人的名字。等再过一两年启动电子借书系统后，这些东西也就慢慢不再使用了。

往后不会再有人出现在那张登记表上，而他们的名字，留下了痕迹。

一切都是那么巧合，那个意外的日期，成为两人出现在同一张纸上的证明。

多年后，那也是她内心深处从未言语的告白。

一切早就命中注定。

上天也许真的为她做过一些幸运的编织。如果那时你见到了那个日期，就当我和你说过告白的话吧。

时间是巧合的，数字却是她内心的独白。

陈喃从图书馆出来后就回家了。在图书馆耽搁了一些时间，所以回家的路上，她的步子迈得很快。

在小巷的拐角，她一个没注意，直直地和一个骑自行车的男生撞了，她被撞得一下子坐倒在地。

“哎哎哎，抱歉啊，真不好意思。”宋词屿车骑得快，见撞到人了，有些慌乱地把自行车停好，上前欲扶起陈喃。

“没事没事，我能自己起来。”陈喃看他要过来扶自己，赶紧摆了摆手，手撑着地站起来了。

“那个，你没事吧？”宋词屿有点不好意思，神色紧张。

陈喃抬起头看了他一眼，觉得有些熟悉。对上他那双眼睛，她愣了几秒才想起来，是路栩身边的那个男生。

宋词屿的眼睛和路栩的很像，都是单眼皮，桃花眼，但他和路栩给人的感觉完全相反。

路栩是那种看着很温柔的邻家大男孩，偶尔有点痞。

宋词屿就是那种痞里痞气的长相，看着有点不好惹，长相很硬气。陈喃第一眼看见他就觉得不像个好人。

她下意识地咬唇，有些紧张：“我没事，你不用担心。”

“要不我带你去医院看看吧，或者我请你吃个饭赔个罪，还是……”宋词屿显然有些口不择言，和硬气的外表完全不符合。

眼前的姑娘皮肤很白，眼睛像杏子一样又大又亮，脸上带着些婴儿肥。

他手足无措地握紧了拳头。

“不用了，你看我也没什么皮外伤。你别在意啊，我得回家了，再见。”陈喃看了一眼昏暗的天色，想到今晚妈妈要回家做饭，再晚回家可就不好了。

她礼貌地向宋词屿点了点头，握紧书包的背带，与他擦肩而过，步子急匆匆的。

“哎……”宋词屿没能拦住她。

女孩路过身边时，他能闻到她衣服上有一股淡淡的味道，应该是洗衣液的味道。

他觉得这个味道很熟悉，可是一时想不出在哪儿也闻到过，转过身看着她渐渐跑远的背影……

“妈妈，我回来了。”陈喃急匆匆地打开家里的门。

赵兰的确已经下班了，正在厨房做饭。听到陈喃的声音，她应了一声：“哎，快洗手，菜快好了。”

陈喃把书包放在椅子上，挽起袖子，进厨房洗完手后，想帮妈妈打下手。

“停停停，妈妈自己来就行了，你快去盛饭。学习一整天了，在学校里累不累啊？”

赵兰急急忙忙把她推了出去：“厨房油烟味重，你别进来。桌上是你叔叔他们送来的苹果，去洗一个吃。”

陈喃乖乖地从篮子里拿出两个苹果来，洗好了一个放在桌子上，一个自己啃着。

“叔叔他们今天来家里了啊？”她坐在饭桌前，边吃苹果，边问了句。

赵兰端出做好的菜，陈喃连忙起身放下苹果接着。

“是啊。你叔叔不是在苏市一中教书嘛，听说你考上一中了，今天特地来家里问你的情况呢，还说过几天组个饭局给你庆祝庆祝。”

“啊，饭局就算了吧。”陈喃一听到要组局就头皮发麻。

“饭局可推不掉了啊。对了，我听你叔叔说，现在他是你们班语文老师？”

陈喃点点头。提到这儿，她有些尴尬。她叔叔叫陈伟，是她爸爸陈洪的弟弟，也是苏市一中的教导主任。

陈喃爸爸去世得早，陈伟平日里自然多关照着她们母女俩。

这次高一开学，也不知道是不是巧合，原本带高三毕业班的陈伟，被调到高一来教书，正好就是一班班主任。

“是啊，所以还是别麻烦叔叔了。”她们家一直受陈伟照顾，她是很感激的，也是真的不愿意在学习上还要麻烦叔叔。

赵兰明白陈喃的顾虑，边端着菜上桌，边说着：“妈妈知道，但你叔叔坚持要给你庆祝庆祝，妈妈也推不掉。再者，你去一个新的环境，我也担心你。”

一中是苏市的重点高中，女儿能考上，赵兰早就想庆祝一番了，只是工作太忙了。

陈喃站起来盛好两碗饭。

见实在是推不掉，她说：“我知道了。妈，你也别担心我了，我在学校和茜茜一起的。”

“茜茜不是没和你一个班吗，再说了，你到了新的班级也要多交朋友知道吗？别老是一个人闷闷的。”赵兰还是很了解自己女儿的，她夹了一筷子青菜给陈喃，语重心长地说。

“妈。”陈喃看着碗里的青菜，表情痛苦，有些不高兴地抿着嘴。

“叫妈也没用，青菜必须吃完！”赵兰失笑地看着女儿，这孩子哪儿都好，就是不喜欢吃蔬菜，有点挑食。

赵兰又夹了一块大大的鱼肉给陈喃：“性格大方一点知道吗？和同学们好好相处。”

赵兰絮絮叨叨着，老生常谈，却不得不说。陈喃小时候安静，开始她还觉得省心，如今看着却觉得女儿太过内向胆小，做事都小心翼翼的，身边没什么朋友，好在有隔壁林家小姑娘带着她一起玩。

只是女儿长大了没有交往能力，赵兰才会那么担心。

赵兰的担心不无道理，因为已经开学一个星期了，陈喃还没交到新的朋友，班里其他的人都熟识起来了，她还是一个人坐在位子上安安静静的。

不过她不会和赵兰提起这些，她点了点头答应：“我知道了，妈妈。你别担心我了，我在学校挺好的。”

“我还不知道你啊，每次都这么说，妈妈就希望你健健康康、开开心心的。”赵兰也知道这事一时半会儿急不来，便不再继续说了。

她给陈喃舀了一碗鱼汤，继续问着学校的事情：“过几天你们是不是就要军训了？”

陈喃乖乖地端起鱼汤，小口小口地喝着，听到赵兰的问话，点了点头。

“妈妈下个星期就全是晚班了，你记得把我留在冰箱里的饭拿出来热一热知道吗？吃不掉的就倒掉，这个天气饭菜容易坏掉，还有给你买的防晒霜记得涂，别晒黑了啊。”

赵兰有点苦恼地蹙了蹙眉，她现在在一个工厂工作，最近厂里很忙，工作量大，晚班要上到十点多才下班，她担心陈喃不能照顾好自己。

“放心吧，妈，我能照顾好自己，我又不是小孩子了。”陈喃浅浅地笑了笑。

闻言，赵兰放心了不少。

“你啊，不要挑食啊，别饿着，好好上课啊。”赵兰还是没忍住又唠叨了几句。

陈喃也不烦，句句话都听在心里。

吃完晚饭，陈喃就回房间写作业去了。刚开学不久，她找了些错题册认真研究着。

在学习上她天赋一般，都是靠着勤奋努力取得的成绩，所以现在刚开学，也不愿意落下。

做了一小时题后，笔突然写不了字，陈喃这才发现是黑笔没墨水了。

这支笔才用了一周多，就没水了，一中的压力和初中时是不能比的，她叹了口气，更觉得压力大了起来。

她在笔盒里翻来覆去地找了会儿，发现没有能用的黑笔了，无奈作罢，只好拿着桌上的几枚硬币，出门买笔。

“妈，我出门买支笔啊。”她冲着赵兰的房间喊了一声。

“啊？这么晚了你还要出去啊？早点回来啊。”赵兰从房间里匆匆忙忙跑出来，手里还拿着一个本子，上边是满满的数字，是账单和工资的记录。

她出来的时候，陈喃已经出门了，她看了一眼墙上的钟，快晚上八点钟了。

“这孩子……”

这么晚出去，她担心得要死，看着手里的账本，更愁了。

“这钱真是越来越不经用了。”赵兰叹了口气，拖出一把木椅子，坐在家门口等陈喃回来。

陈喃走得很快，怕文具店关门。不过她运气还算不错，走到文具店门口的时候，店里还亮着灯。

她推开店门，店员听到动静，目光投过来，落在她的身上。

她实在是“社恐”，忍不住握紧拳头，小声道：“那个，我买支黑笔……”

“哦，黑笔啊。要哪种的，我给你拿。”店员勉强听清楚陈喃说了什么，指了指面前的几种黑笔，询问她要哪种。

陈喃也不挑，随便指了一支笔：“就这个，这个就好了。”

“哦，行，两块钱。”店员有点困地打个哈欠，一手接过陈喃递来的硬币，一手把笔给了她。

陈喃微微点了点头：“谢谢。”说完就转身要走。

她低着头，刚走到门口，身边路过一个人。

鼻息间闻到了一股很熟悉的味道，陈喃抬起头看了一眼那个人，一时愣在原地。

路栩没注意站在店门口的女孩子，只是草草瞥了她一眼，就走进文具店。

陈喃看着他的背影。

他好像很喜欢穿白衬衫，搭着一条黑色卫裤，脚下踩着一双白鞋。

想到前不久林沉茜说他的衣服都不便宜，她默默垂下眼眸。

“老墨，你们这儿还有没有作文本啊？我的本子都用光了。”

他清润的声音里含着笑意。

“你又要写作文啊，不会又毁了一个本子吧。”一直在店里的老板听到路栩的声音，哈哈大笑地走出来，调侃了他一句。

路栩无奈地笑了笑，默认似的：“别损我了，快给我拿本子吧。”

老板点了点头，给他找本子，边找边说：“你啊，这作文可得好好摸索摸索，好歹中考考了个第一呢，作文写不好像话吗？”

“喏，你要的本子，纸质最好的，省着点用。”老板熟络地将一沓本子丢在桌子上。

“哎，这不是没办法吗。”路栩拿过本子，把钱放在桌子上。

他也不是诚心浪费，就是作文这个问题真过不去。

他写得倒也不是那么差，但是一个班里都是尖子生，作文写得好的人特别多，他的作文和他们的一对比，就看出水平高低了。

更何况这次还是要交上去的，他一向不服输，什么都想做到最好，强迫症太严重了，这才那么废本子。

他招呼了一声：“那我先走了啊，回去写作文呢。”

“哎，行行行，好好写啊。”

“得嘞。”

路栩转身走出门，看了一眼旁边的女生，心里有些疑惑，刚刚进门的时候好像看见过，怎么还没走？

陈喃也没想到路栩出来得那么快，看见他望了自己几眼，便急忙转过身走了。

两人是两条不同的路线。她往左边走，而他一边抱着手里的本子，一边腿一跨骑着车往右边去了。

陈喃一路上心跳都很快，那是一种前所未有的感觉。见到路栩的时候，她总会紧张，内心也会窃喜。

因为这么巧合的种种偶遇而开心，她抿着唇，却掩不住嘴边的笑。

拐进小巷子里时，她的步子都有些轻快。

“哟，这不是陈喃吗，遇到什么好事了？”

她刚拐进路口，便听到这样一声。

陈喃闻声望过去，是几个和她差不多大的男生。她想到了什么，脸色一僵，忙低下头，步子加快。

“哎，你别走啊。这么高兴，是出去见男生了吧，你爸妈知道吗？”

“哟，胡说什么呢，她哪里来的爸爸啊？没爸爸的孩子，她妈管得住她吗？”

“怎么能这么说啊，人家考上重点高中了呢，肯定是好学生啊。你们说是不是，哈哈哈！”

几个恶劣的男生，在陈喃背后发出阵阵嘲笑声，有的吹口哨，有的说着难听刺耳的话。

陈喃攥紧手，整个人颤抖着，但她没有回头，只是走得越来越快。

她想赶紧消失在这些人的眼里，把那些难听的话全都拒之门外。

赵兰脾气不太好，心直口快不会讲奉承的话，之前有陈洪罩着，陈洪死后，家里没了顶梁柱，很多人都等着看她们家笑话。

那时赵兰还在镇子里工作，她老公不在了，厂里的老板见她可怜，也就多照顾了一些，就这样传出些不好的谣言来，特别是赵兰还长得漂亮。

谣言传着传着，到别人嘴里就变成真的了。说她是靠不正当的本事才有了工作的谣言越传越烈。

大人间的小矛盾也就从那时爆发，随之而来的是小孩之间的冲突。

很多孩子拉帮结派，不和陈喃玩了，还总是欺负她，说她是没有爸爸的孩子，围成一圈蹦蹦跳跳地笑话她。

赵兰经常逮到那群调皮的孩子，会把他们骂走。

但后来赵兰出去工作，并不在家中，那群人就没什么顾忌的了，对陈喃说的话也越来越难听，有的时候不仅仅是同龄的孩子，身边那几个她叫叔叔阿姨的人，也会不痛不痒地说她几句。

那几年赵兰不在身边，外婆身体又不好，陈喃就一个人偷偷地哭，哭完抹干眼泪回家，也不敢告诉外婆。

刚才那几个男生，是赵兰现在厂里同事的孩子，带头的就是厂长的儿子高副。

她从小就认识他们，听赵兰说他们中考没考好，上了职校。

一个镇子里长大的几个孩子里，数陈喃和林沉茜考得好，上了重点高中。林沉茜是靠艺术分加分踩着分数线进去的，而陈喃是完全靠文化成绩考进去的，这么一对比，这帮孩子里就数陈喃考得最好。平日里被他们欺负的女孩子考得比他们好那么多，他们自然没少被父母数落，几个男生心里不痛快，看见陈喃就阴阳怪气地讽刺几句。

这群人爱给她安上“孤儿”“没爸妈的孩子”之类的头衔，这些字眼就像是一把把锋利的刀，刀刀见血。

小时候陈喃听到那些话会哭，小小的她坐在地上，哭得面红耳赤的，不停地摇着头说自己不是。

失去爸爸，明明不是她的错，但每个小孩都欺负她。

长大后，她就习惯了。

赵兰不在身边的那几年，是她最难熬的日子。

从那时起陈喃就慢慢不爱说话，变得沉默寡言。每当遇到这种事情时，不是林沉茜冲出来把他们骂走，就是她一个人默默地赶紧离开。

潜移默化的习惯，如今她很想开口回骂一句，都很难，她是真的害怕这群人。

除去害怕，她还担心和这群人吵起来，给赵兰添麻烦。

她跑到巷子这头的时候，眼圈有些泛红，看见妈妈坐在门口，低着头算账，时不时抬头看几眼小巷子。

陈喃吸了吸鼻子，用手揉了揉眼睛，勉强扯着嘴角：“妈，我回来了。”

听到声音，赵兰立马抬头：“哎，回来了啊。太晚了，妈妈担心你，就在门口等你。”

她揉了揉有些发酸的脖子，抬头看着女儿的脸时，愣了下。

“怎么眼睛那么红啊？是出什么事了吗？”

听到这话，陈喃更委屈了，她摇了摇头，强忍着眼泪：“没事，就是路上风大，吹得眼睛疼。”

她看着母亲担心的表情，低下头。她不愿意去与那些人争论，更多的也是不希望赵兰担心。

陈喃懂事，不愿意把事情闹大。

赵兰回镇子后，能找到厂里的工作特别不容易，她不能逞一时口快，就给妈妈惹麻烦。

她看着赵兰有些不相信的眼神，笑着扯开话题：“脖子又疼了吧，我给你揉揉。”她把笔放到一边，走上前动作轻柔地给赵兰按摩。

“妈妈没事，妈妈就希望我们南南好。”赵兰心疼地拍了拍女儿的手，女儿太懂事了，她总担心陈喃受了欺负也不说。

陈喃从来不是个让人操心的孩子，但这样赵兰才更担心，怕她心里憋着太多东西，什么都不说。

“有什么事情记得和妈妈说知道吗？别憋在心里啊。”

赵兰温柔的声音传入陈喃的耳畔，陈喃点着头，一滴眼泪滚烫地砸在地上，她声音有些哑：“嗯。”

路栩这边，他买完东西就骑着自行车回家了。

他家住在一个当地很有名的小区里，环境很好。当初路栩爸爸就看中了这儿的环境，便买了一栋小别墅。

路程不算远，就是绕的弯比较多。

他回到家，在车库里停好车，打开密码锁进门。

“妈，我回来了啊。”他边说着边在门口换拖鞋，把运动鞋放在鞋架上。

“回来了啊，买到东西了吗？”路母林琳端着一盘切好的水果出来，“喏，回来得刚好，拿着上楼吃。”

路栩点了点头，双手接过果盘，望了望空无一人的客厅，问了句：“爸还没回来啊？”

“没呢，刚刚你爸打电话说要去南市出差几个星期，让我们别等他了。”

路栩的爸爸从商，在苏市市中心开了家公司，很少待在家，经常出差谈项目。

路家三代从商，从他曾祖父、爷爷到他爸。

不过路栩对从商兴趣不大，好在他爸妈都很民主，现阶段就希望他能保持好成绩就行。

他不满地叹了一口气：“都是公司老总了还要出差啊，我爸真是日理万机。”

“你别阴阳怪气的啊，你爸工作辛苦。”林琳听出儿子话里有话，温柔地笑着，伸手宠溺地轻轻地拍了拍他的脑袋。

“要多理解你爸爸知道吗？”

他笑着转了转头：“我知道，我会理解老路的。”

林琳多看了一眼他怀里抱着的作文本，想到了什么，开口问道：“要不要给你报个语文的补习班吧，你看你这个作文，老这样也不是事啊。”

路栩没犹豫就答应了：“多报几个吧，我可不想以中考第一名进去，到时候倒数着毕业。”

他开着玩笑，表情却很认真。

“好像你们市里有个老师以前在北京教过书，很厉害的，你要是没问题，妈妈就先给你报个语文看看效果。”

“行，你定吧。”路栩应了声，“那我先上去写作业了啊。”他一手拿着本子，一手端着果盘，上楼去了。

他房间在二楼，旁边是他爸妈的房间，还有个书房，三楼有个钢琴房，不过他很久没有用了，不知道积灰了没有。

路栩回房间的时候，垃圾桶的纸团已经被倒光了。他把本子往桌子上一搁，没马上动笔。

他从盘子里拿了一颗樱桃，随意地丢进嘴巴。

路栩靠在椅子上。

其实最近他有点烦闷，自从开学那天那个叫温漾的女生要加自己联系方式，自己不愿意给后，这一个多星期，他总能有意无意见到这个女生。

比如课余时间去打个球，她就会在篮球场上，当他的面很大声地喊着加油，让他有点尴尬。

宋词屿天天调侃他：“哟，这女生挺卖力的啊，看来是吃定你拿她没办法了。”

他无语地把篮球往宋词屿身上一丢：“去你的。”

总之凡是他打球的时间，几乎都能看见温漾，有一次他实在受不了了，过去找她。

“同学，你……”

“我叫温漾，你还记得我吗？我找你要过联系方式！”温漾显然没想到路栩会直接来找她，她有些激动地打断他的话，很期待地等他的回答。

“嗯，我记得你。”他有些无奈地扶额，看着眼前的女生，嘴边的话不知道怎么说出口。

他是真的有些印象的，毕竟像她那么勇敢地来找自己的，真的算少见。

“不过，你能不能别在这种场合给我加油啊，我觉得不太好，对你也不好是不是？”他柔和下来，很冷静地劝着温漾，语气没有半点不耐烦和不高兴。

谁也受不住这样温柔商量的语气和这番话，温漾看了他一眼，看到了少年脸上的为难。她低下头，有点难堪：“抱歉啊，你放心，我以后不会这样了！”

路栩见她好像不太开心，有些不太好意思。他抬手碰了碰鼻尖，说：“啊，没事没事，主要是觉得被关注会很不自在，而且他们有些人不太会说话，说出来的话对你也不好。”

他指了指对面打篮球的一帮人，他倒真不是人缘好得出奇。

无非就是他这张脸引出的桃花，恰巧对面的哥们儿喜欢的女生喜欢他，慢慢两边就不对劲了，有的时候打个球赛都满是火药味。

就光是温漾给他加油鼓劲这事，他余光一瞥，都能看到好几个男生对着这边指指点点的。

“路栩，你看到对面那‘大背头’看你那眼神了吗？啧啧啧，恨不得弄死你啊。”

宋词屿也和路栩提过这事，但他压根儿不在意：“几个大男人事倒蛮多。”

路栩笑着吐槽了几句，没怎么当回事。

但对温漾来说不是好事，他也就找她一并说了。

她这才转头和那几个说闲言碎语的人对视一眼，那几人有些心虚地转过头接着打球去了。温漾无语地撇嘴：“有时候我们一中的男生啊，嫉妒心真的是比谁都要强。

“唉，谁让你帅啊，接受点目光也很正常啊。不过他们不算关注你吗？你怎么不说他们啊？”

她笑了笑，扯开话题，就这样双手抱胸，一副等他解释的样子。

路栩诧异地笑了笑：“那不一样啊，他们盯着我是想打我，你总不会也是吧？”

“那我还真不是。”温漾被他的话逗笑，看着眼前的人，穿着一身深蓝色的 11 号球服，前额挂着些汗珠，浑身透着少年气。

她勾着唇笑了笑，稍稍靠近他：“好啦，你放心吧，我以后不会这样了！不过我会悄悄追你的，你放心吧！”

说罢，她还拍了拍他的肩膀，语调一转，声音都轻了下来：“所以现在我能要个你的电话号码吗？”

她声音轻得像是在做什么见不得人的地下交易。

路栩看着眼前的姑娘，百变得惊人，憋住想笑的心情，还是礼貌地拒绝了：“抱歉啊，我高中不谈恋爱的。”

“好吧好吧，我会等到你愿意给我联系方式的！”

温漾有些沮丧地叹了口气，随即很快就调整好了心情。

路栩真的很值得喜欢，理由有一大堆，今天这个也算是。

为一个陌生人都会考虑周全的少年啊，永远都那么温柔地泛着光。

随后的几天，在路栩以为温漾不会再出现的时候，这个姑娘又以很多方式存在于他的生活里。

比如带早饭给他，中午在他课桌上放一瓶酸奶或一些零食，还不忘留张字条嘘寒问暖一下。

这顿操作他看得有些愣住，但那些东西他都没有动，原封不动地全还给她了。

温漾自然是不愿意自己的心意被还回来的，但宋词屿默默把东西抱着，一口气送到了温漾的教室，往她桌上一放，这些动作熟练得让人想笑。

宋词屿送东西的时候，温漾连路栩的面都没见到，宋词屿还不忘调侃她："我说妹子，你别执着了，我路哥不谈恋爱，你这些伎俩我们都见太多了。"

他说完就溜，不给她反应过来的机会。

温漾真正地意识到了，对路栩怎么献殷勤都不顶用。

然后她换了策略，不再送东西，开始和路栩搞偶遇这一套。她的班级在二楼，路栩的班级在三楼，她找准路栩去打球的时间，在楼梯口蹲守他，见到他也不做什么，就在他面前刷存在感。

就这么件事情，把路栩弄得有些心累无奈了，他是真的没见过那么执着的姑娘。

连宋词屿都时不时拿这事打趣他。

他已经礼貌地拒绝好几次了，可是这姑娘就像铁了心一般，弄得他不知道该怎么办。毕竟像温漾这样被拒绝了那么多次，还继续执着的，他没遇到过几个。

他想着想着觉得更苦恼了，哀叹了声，不再继续想这事，草草翻开本子，拿着笔埋头开始写作文。

这次的写作效率的确不错，他写得格外流畅，很快写完就睡下了。

夜空中闪烁着点点的碎星，弥漫成一条漂亮梦幻的银河。

深夜睡不着，陈喃坐在窗边数着星星。她脑子里有点乱，不断闪过今天遇见路栩时听到他说的话，还有在小巷子口听到的那些话。

那时的少女，心事早就积累了一大堆了，她甩了甩脑袋，终于扛不住眼皮子打架，过了一会儿也沉沉睡下。

【第二章】
/ 关于你的那个晴天 /

新的一周，苏市终于没再下雨，变得燥热起来。

一中的军训也被安排从这一周开始。

高一（1）班，陈伟走进教室，重重地在讲台上敲了敲，指着班长说："路栩，你找几个男生，去把我们班的军训服装拿回来。"

"哎，行，我马上去。"路栩应了一声，转过身看了眼每次只要自己被安排苦差事指定憋笑的宋词屿，他拍了拍宋词屿的胳膊，"走啊，还有你们几个别幸灾乐祸啊，跟着我拿衣服去。"

他抬了抬下巴，招呼着平时一起打篮球的那帮兄弟去帮忙。

"哎，行行行，走走走。"

陈伟带着路栩几个人往学校的保安室走。学校没有专门收快递的地方，大部分网购的商品，全是送到保安室。

他们到的时候，已经有好几个班级把军训服拿走了，地上没剩几包衣服。

"就这么点了，咱们班一起拿回去吧。"陈伟看了一眼地上的衣服，看后边也没学生过来了，就干脆在名单上签字，做主把其他班的一起搬了。

"老陈，你还真是好老师啊。"宋词屿表情痛苦地搬着一大包衣服，听到陈伟的话，默默吐槽了一句就溜。

陈伟见状一把拽住他的后领："小兔崽子，我看就你意见最多，作为我们班少有的体育生，提点衣服都不行啊。"

"哎，不是不是，老陈，你放手放手……"

路栩转头就看见被拽着的宋词屿努力挣扎着，特别像在沙滩上搁浅的鱼，他伸着手在空气中胡乱拍打，耳根子红了一大片。路栩抱着怀里的衣服，忍不住抿着嘴憋笑：“得了啊，宋词屿，你这情况不得再多拿一包啊？”

“路栩，你可真是我亲兄弟啊！”他白了路栩一眼。

陈伟松开手，往宋词屿脑袋上一拍：“你们几个赶紧的。”

陈伟招呼了后边几个还在磨磨蹭蹭拿东西的男生，催促了两声，看了一眼包装上写的班级，交代着路栩：“路栩啊，你和宋词屿这两包衣服是高一(5)班的，就在我们楼下中间那个班，你们先去送给他们班吧。其他的几个同学，跟着我回班里去。”

陈伟挥了挥手。

后边几个男生撇了撇嘴，虽然不愿意，但比还要跑一趟其他班级好多了，几个人路过路栩身边，幸灾乐祸道：“辛苦了啊，兄弟。”

“你们先回去，我们马上来。”路栩微挑着眉，听出弦外之音，无所谓地耸了耸肩。看着几个人跟着陈伟走远，他用肩膀抵了抵还在发呆的宋词屿。

“走啊，老陈拍你一下把你拍傻了啊？”

宋词屿揉了揉脑袋，蹙着眉，不满道：“你说怎么每次苦力活都是我跟你一起干啊？你说你干这事就算了，还把我一起搭进去。”

“别废话了，早点搬完早点完事。”路栩懒得理他的牢骚。宋词屿和路栩关系最要好，两个人从幼儿园开始就在一个班级。

两个人关系好，老师安排路栩做事，他自然而然就带上宋词屿了，好些年过来，也算是好兄弟“有难同当”了。

宋词屿蔫蔫地低下头，无奈地抱着一包衣服。

两个人走得挺快，他们高一（1）班在三楼，学校为了方便高三的学习，特地把高三的学生都安排在了一楼。

不过他们这一届不巧，因为苏市一中体育生和艺术生的结合，高一就多了不少班级，只能安排在一楼，不出意外他们高中三年都得待在三楼了。

两人迈着大步，稳稳当当地拿着东西爬到二楼。路栩走到中间班级的门口，抬头看了一眼，是高一（5）班。

他敲了敲敞开着的门。

“进来。”正是两节英语课的课间时间，英语老师正在给学生们讲着什么。英语老师姓赵，叫赵玉芳，是个脸上有些皱纹，穿着很艳丽亮眼的女老师，也是高一（5）班的班主任。

整个班的学生纷纷看向门外。

陈喃也抬头看向教室门口。高中时她不高，一米五八左右的样子，被老师安排坐在第一排的第二个位子。

“老师，我是高一（1）班的路栩，这个是你们班的军训服，陈老师让我们一起拿过来了。”

少年熟悉的声音，让有些迷糊的陈喃瞬间清醒。听到“路栩”这两个字的一刹那，她一下子睁大了眼。

站在门外的少年，背脊笔直，站姿很漂亮，他手里抱着一包深绿色的衣服，哪怕面对这么多人的注视，他的语气还是很淡然，清晰地传入她的耳中，没有丝毫的紧张。

“哎，怎么能麻烦你们啊。谢谢啊，真是辛苦了。来来来，放在讲台上就好。”

赵玉芳连忙让站在门外的路栩和宋词屿两个人进来，让他们把衣服放在讲台上。

“真是谢谢你们了，也替我谢谢你们陈老师啊，我还打算放学后去拿呢，辛苦你们跑这一趟了。”

“不辛苦的。”路栩摇了摇头，放下东西礼貌地回了一句，“那老师我们就先回去了啊。”

“哎，好，谢谢了啊。”赵玉芳点了点头，略有些赞赏的目光望向他离开的背影，转过身看着这一帮昏昏欲睡的学生，叹了口气，恨铁不成钢似的说，“看看人家年级第一，长得好，成绩还好，你们啊，能不能和人家学一学……”

宋词屿放下东西就巴不得和路栩赶紧溜，他天生不是什么好学生，也用不着应付老师。

他听着路栩和赵玉芳说着话，抬眼淡淡望了班里一圈，目光微顿，落在一个女孩身上。

这不是那天他不小心撞到的女生吗？他心里想着，倒是挺巧。

没多在意，宋词屿就和路栩一起走出班级，两个人没走几步，就听见高一（5）班传来赵玉芳的“教导”声。

宋词屿嗤笑了声，用手肘拱了拱路栩的胳膊：“哎，听到没，咱们笑面虎赵姐夸你呢，好学生。”

赵玉芳在高中部是出了名的，被她教过的学生，哪个能不记得她那些夸张的穿搭和一身的香水味，但又不得不佩服，她的英语教学水平整个一中没老师比得过，听说她年轻的时候在市里得过奖，还是市里的英语老师代表。

平日里看着挺好相处平易近人，发起火来就是灭顶之灾，被称为“笑面虎老师”。

路栩也不谦虚，失笑地点点头说：“是啊，从小到大你还没听腻啊？”

“嘶，怎么又被你这小子装到了啊。”宋词屿翻了个白眼，也跟着笑起来。他一把搂着路栩的肩膀，两人并肩往楼上走。

陈喃没注意路栩身边的人，自然也没注意到他是上次把自己撞倒的男生。

讲台上赵玉芳还在一边唠叨一边发着军训服。

班里的学生也都习惯了。

俗话说，前有别人家的孩子，后有别班的学生。

见怪不怪，毕竟人家路栩就是很优秀。

“还是路栩厉害啊，他在江中的时候就是大神，你看看，到了咱们一中，还是第一啊。”

“你说他掉出过第一名吗？”

陈喃的同桌不轻不重地笑了声，阴阳怪气道：“这谁知道啊？他那些成绩真的假的都不清楚呢，我听说啊，那小子和校长有点关系的……”

陈喃听着身边的闲言碎语。

她同桌叫顾阳青，就是那帮和路栩有些矛盾的男生之一，自然说不出什么好话。

他语气带着嘲讽，酸里酸气的。

偏偏这样的话，还有人迎合：“真的假的啊？”

“我也觉得不对劲，怎么可能有人次次考年级第一的？”

……

陈喃听得直皱眉头，他们嘴里那个无须努力就轻而易举获得一切的路栩，实际上会跑图书馆，也会因为作文问题而苦恼。

他根本不是顾阳青口中说的那种人。

陈喃咬了咬嘴唇，佯装不经意地用胳膊碰掉了顾阳青桌上的书。

“你干吗？”顾阳青被打断了话，转过身来，有点不满，语气都不爽起来。

“不好意思啊。”她嘴上说着抱歉，帮他把书捡起来放回桌上，声音却不大不小的。

顾阳青用“活久见”的眼神瞥了陈喃一眼，不知道为什么他总觉得陈喃是故意的，可是想想眼前他这个同桌，平日里唯唯诺诺胆子还小，和她说话都费劲。

讲台上的老师正好喊到她的名字：“陈喃。”

“到。”她轻轻应了一声，站起身来去拿衣服。

他想了想，眼前这样子印证了自己刚才那想法有多离谱，无语地看了她一眼，见她起身走到讲台边，讥讽了句：“真是不招人待见，还事情多。”

周围的人看了讲台边的陈喃一眼。

“和这种人计较什么啊，奇奇怪怪的。”

等到所有的军训服发完后，赵玉芳用手拍了拍讲台：“安静下来。

“大家回去试试军训服合不合身，不合身的记得告诉班长，班长到时候统一登记好了给我，我一起去给你们换。

“不过尺寸应该是没什么大问题的。明天起开始军训，你们记得多带点水，还有防晒霜也要涂，免得晒伤，可别一个星期后见你们黑得我都不认识了啊。”

她一一嘱咐着。

班里几个平日里喜欢和老师抬杠的开始闹事：“老师，我要是对紫外线过敏能不去军训不？”

“顾阳青，你紫外线过敏？天天在阳光底下跑得跟只猴似的，你是不是当老师我不知道？”赵玉芳瞪了他一眼，无语地笑了起来。

班里的人哄堂大笑，陈喃在这样的气氛里，思绪却早飘远了。

是刚刚出现在门口的路栩，她不知道为什么心底有些酸涩。

路栩无论在什么时候，都是老师赞扬的第一人选，他永远都那么优秀，那么阳光明媚。

他习惯了所有人打量的目光，也从来不会逃避或者不好意思，不像她，被别人多看几眼都会觉得不自在，都会不好意思。

他是在主席台上演讲熠熠生辉的少年，而她这么普通，还特别胆小，大概一辈子都没有勇气站到台上。她不知道自己为什么会想到这些，但在意识到这些想法涌入脑海的时候，早就一发不可收拾。

路栩和宋词屿回到班级的时候，下课铃已经响了，几个人聚在一起，拿好了军训的衣服后，趁着大课间二十分钟下去打球，在楼梯口，他不出意外地又遇到了温漾。

“路栩，我有话和你说，你能给我点时间吗？”她一下子蹿到他面前，朝他眨了眨眼。

宋词屿扯了扯嘴角，很有眼力见地推着身边的几个兄弟：“哎，走了走了，去小卖部买点东西回来吃。路栩，小卖部等你啊。”

路栩想拒绝，可是被温漾拦住了路，只好点点头：“行，我马上来。”

“不急，你慢慢来吧。”宋词屿幸灾乐祸地冲他挑挑眉。

别说，温漾真是他见过的最有毅力的一个，简直是穷追不舍。

路栩睁大眼睛瞪了宋词屿一眼，低下头看着眼前的温漾，无奈地叹气：“你找我是有什么事情吗？”

“你有什么喜欢听的歌吗？”她浅浅笑着，丝毫没有因为他有些想躲避的样子而感到不快。

路栩满头雾水地听着她问自己的问题，有些不解地盯着她：“什么？”

“不是要军训了吗？我们艺术班要排个歌舞，就在军训结束的最后一天上台表演。你有什么喜欢的歌吗，或者是舞？我想唱给你听，跳给你看也行。”

温漾紧盯着他，看他因为自己说的话，眉头紧皱，她心里一紧张，连忙慌慌张张地改口：“当然也不全是我决定的啊，我就是挑不到歌了，你就当给我提供点意见行吗？你看我老是来找你，虽然你总是拒绝我，但我们也算半个朋友了嘛。你就当给我个意见，行不？”

路栩苦闷地看着她，人家小姑娘都把话说到这个份上了，他一个字也不说实在是不礼貌：“周杰伦的《反方向的钟》，很好听，编舞蹈应该也挺不错的。”

他盯着温漾，表情变得严肃，停顿了会儿继续说：“我们可以当朋友，但是也仅限于朋友，谢谢你喜欢我，希望以后你能把这些心思放到学习上去。我还有事，就先走了。”

他说完这些话，长舒了口气，感觉这么几天这些话快把他憋死了，说出来他整个人轻松了不少。

随即他迈着步子急匆匆地下楼，没等她反应过来就走了。

温漾一时愣在原地，不知怎的眼眶有点酸。

路栩很少把话说得这么直接。他家教很好，父母是高级知识分子，从小他就被教导要礼貌要待人谦逊温柔，温漾一开始的那些行为，他也不会生气，只是觉得有些烦恼。

但他三番五次地明确拒绝，还是不起作用。

他不愿意做那些和别人纠缠不清的事情，他受的教育也不允许自己干那样的事情。

所以每一次拒绝温漾，路栩都要更加坚定些，今天正好就挑明说了。

温漾就这么看着他的背影走远，鼓了鼓嘴，自言自语地吐槽了一句："榆木脑袋吧。"

她垂下脑袋，有些沮丧。

"算了，我早做好心理准备了，这么点小挫折我才不会放弃！"她愤愤不平地哼唧了一声，很快就调整好心情，脑子里一直想着路栩刚才说的那首歌，动作麻利地回到班级里，开始商量排练事宜。

次日周二，苏市一中的军训开始。

陈喃在家里被赵兰嘱咐了好几遍："防晒霜多涂几层啊，水带够了没啊？身体要是不舒服就别硬撑着，这都九月里的天了，怎么还是那么热？要是受不了了就和军训的教官或者老师说知道吗？"

陈喃一边吃着早饭，一边点头如捣蒜："我知道了，妈妈，我会注意的。"

她从小身体就不好，中药西药不停地吃。以前这些类似跑步的运动，赵兰都不让她参加，因为她太瘦了，身子骨和薄纸似的，一吹都能倒。后来她长大了，体质增强不少，初三的时候被赵兰喂胖了好多，所以这次军训她才被同意参加。

这还是陈喃第一次军训，她吃好饭后，拿起防晒霜，紧闭着眼往脸上抹了一层，有点黏糊糊的，感觉不算太好，她拍了拍脸，有点不习惯。

赵兰看了眼她那副傻傻的样子，整张小脸扭在一起，失笑地拍了拍她的头："干吗呢？涂好了防晒霜就赶紧去上学。"

"知道了。"她点了点头，帮着赵兰一起收拾好桌上的碗筷。

她背好书包正要出门，突然被走出厨房的赵兰喊住："哎，南南，妈妈新买的洗衣液怎么样啊？衣服上残留的味道会不会太香了啊？"

陈喃停住脚步，回过头，凑近身上的衣服闻了闻，乖乖地摇了摇头："没有，很好闻。"

"那就行。路上小心点啊。"赵兰这才放心，忍不住又叮嘱道。

陈喃点了点头，家里的洗衣液是前一个星期换的。

陈喃还记得那一天是周一，课间操刚结束。

林沉茜他们班的老师要求排好队进出操场，所以做完操，她就一个人走回了教室。

那个时候路栩就在她的身后。

"路栩，你个大老爷们儿身上什么味道啊，一股香味。"宋词屿扯了扯他的衣服，嫌弃似的。

听到路栩名字的一刹那，陈喃便不自觉地挺直背，下意识地低下头看着脚尖走路。

也挺奇怪的，只要听到路栩的名字，她整个人就会紧张起来，有时走着走着会不小心同手同脚。明明知道那个人的眼神大概永远都不会落在自己的身上，可她还是局促不安，脸上一阵发烫。

于是她的步子不自觉地放慢，路栩他们几个人步子迈得大，走得也快，他走着走着就到了她的前边。

路过她身边时，他的衣角无意擦到她的衣服，似乎衣服也有了温度，烫得她心上一颤。

那时她才有勇气抬起头，盯着他的背影看一眼。

而少年习惯了瞩目的目光，并没有丝毫察觉。

他对宋词屿说的话无言以对，又觉得好笑，瞥了宋词屿一眼："什么香味啊，这是我妈买的洗衣液，不过味道是挺浓的。"

"哟，什么洗衣液这么留香啊，我也买一瓶去。"

路栩开口报的是个国外的牌子，她没听过这个牌子，却把名字给记住了。

放学回家后，她没忍住和赵兰提到了这个牌子，然后又不知道该怎么说，也说不清知道这个牌子的原因，最后只能含糊几句过去。

晚上的时候，她借口出门，找遍了整个商场，只为了找到路栩说的那个牌子的洗衣液。

陈喃就稀里糊涂地一家一家地找。

最后在商场最南边的一家超市里，找到了那个牌子的洗衣液，她伸出手指着洗衣液下边的价格牌，眼睫一颤，目光呆滞了几秒。

那是一瓶很小的洗衣液，上边的价格是五百元。

那个年代，物价不高，一百块钱都算得上是难赚的，尤其是对于陈喃这样的家庭而言。

没有人会为了一瓶那么小的洗衣液花这么多钱，她看着黄色价格牌上明晃晃的价格，就像是一盆冷水倒在了头上，从头淋到了脚，冰冷透骨。

回家后她就再也没有和赵兰提起过洗衣液的事情，不管赵兰怎么问，她都说不记得了。

但陈喃没想到的是，第二天回家的时候，桌上明晃晃地摆着一小瓶洗衣液，她拿起来看了好久，才确定这就是自己看到的那个牌子。

“妈，你怎么把这个买回来了，这个好贵的。”她抬起头。

赵兰笑盈盈地看着陈喃，然后说：“超市正好打折，最后一瓶了清仓嘛，妈妈占了个便宜，看着不贵就买了。

“我问过超市的服务员了，他们都说这个牌子最好，衣服洗得干净，穿着还舒服，那妈妈肯定要买回来啊，我们南南也要用最好的。”

她笑着用有些粗糙的手揉了揉女儿的脸。

“等妈妈拿到工资，去买瓶大的，我们南南啊，不能比别人差。”

听着这番话，陈喃眼眶发酸，笑着摇了摇头：“不用了，妈，我觉得家里的也很好，只要是你买的，都是最好的。”

陈喃抬起头，眼圈有些红，一把用力地抱住了赵兰，一股无言却强烈的情绪从这个怀抱里漾开。

后来过了很多年，她还是不知道当初那个超市到底有没有打折。

可她始终记得那瓶洗衣液的价格，记得母亲默默无言的爱，也没有忘记路栩。

长大后，陈喃想起这件事，她那个时候已经可以买好多瓶这个牌子的洗衣液了，她也的确买下了好多。

网购了一大堆东西回家，赵兰嫌她乱花钱，说："买那么多洗衣液干吗啊，老是乱花钱。"

陈喃哭笑不得："这不是好用嘛，以前你给我买，现在我给你买啊。"

闻着衣服上的薰衣草味，她偶尔也会想到路栩，想起那一年傻傻的自己。

那个在知道他身上穿着各种名牌的衣服，从同学嘴里得知他有多么多么优秀，家里又是如何有钱后，望向自己普通泛白的短袖衬衫，衣品不算好的平凡女孩。

在那段记忆里，那一小瓶昂贵的洗衣液，就让她在喜欢路栩这事上溃不成军。

青春时，她总是敏感、懦弱的。

多年后回望时，陈喃终于发现，原来喜欢一个人，真的会喜欢到把他所有事情记住，反复咀嚼，自卑又敏感。

九月的太阳，还是很晒人，骄阳似火。

碧空如洗，没有一朵云，只有晃眼的太阳挂在空中。

操场上，齐刷刷的一大片穿着深绿色军训迷彩服的学生。

每个班都分到了不同的教官，有的教官年纪大些，严厉很多；有的教官年纪小一点，能和学生开玩笑。

陈喃他们班不凑巧，分到了一个年纪三四十岁的教官，一上午都被安排得满满当当，站在大太阳下站军姿。

有的时候队伍排得不整齐，还会被罚几个俯卧撑，又或者是班上的学生不服管教，恶意找事，整个班也会跟着一起被罚。

一上午下来，她觉得自己都快虚脱了，后背全是汗，衣服贴在背上，难受得不行。太阳照在皮肤上，烫得有些刺痛。

到了上午十点多，他们才有休息时间。

"热死我了，又热又累，还好饿，我觉得我现在能生吞一头牛。"整个班的人全都七歪八扭地坐在地上。

顾阳青喝了一大口水，用手扇着风："要死了，要死了，简直是魔鬼军训啊！"

“能不能装中暑啊？”

“就是啊，真的快晒得融化了。”

四周一片哀号。

树叶都被晒得卷了起来，蔫蔫地失去了生机。陈喃抬起头看着半空中，没有风，往远处一望，能隐约看见好几层热浪在空中飘着。

她艰难地眨了眨眼睛，有点怀疑是不是自己出现幻觉了。

“别吵吵啊，把嘴闭上，是不是还想起来接着练啊？”

凑到一起的几个班的教官，往他们这儿喊了一嗓子，把抱怨声都压了下去。

偶尔掀起一阵风，都是此时此刻在阳光下暴晒着的他们的救星。

“这风能不能吹大点啊！”

“救星啊，可算起风了。”

……

迎面吹来的风，轻柔地吹在陈喃的脸颊上。

可脸上一阵阵的刺痛感，让她无法忽略。

陈喃喝了一口水，伸手小心翼翼地碰上自己的脸，只是轻轻一碰，就疼得不行。

她咬了咬牙，大概是红血丝犯了。她从小就有这个问题，只要是特别冷或者特别热的时候，颧骨两边就会又红又疼。

而且不是一般的红，是那种红得吓人的程度。

就像现在这样，她脸上只微微泛着粉红，但压根儿遮不住血丝。

“陈喃，你脸上怎么变成这样了？太搞笑了，你们快看她脸上。”

坐在陈喃对面的程浩克看到她的模样，险些笑岔气。

她皮肤白，那两抹红色在脸上显得特别突兀。加上她是圆脸，还有些婴儿肥，脸上一大坨红，和自带腮红似的，说不上来的喜感。

程浩克这么大声一喊，班里不少人的目光都朝陈喃看过来。

她本来就不习惯被人盯着，这下更难堪了，脸一下子变得更红起来。她连忙低下头慌乱地用手捂住，那股红色一路蔓延到她的脖颈后。

程浩克笑得大声，手用力地拍着腿，语气夸张：“你现在真的好像那种年画娃娃，你知道吗？简直一模一样，真是笑死我了，你说是不是老顾？”

他一边大声笑着，一边还不忘喊顾阳青。

顾阳青一脸尴尬地看了陈喃一眼，虽然平日里自己不是很喜欢她，但这么说一个女生，实在是有点过分了。

“老程，你别这样。”他拍了拍程浩克，让程浩克收敛点。

结果程浩克根本收不住，继续仰天长笑，笑得失声。

班里不少男生盯着陈喃那副样子，笑得肚子疼：

“哎哟，陈喃，你这样子真的要笑死我了，特别像猴子屁股有没有！”

“对对对，还有人能变成这样呢，怎么还有人长成这样啊……”

不只是男生这样，不少女生也跟着窸窸窣窣笑起来。

陈喃听到那些笑声，头埋得更低了，恨不得找个洞把自己埋进去：“不、不好意思啊，我这张脸就是这样的，我……”

她心里紧张，说话不免开始磕磕巴巴，却被几道尖锐的声音打断了：

“你什么啊你，你赶紧遮住脸吧，别吓到别人。”

“就是啊。”

几道讥讽的女声从不远处传入陈喃的耳畔。

陈喃低着头，听到这些声音想起来，是新生典礼时站在她身边的几个女生。

她们好像一直都不太喜欢她，抓到机会就阴阳怪气地嘲讽她。

那些声音像是一根根刺，刺进她的身体里。

那几个女生还在继续说着些什么，陈喃始终低低垂着头，死死咬着嘴唇说不出半句话来。

直到她眼前有些模糊，眼底起了一片水雾，耳畔才传来其他的声音。

“我觉得挺好看的。”有人路过她的身边。

很轻的一句话，熟悉清润的声音，只有他们两个人听得到。

路栩的影子落在她的身上，短暂地遮住了烈阳。

陈喃脑子一乱，将泪水忍住，却不敢抬头。

“哟，什么风把咱们年级第一吹过来了？”程浩克抬起头看了一眼站着的人。

路栩和宋词屿就站在陈喃的旁边。隔了些距离，路栩抬眼，挑衅似的挑眉，嘴角漾着若有似无的笑，没接程浩克的话：“有时间还是好好练球吧，嘴可不能替你打球。”

他余光瞥了一眼坐在地上埋着头像只鸵鸟的人。

“有些人啊，球技不行，人品还那么烂。”宋词屿冷嘲一声，补上一刀。

程浩克坐不住就要站起身来，他咬咬牙：“你这话什么意思？”

路栩轻笑了声，带着些轻蔑的意思，当着他面开口喊了声远处的教官。宋词屿就站着看着他脸色慢慢变臭，看不起地白了他一眼，跟着路栩一起朝着教官的方向走。

程浩克暗骂了一声，到底是不敢在教官面前造次，黑着张脸，只好气闷地坐下来。

“真晦气，陈喃你不能把脸遮遮吗？看着都烦。”程浩克心里的气没地方撒，冲着刚要抬头的陈喃就是一顿骂。

正往前走的路栩步子倏然一顿，蹙着眉有些不悦。

他还没来得及有所动作，下一秒后边传来一个骂人的声音，响得能传到操场另一边。

“程浩克，你再敢欺负她试试，你信不信我弄死你。”

林沉茜不知道从哪儿冒出来的，上去就给了程浩克一脚。程浩克没防备，直接被踹翻了。

坐在旁边的顾阳青诧异得瞪大了眼睛，看着眼前的“女侠”狠狠地揪住程浩克的衣服领子。

“林沉茜你有病吧！”程浩克被这么揪着，面子尽失，一下子暴躁起来，嘴里骂着脏话。

林沉茜也不给他面子，死死地揪着他的衣领不放手，语气强硬，咬牙切齿地说：“去给陈喃道歉。”

“我凭什么跟她道歉？”

这边还在僵持着，路栩听到身后的声音，诧异地挑了挑眉。宋词屿比他要走得快一点，把教官喊了过来。

路栩礼貌地喊了一声：“韩教官，你们班有个女生好像被晒伤了。”

韩教官一愣，看着眼前帅气的小伙子，还没来得及问他，转过头就看到自己班的人快打起来了。远远望过去一个女生揪着一个男生死活不放，不少人站起身来劝架，场面僵持不下。

“你们干什么呢！”韩教官皱着眉头，冲着操场那边的人群喊了一声，又应付了路栩几声，才急急忙忙跑过去了。

“哟，路哥英雄救美啊！”宋词屿的手放在路栩的肩膀上，一副看戏的模样。

路栩抬眼看着不远处，见教官跑过去处理了，目光才收回来：“这你能忍？”

他大老远就听到程浩克在那里嚷嚷了，他们几个本来就和程浩克那帮人不对付，没想到程浩克不仅球技烂，人品还那么差。

“忍不了，我刚刚都想上去给他一拳。”宋词屿点点头，挥了挥拳。

方才要不是他们两个人走过去，那个姑娘怕是都要哭了。

男子汉大丈夫的，欺负个女孩子是什么作风。

“不过你挺帅的啊，我要是那个女生我肯定爱上你。”宋词屿开着玩笑。

两个人从小到大这种事干多了，路栩这小子内心多少有点正义感，也是个喜欢见义勇为的家伙，久而久之两个人越来越像，就不太看得惯这种欺负人的。

路栩无语地瞥了宋词屿一眼，其实他刚才过来的时候，没看清那个女生的脸，她埋着脑袋，身体还不自觉地颤抖。

大概是那种很腼腆的女孩子吧。

路栩想，下次要是还能认出她，一定要告诉她记得勇敢点，老被欺负可不是好事。

当然，这样烦琐的小事，对他而言每天不知道会发生多少。他小时候和他爸关系不好，也不常见面。他老是和他小叔待在一起，他小叔是警察，天天耳濡目染，对他来说，能帮忙就帮一帮，也不是大事情。

想到这儿，路栩摸了摸鼻子，看了一眼远处已经被赶过去的老师和教官挡得严严实实的女生，放心地松了口气。

但陈喃这边可就挺难办的了，林沉茜突然冲出来让她都反应不过来，她听着声音连忙抬起头，艰难地站起身来拉开林沉茜。

班里不少人也赶紧起来劝架，拉住冲动的林沉茜。

直到教官过来，林沉茜和程浩克两个人才勉强被扯开。

“你们怎么回事啊？”韩教官脸色阴沉，疑惑地盯着他俩。

林沉茜被扯开后，狠狠地剜了程浩克一眼。如果眼神可以杀人，程浩克可能已经死了千千万万回了。

“还有这个女同学，你不是我们班级的吧？班长呢？给我出来，解释解释这是怎么了？”

班长站出来解释了老半天，才把这件事说清，最后还是叫了赵玉芳过来才解决的。

韩教官了解了大概的情况，赵玉芳本来打算让当事人互相道个歉这事就这么过去算了，但教官却不依。

“高一（5）班刚刚说闲话看热闹的几个，都给我站起来，去操场上跑两圈。

“我刚刚是怎么教你们的？我们是一个团队，要团结，才多久啊，就搞起这种事情来了。”

他严厉地训着话，起初还有些女生不愿意，但刚刚那一场闹剧整个班的同学都看在眼里，于是在众人的注视下，几人别别扭扭地站出来，跟在男生后边罚跑去了。

“还有你啊同学，胆子也是真的大啊！你这个行为呢我是不提倡的，但是你重情重义帮助同学也能理解，回去写个思想报告给你们赵老师，这事就到这儿了啊。”

韩教官看了林沉茜一眼，眼前这小姑娘长得蛮清秀文气的，还是艺术班的学生，没想到性子那么刚。

林沉茜点点头应了一声，轻轻地拍了拍陈喃揪着自己衣服的手，让她别担心：“谢谢教官、老师，我下次会注意的。”

赵玉芳看着眼下的情况，也不再多说什么，看了眼陈喃脸上红彤彤的一片，担心起来：“陈喃，你这个脸还是得处理一下。以后有事就找老师，班里有些人嘴上没个把门的，你别往心底去。”

她作为高一（5）班的班主任，这么几天相处下来，早就摸清楚班里的每个学生了。

程浩克嘴欠，没事就喜欢拿身边的女生开开玩笑。而陈喃在她眼里太安静内向了，不爱说话。

她帮陈喃向教官请了个假，暗想自己班有人说着说着就开始对陈喃口无遮拦，这个情况自己也得多注意注意。

赵玉芳不免想起陈伟和自己说过的话。陈伟这个教导主任平日里和办公室的几个老师关系不错，这次被调过来担任了一班的班主任和一、三、五三个班的语文老师，开学那天他还特地来找赵玉芳拜托了好几次。

“赵老师，还得拜托你一件事情。你们班的陈喃是我侄女，她这孩子什么都好，就是太内向了，希望你帮我看着点她。”

陈伟说了不止那么几句，都是关于陈喃的，起初她听得一头雾水，但毕竟是陈伟家亲戚，找她照顾着点，也正常。一开始她没多在意，以为是照顾照顾成绩之类的，现在才明白过来。

像陈喃这个性子的女生不少，大多数是班级的边缘人物，老师不会太在意的那一类人，也更容易受欺负。

一中近几年强调了不知道多少遍要注重学生间的关系，杜绝校园暴力，赵玉芳觉得自己也该留个心眼，找个合适的时间和陈喃聊聊。

她看着眼前的小姑娘，小姑娘始终低着头，声音细细弱弱的，像蚊子叫：“谢谢老师。”

赵玉芳看眼前这孩子可怜兮兮的，又从陈伟那里了解了她的家庭情况，怪心疼的，语气都柔和下来：“没事没事。林沉茜，你不是担心陈喃吗？你就陪着陈喃一起去一趟医务室吧。你老师那边我去说，你的思想报告也别给我了，直接交给你们俞老师。”

“啊？别啊，老师！”林沉茜一开始听着自己能陪陈喃一起去医务室还挺开心的，听到下半句表情就痛苦起来了。

她急得要哭出来了，他们班主任管得严，这下肯定又是一顿臭骂。

“你在和老师讨价还价啊？这次就放过你了，下次再这样就叫家长！”赵玉芳朝林沉茜摆了摆手，让她自觉点赶紧走。

林沉茜光是听到“叫家长”这三个字，脑子就抽痛，笑得有点勉强：“没有没有，我哪敢啊。走走走，南南，我带你去医务室。”

说罢，她就拉着陈喃仓促地离开了。

“完了，又要被老俞骂了。”一路上，她叹了好几声气。

陈喃被她牵着手，咬了咬唇自责着：“茜茜，你别担心，我陪你一起去找你们老师，要挨骂我们一起挨。”

听着这话，林沉茜转过头来看着陈喃。离开了太阳的暴晒，可她脸上还是红着一大片，一副愿意英勇赴死的傻样。

她没忍住，笑出了声：“哎呀，你放心吧，不是大事。我在班里经常被老俞骂的，不过他虽然骂得狠了点，但对我们还是很好的。

“倒是你啊，那几个人都那么说你，你都不知道开口反驳回去吗？”林沉茜的心情变化向来很快，说风就是雨的，心大又乐观。

她就是有点生气，气那群人说话难听，又有点气陈喃这副软软的样子，谁都能欺负。

“我、我就是想多一事不如少一事嘛。”陈喃也知道这件事自己理亏，又犹豫又抱歉，“对不起啊茜茜，还连累你因为我要写思想报告。”

都这个时候了，这家伙还和自己道歉。

林沉茜是真的拿陈喃没办法，无奈地叹了口气，一把挽着她的胳膊：“思想报告算什么啊，我这么多年写得还少吗？再说你帮我写的也不少啦。”

“那这次的我帮你写！”

“好。你想写咱就写，我们一起瞎编点。”她也没拒绝。

陈喃就是这样的性子，你对她好一些，她就会掏心窝地对你好，你为她做些事情，她不给你帮点忙，都会心有不安。

林沉茜从小和陈喃一起长大，早就知道她这脾气了，也就随她去了。

“南南，我就希望你别害怕，别顾虑那么多，别老是委屈自己。”

林沉茜和陈喃是不同的，她从小就是惹事分子，没少被老师批评甚至请家长的。

可陈喃不一样，她从小就是好学生，乖得离谱，她老担心给家长惹事，在家里是这样，在学校也是这样。

有的时候她就想，忍忍就过去了，慢慢地，抗压能力都变强了很多。

所以初中的时候，就有人欺负她。林沉茜那个时候打不过人家，就装那种校门口的坏学生，冲到那几个人面前吓他们。

她把人家吓唬得一愣一愣的，那几个人也就没再来找过陈喃麻烦。

后来真的出了事，在校门口，她这个假的混混，被那群男生找人堵住了。

她们那时才读初中，小小的两个人被一堆人围着，她让陈喃赶紧跑，那傻子死活不肯，还特勇敢地张开手臂挡在前面保护她。

最后也没有出事，那群混混被保安室的大叔吓跑了。

这事闹大了，老师通知了林沉茜的家长，不出意外她又被爸妈狠骂了一顿。

初中的时候陈喃的妈妈在外地上班，回家的次数少之又少，大多数时间都是她外婆在照顾她。

出了那么大的事情，她也还是不愿意惊动家里的任何人，恳求老师不要告诉她外婆，生怕外婆和妈妈担心。

在林沉茜的印象里，陈喃是个特别懂事、脾气特好的人。

不像她，别人说几句，她袖子都要撸起来了，陈喃从来不会这样。

初三那年，林沉茜记得那是陈喃人生中最灰暗的一段日子，将她带大的外婆去世，她身边没半个能依靠的人。

那个时候陈喃才十五岁，发育不良瘦瘦小小的，她蹲在病床边抽泣，哭了一晚上，哭声越来越压抑。林沉茜再见到她的时候，她嗓子都是沙哑的。

她不知道自己应该怎么办，那个时候她身边没有一个亲人。

直到赵兰赶回家，她才终于有了依靠。

自从陈喃的外婆去世后，原本被林沉茜带得有些活跃的她，再度沉闷到谷底。初三那阵子大家不停地刷卷子，她几乎两个学期都没在学校里说什么话。

再后来，陈喃就变成了现在的样子。

陈喃过得苦，可她从来不喊不闹，林沉茜不止一次说过她这个脾气的问题，可是陈喃只是笑笑就避过去了。

两人一路上相对无言，很快就走到了医务室。

走进医务室，校医简单给陈喃看了一下脸伤，拿了一管药膏，用棉签蘸着给她轻轻地涂上去："你这个红血丝很严重啊，最好去医院看一下。"

药膏抹在她颧骨两边的红血丝上，有点疼，还有点凉凉的。

林沉茜紧张地盯着校医的动作。

校医抹药时，余光瞥了她一眼，见她一脸担心，安慰着："这位女同学，你别老盯着我，不是什么大问题，放心吧。"

她这才松了口气放心下来："哦哦，好，麻烦您轻点涂啊。"

医务室门口，路过三三两两的男生。陈喃屏住呼吸，一动不动地让校医上药，生怕扯到脸上的伤口。

"哎，路栩，你说五班那个女孩子后来咋样了？"外头的男生喊了一声。

陈喃听到这个名字一下愣住，眨了眨眼，眼睫轻颤。

路栩没有立刻回话，停顿了一会儿才开口："不知道啊，你怎么突然说起这个了？"

“不是你说的帮人帮到底吗？”那男生问着。

路栩拍了拍他的肩膀，调笑道：“放心吧，宋哥，老师都去了，出不了事。你还说我正义感强，你现在也不赖啊。”

宋词屿被他说得一急：“什么啊！我是看那个女生太胆小了，胆大点能被那孙子欺负？”

路栩深以为然，随口说了句：“那倒是，希望她以后能勇敢点吧。”

声音渐渐远了，陈喃不再听得清楚。

她又想起了刚才在操场上的那一幕，那个时候她不敢看他，只敢在他走远了才偷看他一眼。

大家都穿着一模一样的军训服，可是那身衣服他穿着格外合身，深绿色衬得他皮肤很白，他戴着帽子，从她那个角度望过去，帽檐遮住大半张俊秀的脸，只能看见他清晰的下颌线和高挺的鼻梁。

路栩腰板很直，穿上那身衣服，看着特别板正。少年身上有少见的张扬和少年气，可是他骨子里那份张扬傲气不会外漏，给人的感觉永远是那么温和。

他路过自己的身边，为自己解围，他又说，希望她勇敢点。

陈喃的前半段学生生涯里，从来没遇到过像路栩那样的人，她遇到的男生不是爱开那些恶劣的玩笑，就是喜欢欺负其他人。

像路栩这样为一个陌生人解围的，太不常见了。

不常见到有些不真实，可她就是遇到了这样的一个人，温暖得像四月的阳光。

陈喃想到这几天，有些巧合的偶遇，有些自己刻意制造的见面，心底倏然漾开一大片难以言喻的情绪——见到他时会觉得紧张却开心，见不到他时又会沮丧，有人诋毁他会不高兴，了解到他那么一点点会欣喜雀跃，看见他们间的距离会难过心酸。

那些莫名的情绪，都源于青春里的那份情窦初开。

涂好药离开医务室，在回去的路上，她终于无法欺骗自己这几天做的那些傻事到底是为什么。她有点想笑，可是轻轻扯一扯嘴角都会牵扯到脸上的伤口。

她疼得忍不住蹙眉，想掉眼泪，这份悸动不算很荡漾，似乎还泛着苦涩。

她喜欢上的那个人太好太优秀了。

好到，没人不会为他心动。

军训接下来的一个星期，陈喃因为脸上的晒伤还是很严重，被教官特批在旁边休息。

有了林沉茜那一出后，那几个捣蛋的人消停了会儿，程浩克不情愿地在韩教官和赵玉芳的要求下向陈喃道歉，只是道歉时他表情很臭，一副不情愿的样子。

“陈喃，我不该嘲笑你，对不起了。”

他嘴上说得蛮好听，只是她抬起头直勾勾地和程浩克对上一眼，他马上目光一斜，不满地白了她一眼。

他就这么僵持地看着她。

见状，她死咬着嘴唇，两只手紧紧攥在一起，她站起身来，深深吸了一口气，脑子里全是林沉茜和路栩那天说的话。

他们都说，你勇敢点啊。

于是，她终于硬气了一次：“谢谢你的道歉啊，但我不想接受。”

“陈喃你这是什么意思？”程浩克本来就不爽，给陈喃道歉都是被迫的，没想到眼前本来唯唯诺诺的人还不给他面子，让他有些恼羞成怒。

陈喃没有继续说下去，别过头不敢和程浩克对视，眼神涣散地看着远处，不知道在看些什么。

直到十几秒后，抱着球的路栩走进操场，他唇边带着笑，看着心情不错。

陈喃看见了他，原本胆小害怕的心情一瞬间荡然无存了。她微微勾了勾唇，垂下眼，抛下一句话：“很多事情，不是说句道歉就有用的。”

说完，她就起身走了，没给程浩克留半点反应的机会。

离开那儿后，她跑到空旷的地方吸了好几口新鲜空气，她很少会这么对别人说话。

有些人是讨好型人格，不会说拒绝，被人欺负了，听到句道歉就心软了，陈喃就是其中一个。

但在她的生活里，鲜会听到真诚的道歉。

可她不想再去顾及以后在班级里怎么与同学相处了，她把这些想法抛之脑后，随便了。

陈喃想，反正人缘不好，什么事情都没做，就被人讨厌了，那她做什么都无所谓了。

这场闹剧总算平息下来，程浩克大概没想到陈喃会突然这么说，虽然不爽，但在老师的管束下，也不敢做什么。

陈喃和林沉茜提到了程浩克来向自己道歉，但是自己没接受这件事。

林沉茜听后眼睛一亮，她拉着陈喃的手，有些诧异："你可终于硬气一回了，怎么着，太阳从西边出来了啊？"

陈喃这个破性格，她都不知道说了多少年了。

不过她一想到程浩克那个时候一定是气得脸色发青，就在心底忍不住地暗爽。

"南南，你要每次都这样啊，我就不用担心你被欺负了，陈叔叔在天有灵肯定也……"

林沉茜一高兴就开始口无遮拦，话都说一半了，才意识到不对。

陈喃也没想到林沉茜会突然提起这些，目光悄悄暗了下来，见林沉茜慌乱不知所措的样子，她装作没听到。

"走吧，你不是还要去交思想报告吗？我陪你去。"她掩下心底的酸楚，苍白地笑了笑。

林沉茜知道自己说错了话，看陈喃给她台阶下，连忙应声。

在陈喃这儿，她爸爸是不能提的话题，因为她对这事太敏感、太脆弱了。

这么多年里，在每个家庭温暖的聚餐、旅游，在学校闹了事情有爸爸出面护着的时候，陈喃都是没有的。

她初一的时候被同班的一个女生找事，和她其实没什么关系，但对方偏偏冤枉她要她道歉，她不愿意。

这事就闹到老师办公室，女生的爸爸过来就气势汹汹地质问她，为自己孩子出头。

学校叫来了陈喃的外婆，她外婆腿脚不方便，在来的路上摔了一跤，摔得很严重。

这事后来因为陈喃的外婆在路上出意外了不了了之，但她还是被对方的家长劈头盖脸骂了一顿。

放学后陈喃要去医院陪外婆，林沉茜硬要陪着一起去。

两个人陪床到了大晚上，后来是林沉茜妈妈带着两人一起回的家。林沉茜怕她难过，一个人在家不安全，硬是拉着她来家里一起睡。

两个小女生窝在一个被窝里，陈喃还是一句话都没说，窗外的月光洒在地上，微弱的光映在她的脸上。

那天晚上，陈喃睡在林沉茜旁边，第一次对她说：“茜茜，我好希望我也有爸爸啊。”

她声音颤抖着，忍不住地哭了起来，两个人在屋里抱着哭。

那些佯装不在意的事情，总会在某一个夜晚突如其来地爆发。

这件事情结束后，陈喃再也没和任何人闹过吵得起来的矛盾，大部分都是她妥协或者是默不作声。

她开始抵触社交，也开始恐惧那些无端的恶意。

陈喃陪着林沉茜去交了思想报告，赵玉芳提前去告知过情况，所以俞老师也没怎么批评林沉茜，就让两个人出去了。

交完报告后，林沉茜他们班有排练，明天就是军训的最后一天了，他们艺术班要在明天晚会上表演。

林沉茜匆匆忙忙地和陈喃分开，林沉茜走后，她佯装正常的情绪终于低沉下来，一路上低着头，回到了操场。

军训还在继续进行，今天是难得的阴天，陈喃回到队伍里等着教官的指令开始训练。

到了下午五点多，乌云密布的，天色很快就沉了下来，起了凉爽的大风。

整个高一全都在教官的指令下坐下来休息，在他们五班前边的就是一班。

两个班的教官关系好，开始教学生唱军歌。

韩教官起了个范儿，声音洪亮：“团结就是力量，团结就是力量，这力量是铁，这力量是钢，预备起！”

“团结就是力量……”

几个班跟着教官一起唱，声音有气无力的。

“没吃饭啊是不是！声音那么轻，你们是不是想做俯卧撑了！再来！团结就是力量……”

几个班的学生听到做俯卧撑就太阳穴突突跳，猛吸了口气跟着教官一起扯着嗓子吼出来：“团结就是力量……”

有的学生唱得跑调。陈喃坐在地上，跟着一起唱，只是不敢大声唱出来。

教官们教了好几遍，纷纷下场喝水润嗓子，一班的教官往班里喊了声：“来来来，班长，带着大家继续唱。”

路栩坐在地上一呆，见自己班的教官冲着自己抬了抬下巴，无奈地笑了笑。宋词屿在一边起哄：“哦哦哦！路哥路哥来一个！”

全班齐刷刷地起哄，大声喊：“路栩！路栩！班长！班长！”

气氛火热，路栩被一堆人强行拉起来，有点尴尬。

陈喃就在后边，看着前边的班级站起来个人——其余的人都坐着，只有他一个人站在人群里。

路栩也不怯场，冲着给自己应援似的宋词屿一撇嘴，声音爽朗洪亮：“报告教官！我请求宋词屿同学和我一起唱！”

“哎，路栩，不带你这样的！”宋词屿前一秒还在看戏的表情一下垮了。

他还没拦住，不远处的教官已经批准了：“可以，你们俩来吧，大家给点掌声啊！”

一班的一帮人纷纷拍手叫好，其他班的开心看戏，跟着一起鼓掌。

宋词屿硬着头皮被路栩拉起来了，他站起来后，狠狠剜了路栩一眼。

响亮的掌声停下来。

路栩张了张口，带头唱了起来：“团结就是力量……”

他发音标准，声音响亮不跑调，还很好听。

几个班的人跟着他一起唱起来。

宋词屿混在那些声音里，勉勉强强开了嗓。

陈喃跟着他一起唱起来。

她眉眼弯了弯，声音都变响亮了不少。

她抬头向路栩望过去，恣意大胆的少年背对着她，和大家一起唱着军歌，所有人的声音都变得十分嘹亮。此刻陈喃眼前没有其他人，只有那个带头唱军歌的少年。

她正跟着路栩一起唱着军歌，旁边却蹿出一个人。

顾阳青用手戳了戳陈喃的肩膀，陈喃回头一看，原本笑着的表情凝固住了。

“你干什么啊？”她蹙了蹙眉，低下头，轻声问他。

顾阳青一副讨好她的表情：“陈喃同学，我的好同桌，你就帮帮我吧，我就想认识一下林沉茜，与她交个朋友。”他双手合十，小心翼翼地求着她。

自从上次林沉茜大打出手，在五班一战成名后，顾阳青这家伙就一直缠着陈喃，格外执着。

对此，陈喃压根儿不会答应，顾阳青这人，出了名的不着调儿。

她无语地看了顾阳青一眼，没犹豫地拒绝了。

顾阳青这家伙看到此路不通，后来自己直接去找林沉茜。林沉茜一向是自来熟，两人没聊几天就熟了。

中午吃饭的时候，林沉茜还和陈喃聊起这件事。

“南南，你觉得顾阳青怎么样？”她一脸期待地眨眨眼。

陈喃想了会儿，摇摇头，语气笃定：“不太靠谱儿。”

林沉茜：“……”

陈喃看她不相信，放下筷子，很严肃地提醒着她：“茜茜，这种人少接触为好。”

两人又聊了几句。

林沉茜看陈喃对顾阳青意见特别大的样子，也就不敢继续聊下去了，随意扯了扯别的话题：“中午你来看我排练吗？我们排的歌舞特别好看！”

林沉茜他们艺术班军训结束的时间比普通班级早一些，而陈喃所在的五班有一周的军训时间，在今天上午才彻底结束。

下午各个班级就回到教室自习了，晚上还有一场晚会。

吃好饭后，林沉茜就拉着陈喃往自己班级方向走。

走在路上，陈喃听见草丛里传来几声微弱的喵喵声。两人停下来，翻开草丛，里面有几只大大小小的流浪猫。

好几只都是橘猫，湿漉漉的眼睛，可怜巴巴地望着她们，“喵”了几声。林沉茜的手刚一动，那几只小猫立刻受惊似的逃走了。

“哎哎哎，别跑啊！”林沉茜冲那儿嚷嚷了几声。

猫咪跑得快，蹿进草丛里，很快就没了踪影。

“我们学校，什么时候有的猫啊？”陈喃伸着脖子朝着远处望了好几眼，看不清楚猫跑哪儿去了。

林沉茜摇了摇头："不知道啊，流浪猫吧，警惕心高。快走吧，不然来不及看我排练了。"

她催促了几声，陈喃才把目光收回来。

到林沉茜班级的时候，班里没几个人，林沉茜上前一问："温漾，班里其他人呢？"

那女生转过身来，看了眼一旁的陈喃，礼貌地笑了笑，回着话："大家都去大厅排练了，我看有些同学还没来，怕来不及通知，就在这儿等会儿。"

"哦，还是你人好啊。"林沉茜点点头，瞥了眼旁边低着头试图降低自己存在感的陈喃，一把拉过她，介绍着，"温漾，这是我和你提过的，我最好的朋友，陈喃。"

她又朝陈喃介绍了句："这是我们班文艺委员——温漾。我和你说过的啊，她跳舞、唱歌超厉害的！"

温漾转过头和陈喃打招呼，丝毫没有初次见面的尴尬，大方地笑着："你好啊，陈喃，我是温漾。"

"啊，你、你好啊。"陈喃显然有些拘谨。

陈喃看着她。温漾长得漂亮，性格外向，就像是夏天的骄阳，很难让人记不住她。

接下来的时间，陈喃跟着林沉茜和温漾两个人一起去了排练大厅，她们在舞台上唱歌排舞，特别热闹。

陈喃就坐在底下的观众席，静静地看着听着，时不时很捧场地轻轻鼓掌。

温漾在台上，紧握的右手模拟拿着话筒的样子放在嘴边。她唱的是周杰伦的《反方向的钟》，婉转的音乐前奏响起，站在C位的女生缓缓开口，声音温柔好听。

这首歌不太好唱，女生唱起来难度更大，但是温漾唱着歌，唇边带着若有似无的浅笑，没有半点压力。

一整首歌唱下来，都很顺利。

中场休息的时候，林沉茜怕陈喃无聊，跑下来和她聊天，温漾也跟着一起下来和她们谈笑。

陈喃话不多，大多数时候都是林沉茜和温漾两个人说话，她就点头跟着一起笑。

温漾大概是听林沉茜提起过陈喃，也知道她的性子比较慢热内向，话题时不时偏向她一些，努力把她带进来一起聊天。

温漾和林沉茜都是话痨，没聊几句就能和别人打得火热。身边待着两个那么热情的朋友，一个中午相处下来，陈喃心情都跟着好了不少。

三个人聊起天来也挺投机的，林沉茜和温漾本来就认识，而陈喃属于是问句她都会礼貌地回答的那类人，简直是最好的聆听者。

等到快上课的时间，她们才回到班级里。

下午林沉茜和温漾他们班还要继续排练舞蹈，陈喃就回班级自习了。

陈喃和她俩的班级相邻，她要走的时候，温漾喊住她："陈喃，你有手机吗，能把号码给我吗？以后我们可以一起约着出来玩啊。"

"啊，我还没有电话，等我有了电话就给你。"陈喃"啊"了一声，温漾太自来熟，两个人才认识，她就想好以后出去玩的事情了。

她的性子直来直去，喜欢和这个人交朋友，就会对这个人百分百热情，不喜欢一个人，也很直接。

陈喃听林沉茜提起过他们班里的文艺委员——"她长得特别漂亮，人也挺好的，就是听说经常和人闹矛盾吵架什么的，我们班不少女生都不乐意和她一起玩。"

林沉茜把这种情况概括为：美女总是有交友烦恼的。

相较起来，陈喃和她们两个人完全不一样。

她慢热又被动，要想和她交朋友，都得主动来，不过慢热也不代表就没有感情，她和林沉茜这些年玩下来，不难看出，慢热的人，更加注重感情。

尤其是陈喃，朋友本来就不多，她更加看重和朋友之间的关系。

不过她是真的还没有买手机，赵兰工作忙，一直说着要给她买个手机带在身边方便，但老是没有时间。

陈喃回到班里的时候，时间还早，班级里还没几个人。

一下午都是赵玉芳守着的自习课，就算现在是高一也不轻松，最后一节课陈伟来发了一套语文卷子下来。

"最后一节课，把这份卷子做好，按捺住你们想去参加活动的心思啊。"

陈伟敲了敲讲台，发出不小的声音。

但讲台下的一大帮学生，心思早就飘远了，大家都争分夺秒的，祈祷着早点下课，期待着军训结束的晚会。

陈喃反倒没有那么激动，她沉下心来，仔细地做着题目。

陈伟朝着讲台下看了一眼陈喃，对于这个侄女，他是格外关心。

哥哥去世得早，陈喃对于陈伟来说，就和自己的女儿一样没差别。

他看了一眼名单，整个班的中考语文成绩都在上边。

陈喃的语文成绩特别突出，130 总分她能拿个 125 分，只有作文扣了 5 分。

她作文写得好，加上字写得秀气，卷面干净，几乎挑不出毛病。

陈伟看过她中考的成绩，除了数学和物理有点偏科，其他都挺优秀的，不过都还有上升的空间。他想起前几天去赵兰家里和她提起给陈喃报个补习班这事，被推托过去了。

他寻思着有机会得和陈喃好好说说。

一节课下来，全班的人都做卷子做得脑袋疼，好不容易做好交卷，没过几分钟就下课了。

“好了，你们赵老师可是要求我看好你们整理好队伍，然后一起去学校大厅，动作都麻溜点吧。”

下课铃一响，原本死气沉沉的班级一下子躁动起来，大家很快出门整理好队伍，一个班一个班整整齐齐地往学校大厅那边去。

学校的大厅在操场旁边，顶着炽烈的阳光，高一的全部班级在班主任的安排下有序入座。

大厅外，教官们排成一列，整齐响亮地喊着口号：

“齐步走，一二一，一二一，立正！”

然后一个个有序地在第一排入座。

看到教官来了，原本有些吵闹的几个班，瞬间安静下来。

台上主持的学生拿着话筒，迎着自己班同学捧场的掌声上台，宣布晚会开始。

“有请高一（6）班的学生，为我们表演舞蹈和歌曲。”主持人报着幕。

台下响起一片掌声。陈喃坐在靠边的角落里，跟着一起鼓掌，抬头看着在舞台上的林沉茜和温漾。

舞台上的同学穿着清一色的深蓝色校服，音乐前奏响起，和她在排练时看到的一样，温漾是主力，站在 C 位。

全场的学生们十分安静，路栩一只手撑着脑袋，慵懒地靠在座位上，耳畔传来熟悉的音乐声，他才缓缓抬起头。

眼前的女生撞进他的眼底，笑着开始唱歌。

他有些意外地稍稍一挑眉，自己随口说的，没想到她还真的选了这首歌。

“哟，路哥，这不是温漾吗？”不出意外，宋词屿那贱贱的声音又传过来，路栩看了一眼旁边，没在意地点了点头。

温漾的执着态度，成功地让宋词屿记住了她的名字。

台上的表演前半段还是中规中矩的唱歌节目，到了后面就变成了串烧，歌唱到一半突然中断，温漾把手边的话筒轻轻地放在地上，转过身背对着大家，脱下身上的外套，随便往旁边一甩，露出里边的短袖和短裙。

“哇哦——”

台下一片起哄声。

一个班的女生配合默契，温漾张扬地笑了笑，伴奏重新响起，声音炸耳响亮。

她有力的舞蹈动作，就像是原本平静的海滩，倏然起了一阵海浪。

温漾跳的是街舞，动作快却不杂乱，身后的林沉茜也稳稳当当地跟着，在舞台上，她们青春又耀眼。

陈喃看着台上的变化，忍不住为她们高兴。

林沉茜小时候就爱跳舞唱歌，对文化课她总是愁眉苦脸，但在跳舞这件事情上，她格外擅长。

“林沉茜！哇哇哇！”坐在一边的顾阳青站起身来，挥舞着胳膊，应援似的大声喊着林沉茜的名字。

大部分学生转过头来看着他。

陈喃一愣。

赵玉芳见状连忙跑过来一把按下他：“顾阳青！干吗呢你？”

“哎哎哎，别揪我耳朵啊，老师！”顾阳青皱着眉头，表情痛苦。

宋词屿往他们这儿望了眼，笑得幸灾乐祸：“还是咱们赵老师厉害啊。”

路栩也淡淡看了一眼，没作声，他的目光继续投在舞台上。

台上的温漾笑脸明媚，动作干脆利落，挺帅气的。

跳出了街舞的精髓。

他也没料到会有这么一出，诧异了片刻，随后低下头笑了起来。

永远不按套路出牌的人，才是温漾。

温漾就是那么一个大胆自信的人。

伴随着结束动作的定格，一段舞蹈结束。

舞台上瞬间黑了，有学生上台处理道具，顺便准备好下一场的道具，而台下的气氛已经被顶到了高潮。

不少男生激动得直鼓掌，把手掌拍红了也不在意。顾阳青虽然收到了赵玉芳的眼神杀，但还是不怕死地拼命鼓掌。

林沉茜走下后台，摸黑悄悄地坐到陈喃的身边。等灯光再次亮起，台上已经出现了另外一个班的人。

“怎么样，我刚刚表现不错吧？”她抬了抬下巴，一副等着被表扬的模样。

陈喃笑弯了眼，直点头：“特别好，要不是没有手机，我都想给你录下来。”

“那你怎么不给我欢呼一下啊，我可看到不少人为我们班欢呼呢！”林沉茜知道陈喃做不出这事，诚心逗她。

她正要开口，坐在一边的顾阳青邀功似的，探头过来：“林沉茜，我给你欢呼、鼓掌了啊，你高兴不？你夸夸我呗？”

林沉茜无语：“我看到了，你还喊了我名字，很丢脸！”她还特地加重了后边的三个字。

闹得顾阳青都有点不好意思，讪讪地笑了笑，也不敢再插话了。

陈喃看着这两人和欢喜冤家似的，忍不住想笑。顾阳青这几天为了和林沉茜熟悉点，可是使出了浑身解数，为了讨好陈喃，又是带饭又是带水的，虽然她都没接受。

但是对他这人，陈喃还是有点不放心，所以把这些事情都原封不动地告诉了林沉茜，不过看现在的样子，林沉茜不在意那些事，于是她也不再插手了。

舞台上的表演还在继续，陈喃抬头看了周围几眼，往前看时，能看见路栩的后脑勺，他正和旁边的人说着些什么，时不时地笑笑。

她看见他唇边挂着的笑，心跳像是漏了一拍，台上多么吸引人的表演也无法让她移开眼。

军训结束的最后一环是全体同学到操场集合，有始有终，在哪儿开始就在哪儿结束。

走出大厅的时候，天已经黑了。

几个教官没有要求他们排成整齐划一的长队，而是让所有学生围成圈坐下来，说了几句。

经过一个星期的相处，从一开始的抱怨到渐渐熟悉，没有了距离感，教官像老师也像是朋友，如今面临分别。

不少女生有些舍不得地红了眼圈，韩教官是最后一个上去说话的人。五班的男生们起着哄，他摆了摆手，佯装一脸嫌弃：“咳，我就没什么好说的了啊，教大家的军歌，你们还记得吗？”

“记得！”

“那我们最后再唱一遍！”韩教官看着这帮学生，自己一开始也算是恨铁不成钢，这个班顶嘴的男生特别多，被他罚得也最多。

但相处下来，也是一群特可爱的孩子。

操场上黑漆漆的，只有微弱的路灯照着，他们唱着军歌：“团结就是力量……”

有人哽咽不舍，有人大声唱着歌，一首歌下来，大家都沉默了。

一时间操场上安静得可怕，几个教官不喜欢这气氛，就开始带着所有人一起唱歌。

所有的教官里，就数一班的教官最年轻，他才二十几岁，和这一大帮学生没代沟。

他找艺术班的学生借来了音响设备，放了首周杰伦的歌。2010 年，硕大的校园里，没人没听过周杰伦的歌，不少男生女生甚至能把整首歌词背下来。

教官放起前奏，音乐充斥着整个平静的校园，所有人都开始一起大合唱。

有的学生唱歌跑调，可声音特别响，不少人唱着唱着就被逗笑了，一阵阵哄笑声响起。

陈喃抬起头向前看，路栩认真地跟着教官唱着歌，时不时被唱破音的同学逗笑，低下头笑得肩膀都发颤。

于是她也笑了起来。

一首歌唱完，教官们看着这一个个正值大好青春的孩子，又是羡慕又是感慨。

一班的教官看着这帮学生，受气氛感染，忍不住想起过往，自嘲似的和他们说起自己青春那点事："我和你们说啊，我高中军训那会儿，教官让我们邀请同学上来唱歌，我那时候想邀请一个女生，可是我㞞啊，愣是没敢。"

"噫——"这话一说，收到一阵嘘声。

教官无语地蹙了蹙眉，摆了摆手："嘿，和你们说你们还瞧不起我了，那你们来，音响在这儿呢，你们老师都不在啊，有勇气的上来邀请自己同学唱首歌啊。"

他使了个激将法，方才起哄的男生都蔫了下来，耷拉着脑袋没那个胆子。

其他的几个教官看着这帮学生，忍不住笑出声。

过了好一会儿，人群里传来一个清脆的女声："报告教官，我要来！"

所有人齐刷刷地转过头，见温漾举着手。

"行！这位勇敢的女同学，你要邀请谁？"教官好奇地问。

温漾转过身，目光直勾勾地落在路栩身上，下一秒说："报告教官，我要邀请你们班班长路栩同学和我一起唱个歌！"

"哇哦，哇哦！"

这话一出，一大片男女生都起着哄。

教官摆了摆手，示意大家安静，憋着笑装正经："哎哎，干吗啊？我都说了要邀请同学，你们起什么哄啊？

"那我们班班长，你同意不？"

路栩"啊"了声，被宋词屿推了起来。

从温漾站起来那一刻，他就料到这回事了。

只是此刻气氛太好，他心情也特别好，不愿意扫温漾和其他人的兴，何苦当众拒绝人家女生，也太不给她面子了。

想罢，他点了点头："行，我没问题！"

见路栩答应了，宋词屿激动得不行："来来来，上去上去！"一把推搡着路栩上去，让他站到温漾的旁边。

陈喃一瞬间呆住，她方才看着温漾站起身来，刚心想她真的好勇敢，只是没料到，温漾要邀请的那个人竟然会是路栩。

此刻站在中央的两个人还在纠结，不知道选什么歌。

宋词屿见状冲他嚷嚷了一声：“路栩，你这不得选一首你最喜欢、最擅长的歌啊。温漾，这家伙喜欢周杰伦，记得选周杰伦的歌啊！”

温漾闻言，跟捣蒜似的不停点头。路栩无奈地耸了耸肩：“别听他的，你有想唱的歌吗？”

“你来选吧，我邀请的你啊，歌肯定得你来选啊。”

两人商量了好一会儿，最后还是由路栩选择了《晴天》这首歌。

路栩和温漾站在一起，前奏响起，操场上起了一阵风。

陈喃坐在人堆里，林沉茜在旁边戳了戳她胳膊，八卦地说着：“你看你看，温漾厉害吧？你别说啊，他俩这么站在一起，还蛮般配的是不是？”

她没有说话，眼前只有合唱的两个人。

故事的小黄花

从出生那年就飘着

……

路栩先开口，他唱歌好听，声音低沉，很适合唱周杰伦的歌。

周围的男生开始起哄，一声一声喊着他名字：“哇哦！路哥路哥牛啊！”

少年瞥了他们一眼，抿着嘴唇憋笑，唱得却依旧很稳。

整首歌慢慢进入高潮部分，面前两个人相视一眼，一起合唱。

从前从前有个人爱你很久

但偏偏风渐渐把距离

吹得好远

……

整个操场的人都为他们鼓掌。

“看着有点配啊！”

“我觉得可以哎！两个人都好亮眼，唱得好好听！”

“哪里配了，就那样吧。”

“不是吧，这还一般啊？”

陈喃的耳边起了阵风，胡乱吹起她的发丝。嘈杂的声音钻进她的耳朵里，她一动不动，若有所思。林沉茜在旁边跟着一起起哄鼓掌，陈喃一向安静惯了，她也没觉得此刻的陈喃有些不对劲。

陈喃抬起头，看着面前的两个人并肩站着，温漾有些害羞地笑着，眼神始终眷恋地落在路栩的身上。

那个少年站在中央，像一束光一样耀眼。

终于，她心底泛起一股苦涩、酸楚，鼻子一酸，低下头，一滴眼泪狠狠地砸在草坪上，她的心上好像堵了一块石头，压得她胸口发闷。

原来温漾喜欢的人，是路栩啊。

原来像他那样耀眼的人，身边应该站着的是这样一个同样优秀受人瞩目的女孩。

而她，胆怯得不敢多看他一眼。在教官鼓动大家的某一刻，她多么希望自己是那个有勇气站起身来的人。

其实是不敢想的，可是她没有这样的勇气，她从来没有像现在这样，希望自己变得更优秀。

那是她第一次彻底尝到了暗恋的苦。

站在路栩身边的那个人，大概永远都不会是她。

路栩和温漾迎着热烈的掌声和起哄声下台，林沉茜这时才发现她不对劲，刚想问她怎么了，下一秒顾阳青这个愣头青就冲上去了，他道：“报告教官，我想和六班的林沉茜同学一起唱首歌！”

“不是，我不要！”林沉茜一急，连忙站起身来，狠狠瞪了他一眼。

但没人理会她的抗议，一堆人推着林沉茜上去了。

顾阳青点了首林沉茜喜欢的歌，开始“啊啊啊”地唱起来。

他五音不全，闹了出笑话，林沉茜和所有学生，包括教官都听不下去，没忍住笑得前仰后合。

陈喃吸了吸鼻子，她听着那声音，虽然心里还在难过，可是又忍不住地想笑。

她抹了抹眼睛，看到前边，温漾和路栩坐在一起，两个人笑着聊天。

这一刻，一场大笑的欢喜，不属于她。

陈喃不敢多看一眼，立刻低下头来，坐在人堆里，晚风刮在她的脸上，有些痛。

暗恋，原来真的是一个人的悲喜。

军训结束。

周六的早上，陈喃起得很早，赵兰敲门进来的时候，她已经坐在书桌前看书了。

“南南，今天你叔叔订好了饭店，我们中午过去吃饭啊。”赵兰欣慰地看了一眼女儿，通知她。

又怕她在意尴尬，赵兰特地说了声：“你放心，就你叔叔、妈妈和你三个人，就吃顿饭。你收拾收拾，等会儿中午我们一起过去啊。”

陈喃点了点头，知道只有他们三个人，她松了口气，不用应付一大堆亲戚就好。

赵兰关上房门，在厨房做早餐。

陈喃确定房门已经被关上了，才悄悄地从柜子里拿出一个本子来，打开那个本子，第一页上写着前不久遇见路栩后，自己写下的话。

她拿起笔，在后边加了几句：他喜欢听周杰伦的歌，尤其是《晴天》这首歌。

黑笔的墨水流畅地落在纸张上，她又想起了路栩和温漾站在一起的样子。

陈喃垂下眸，盖好笔帽，把本子收起来，塞进柜子里。

上午十一点多，赵兰带着陈喃到了当地挺出名的一家饭店，走进订好的包厢，陈伟已经在里边等着了。

“陈伟，你来得那么早啊，让你久等了。”

“嫂子，我也刚到。”一进门，两个大人互相寒暄着。

陈喃抿着唇，喊了一声："叔叔好。"

"哎，南南。来来，快坐下来吃饭吧。"陈伟笑得开怀，拉着陈喃就坐下来。

在饭桌上，无非都是陈伟问一句，她回答一句。

陈喃低着头不停吃着碗里的菜，也不知道能说些什么，直到陈伟提及她学习上的事情。

"我看过南南的成绩了，作文写得很不错，不过还有些欠缺的地方。"他跟赵兰细细分析着陈喃的成绩，从放在一边的包里拿出一沓纸，"这是我班里的几个学生的作文，写得都不错，南南你带回去看看，向他们学习学习。"

陈伟把那一沓纸递给陈喃，陈喃赶紧放下碗筷，接过来。

她翻了一下，翻到第三张时，看到路栩的名字，动作顿住了。

陈伟见她突然停下动作，看了一眼解释道："这是你们中考第一进来的那个男生，还记得吗？在新生典礼上演讲的那个。"

陈喃连忙点点头，别开眼神，试图把自己不自然的情绪掩藏好。在那张卷子上，最上边清晰地写着一行字：高一（1）班，路栩。

他的字体是标准的行楷，字迹苍劲有力，卷面也很整洁，没有错别字。

"他写的作文还不错，就是代价太大了，这小子写个作文都要废掉几个本子，但他有个优点，写的作文不容易偏题。我看了你的作文，用词很精确，但有的时候点题不到位，不明确，这一点要改啊。"

她听着陈伟说起路栩，眼睛一下子亮了起来，抬头有些高兴地应了一声。换作以前，陈伟指出她学习上的问题，她都会特别不好意思，但这次不同。

饭桌上她单独挑着路栩的作文看完，又听陈伟说着他，不免想起那天晚上在文具店门口遇见他买了不少作文本。

想起他撕本子苦恼的画面，陈喃有些想笑，心底漾起一股甜味。

接下来陈伟说的事情，她都失神没仔细听。

"南南的成绩一直都不错，到了高中也不能懈怠。我有个朋友在市里开了个补习班，嫂子你和南南商量商量，上学来不及去，可以寒假去补习补习。南南现在有什么想考的大学吗？"

陈喃听到自己的名字"啊"了一声，随后摇了摇头："还没有。"

赵兰见状连忙开口："说这些会不会太早啊，这才开学没多久呢！"

"不早了，高一很基础很重要，不能落后。嫂子你就听我的，寒假我带南南去补习班学学。”陈伟持反对意见，苦口婆心地劝着赵兰。

他做老师那么多年了，在这方面没人能比他还要了解，赵兰不懂这些，陈洪又去世得早，他自然要为哥哥的孩子多考虑考虑。

最后在陈伟的坚持下，赵兰也只好同意了。陈喃对此没意见，从小到大她上的补习班不多，高中的课程难度较大，学习竞争激烈，能去补习班也是好事。

临走前，陈伟从地上拿起个盒子递给陈喃："南南，你现在是高中生了，叔叔给你买了部手机，平时带在身上，免得出门联系不到你，你妈也担心。"

陈喃一脸蒙地看着手机盒："不行，叔叔，这个我不能收……"

还不等她说完，赵兰就拒绝了："不行不行，怎么能让你破费啊，这手机南南不能收。"

"哎，我是买给南南的，嫂子，孩子大了身边得有个手机……"

一番争执，最后在陈伟"买都买了退不了"的这句话中结束，赵兰拉着陈喃赶忙给陈伟道谢。

"谢谢叔叔。"陈喃站在一边，手中拎着一个袋子，胳膊还夹着一沓卷子，和陈伟说了声再见，就这么跟着赵兰回家了。

"你叔叔帮我们太多了，长大了一定要记得报答你叔叔知道吗？还有这个手机也不要乱用，妈妈等会儿给你去办张手机卡，以后在外边有事就给妈妈打电话……"

一路上，赵兰滔滔不绝地嘱咐着，陈喃乖乖地点头听着。

陈喃在家里等着赵兰给她买回来手机卡，拆开新手机装卡。

她想起以前林沉茜说她要是买手机了一定得第一个告诉她手机号，还有温漾也问她要过手机号来着……

想到温漾，她忍不住地叹了口气，匆匆忙忙地把手机号背了下来。

陈喃甩了甩脑袋，试图把脑子里的那些烦恼甩走。

周末过得很快，军训结束后上学生活一如往常，没什么波澜。

这几天上学，陈喃被化学课折磨得喘不过气来，考卷上又是很愁人的一片红。事实证明，上了高中后，初中学的那些真的都是小儿科。

“你们这个卷子做得啊，真的是要多差就有多差了。”老师用了整节课讲题考题，还是有很多人不会。“先下课，有不会的问题来办公室问我，我办公室在三楼最左边。”

化学老师也愁，无奈地拍了拍讲台，拿着教案走出班级。

下一秒，班级里一顿哭号，陈喃浑身无力地趴在座位上。青春期的烦恼，除了恋爱，大概就是一大片题目不会。

由于他们班的化学成绩实在是太惨烈，一下课很多同学都疯狂地往楼上办公室跑。陈喃不行，她和老师说几句话都结巴紧张。

但形势所逼，她还是被顾阳青拉着一起上楼。

化学老师的办公室在左边的尽头处，从他们班级沿着走廊往左边走到底，再上个楼就到了，可她总拉着顾阳青走另外一边的楼梯。

“陈喃，你是不是天生喜欢绕远路啊？”顾阳青一路上吐槽不断。这几天由于他和林沉茜关系越来越好，林沉茜拜托他在班里照顾照顾陈喃。

顾阳青那是唯林沉茜马首是瞻，没犹豫就答应了。

凡是班级里有什么事情，他都兴致勃勃地拉着陈喃一起。

陈喃听着他的抱怨没说话，只是耸耸肩笑了笑。

走这边的楼梯上去，会路过楼上的几个班级。

最靠近这边楼梯的就是高一（1）班，她佯装不经意地瞥了眼还在拖堂的班级，第一眼就看见了坐在中间第四排的路栩。

他有些困倦地一只手撑着脑袋，另一只手写着面前的作业。她只敢用余光看他一眼，随后低下头，唇边勾起一抹只有自己知道的笑。

走到办公室的时候，通常的情况是里面已有一大堆同班学生，她就混在里边，听着化学老师讲题。

同一个办公室的老师都夸他们：“你们班学生真的用功啊！”

没人敢说是自己错的题太多，没法子了才来问的。

偶尔就他们两个人过去，一般都是顾阳青出面问题目，她在旁边听着。

慢慢地，题目都搞明白了，可她还是会一个人抱着本化学书，利用课间十分钟走上楼，路过路栩的班级，只为了能看他一眼。

能不能见到他具有偶然性，有的时候他不在座位上，也有的时候他会出现在办公室门口。

她天天往三楼跑，很快摸清楚了路栩他们班的课表，知道他们每天上什么课，也知道了路栩每天去打篮球的时间。

每次到大课间活动的那段时间，陈喃会掐好了时间站在路栩一定会经过的楼梯口，拿着一本英语书装作看书的样子，靠在墙边。

九点十分到十五分之间，他一定会拿着篮球，跟着一帮男生，从二楼的楼梯口路过。

她有时会在楼梯口等着他上楼，只是为了悄悄看一眼他的背影；甚至还会提前整理好乱糟糟的头发，紧张地抿着唇，试演一遍和他迎面碰上的情形。

真的和他迎面碰上，她又会胆怯地低着头，面无表情地和他擦肩而过。他会和身边的兄弟说笑，会抱着篮球耍帅，也会时不时走着走着突然跳起来手腕一弯，臭屁地演绎个空手扣篮。

等他往三楼走时，陈喃才会扶着楼梯的扶手，停下步子转过头盯着他的背影看，那个身穿11号深蓝色球服的少年。

她不知道走下楼要往哪儿去，路栩在哪儿，哪儿就会出现她的身影。

【第三章】

/ 亲爱的少年，你要无灾无难 /

“喵……喵……喵……”

自从前不久和林沉茜在食堂旁边遇到流浪猫后，陈喃每天早上上学，都会特地过来看看它们。

那个草丛似乎也变成了流浪猫的居所。陈喃最近这两个星期太忙了，在学校处理功课，回家倒头就睡，连林沉茜都没和她见上几面说上几句话。

今天好不容易松了口气，她蹲在草丛边轻轻喵了几声。不一会儿，几只小猫就从草丛里蹿出来，她靠近些，摸了摸小猫的毛。

她从小就特别喜欢小动物，大概是有些灵性吧，小猫小狗也特喜欢她，从来不冲她吠叫。

陈喃从书包里拿出一小袋猫粮，倒在手上给小猫吃。她小时候就喜欢猫，以前家里养过一只小白猫，后来她外婆去世，那只小猫也跟着丢了。

家里杂物间堆了一大堆没吃完的猫粮，都有好几年的保质期，到现在也还能吃。

她从家里悄悄拿出来一小袋猫粮，分给这几只流浪猫吃。

“慢点吃啊，有的是呢。”大概这几只流浪猫很久没吃过东西了，吃得特别快，还会噎着，发出“咯吱咯吱”的声音。

陈喃听得想笑，一只手喂猫，另一只手撸了撸小猫的圆脑袋。

校门口，宋词屿一边哼着歌，一边骑着车进校园。

“老陈，早上好啊。”他跳下车，冲着陈伟懒散地打着招呼。

陈伟看他那副不正经的样子，生气又无奈：“赶紧进去。”

“哎，行行行，我马上进去。”宋词屿点点头，单手推着车，还不忘冲着陈伟来一句，“老陈辛苦了啊。”

说完，他推着车，跑得飞快。

把车子停到单车棚，他拿着书包往教学楼走，路过食堂时被几声猫叫吸引住。

宋词屿倏然停住步子，循着声音找猫，他歪着身子四周看着，目光浅浅地落在不远处蹲着的女生身上。

清晨的阳光很柔和，温柔地洒在她的身上。女生一边喂着猫粮，一边用手戳了戳它的脑袋。小猫被戳得一愣一愣的，圆溜溜的眼珠子呆呆地盯着她，逗得她直笑。

他看见她的笑脸，目光有一刻呆滞住，心像是被什么东西不轻不重地戳了一下。

腿脚突然像是灌了铅似的迈不动了，他靠在墙边没再急着走。

陈喃喂着猫，很敏感地感知到了目光，她抬起头，和宋词屿四目对视。

“那个，你有事吗？”她放下手里的东西，有些犹豫地问他。

话外之音就是，你盯着我看干什么？

宋词屿没料到自己在这儿没一会儿就被发现了，有些尴尬地咳了几声：“我没事，我没事。”

陈喃站起身来，逆着强光勉强看清了宋词屿。她眨了眨眼，有些慌乱，朝着他周围看了一眼，没见到路栩，这才松了口气。

陈喃没多在意宋词屿，只是往常都是见他和路栩一起的，难得见他一个人。见校园的人越来越多，她觉得待在这儿不是很合适，收拾好东西，抬步就走。

宋词屿没明白眼前的女生看自己的目光怎么那么奇怪，还有些慌张。

他眯了眯眼，想了会儿，才想起来这是他前不久不小心撞倒的那个女生。

陈喃这张脸，还是有些辨识度的，主要是看着很显小，第一眼看不算漂亮，但不普通，仔细看久了，特别耐看。

经得起细看，越看越好看。

几年后，宋词屿再遇到陈喃，听她说起自己高中那段时间，是多么普通不好看，而且性格不好不招人喜欢。

宋词屿皱了皱眉不太认同，他始终记得那个清晨见到的她，温和得像一束温暖的阳光。

陈喃收拾好东西，离开的时候脚步迈得很快，宋词屿见她要走了，“哎”了好几声，还没来得及喊住她，那个背影就跑没了影。

“唉，怎么跑那么快？”宋词屿叹了口气，努力回想着，这个女生好像是五班的，他陪路栩去送军训服的时候，还见过她。

他一路想着这事，到下午活动课打篮球的时候都想着。

路栩看他心不在焉的，拍了拍他：“宋哥干吗呢，今天一直不在状态？”

“我想事呢，你们先打。”宋词屿把手中的球抛给路栩，拿了瓶矿泉水往篮球场边一坐。

路栩见宋词屿反常，微微挑了挑眉，也不打球了，凑过去八卦道：“怎么了宋哥，你这表情不对劲啊。”

宋词屿像是被说中了心事，恼羞成怒：“路栩，别闹。”

难得见这家伙真的急眼，路栩憋着笑，还是尽一个兄弟的责任，连问了好几次怎么了，宋词屿的嘴压根儿撬不开，死都不肯说。

过了没一会儿，路栩就被刚来篮球场的温漾给叫走了。

自从上次军训活动后，他对温漾的印象改变了不少，两个人现在算得上是朋友了，偶尔能搭上几句话。

陈喃这会儿还在班级里做题，顾阳青在教室外敲着玻璃窗，她顺着声音看过去，见到是顾阳青，他身边还站着林沅茜。林沅茜冲她笑着，打开窗：“南南，下一节活动课啊，我们一起去看他们打篮球吧，顾阳青这小子装相，说要给我露一手。”

她朝着班里一看，没剩下多少人，大部分的学生都下去打球、晒太阳了。于是林沅茜二话不说，没等她同意，挽着她胳膊就走。

她两个人亲昵地挽着胳膊，顾阳青看着眼红，一手拿着球在地上“砰砰”

地拍着。

“顾阳青，你干吗？”林沉茜瞪了他一眼。

见状，他立刻把球抱回怀里，冲她讨好似的笑了笑：“没干吗，没干吗。”

走到篮球场的时候，陈喃下意识地往球场上望了一眼，球场上没有那个人的身影。

不远处，温漾看见她俩，朝着她们招手：“陈喃、林沉茜，这边这边！”

没管落在后边的顾阳青，林沉茜拉着陈喃跑到温漾身边。她的声音带着调侃的笑意，戏谑了句：“哟，你这是来看谁打球啊？”

“哎，你明知故问是不是啊。”温漾低下头，有些不好意思地笑了笑，余光瞥了一眼跟在后边的顾阳青，又看了一眼林沉茜，不自觉地叹了口气。

她今天来篮球场是找路栩的，前几周她事情多没时间来找他，今天闲下来，她又不死心来找他要联系方式了。

路栩也是被执着的她闹得没法子了，话都说到那个程度了，人家小姑娘还是不愿意放弃。

“作为朋友，总能给我个联系方式了吧？”

他无奈地点点头，笑道：“你真是我见过的最执着的女生了，说好了当朋友啊，别像以前那样了，你把你电话号码给我吧，老陈找我有事，先走了。我等会儿来找你。”他说完这话，跟着宋词屿先走了。

温漾虽然知道路栩只是单纯地把自己当成朋友，但还是高兴了很久。

林沉茜和温漾坐在一边，讨论着路栩，讨论着顾阳青，似乎只有陈喃格格不入。

林沉茜靠在温漾身上，十六七岁的女生，聚在一起大多数都会张口就谈自己喜欢的人那点事，偶尔发生点不值一提的小事，也能和身边的朋友激动开心好久。

看着面前的两人聊得高兴，陈喃目光有些黯淡。她不是没有喜欢的人，只是那个人的名字注定是她青春里最大的秘密。

篮球场上，顾阳青拿着篮球炫技，看林沉茜在看自己，还朝她招了招手。

林沉茜看着他装的那股劲，一时哭笑不得。

见她笑得灿烂，温漾想说什么，又欲言又止。

过了会儿，林沉茜再次提到路栩的名字，温漾才一下子来了兴致，和她说起路栩打球的样子。

陈喃低下头，不愿意再听温漾口中的那个路栩是什么样的，一股酸楚泛上她心头，像是泡在了酸菜缸里，浑身泛着酸味。

她抬起头看着不远处，眼神有些飘忽，不知道此刻的自己应该是一种什么样的心态。

应该难过吃醋吗？可又突然意识到，她是个没资格吃醋的人。

没有身份立场，哪有资格吃醋？

她想，暗恋大概就是一场失恋吧。

失恋千千万万次，心酸成千上万次。

陈喃觉得自己喜欢路栩挺矛盾的，那种感觉就像是看上了一样自己这辈子都未必买得起的东西，可心里还是特别想要，又不敢说出口，怕有人会笑她不自量力。

她喜欢上路栩，雀跃和心酸分别占了一半。

可等她再见到他，心底的难过就会一扫而空——有些人就是有这个魔力，总能让她心甘情愿地喜欢着他。

温漾拉着陈喃和林沉茜回班级的时候，特地让陈喃在他们班门口等了一会儿，她从书桌里拿出笔和本子："喏，听说你有手机了，快把你的电话号码写下来，林沉茜那个小气鬼不肯给我。"

说着，她时不时还往林沉茜那儿投去得意的目光。

"温漾，我看你是不是特别喜欢收集电话号码啊？要完路栩的又要南南的。"林沉茜似笑非笑地吐槽她。

温漾瞥了她一眼："谁说的啊，我就没要你的啊！"

两个人杠了起来。

陈喃在本子上写好号码，将本子还给温漾。

温漾看一眼陈喃的字："哇，陈喃你的字写得好好看！"

陈喃的字很秀气，规规矩矩的，和她的人一样。

她礼貌地笑了笑没说话。

三个人没聊一会儿，陈喃就先回班级去自习了。

温漾看着她沉默寡言的背影，总觉得有些地方不对劲，可她又说不上来。

放学的时候，路栩下楼后，等在温漾的班级门口，手里还抱着个篮球，神色有些着急。

“怎么了？”她看见路栩过来，脸上的笑就没消失过。

“家里有点事。你电话号码给我吧。”他没细细回答，急匆匆地问温漾要电话号码。

见他那么着急，温漾一时也有些紧张起来，她胡乱地在摊开的纸上迅速写下自己的电话号码，没犹豫就撕下一整张纸给他。

见他那么急，她有些担心地提醒着他：“你路上小心啊。”

路栩接过纸，“嗯”了一声，和她告别，转身跑下楼，走得很快。

他今天必须得按时回家，因为他爸今天出差回来了。

算起来，他很久没见到自己那忙得不行的老爸了。

一路上他奋力地骑着车，到家门口的时候，门是敞开着的。

他看了一眼腕表的时间，从学校到家，是在爸爸规定的时间里回来的。

“阿栩，在外边干吗？你爸回来了，快进来！”林琳手上端着果盘，看着在门口的路栩，喊他进来。

“哎，妈，我马上来。”他应了一声，停好车走进家里。

他爸就坐在客厅的沙发上，跷着二郎腿看着报纸。

“爸，我回来了。”

“嗯。”路渊抬眼淡淡地应了一声，不咸不淡地冲他说了句，“今天没出去打球啊，回来得倒是挺准时。”

路栩闻言低下头，尴尬地笑了笑，这几天他是打球打得有点过头，每天晚上都很晚才回来，这不今天才心虚早点回了家。

“篮球运动是好的，但是学习也要跟上。你妈给你报的那个补习班，学得怎么样？”路渊瞥了儿子一眼，没多计较。

“挺好的，老师都挺专业的，教得很好。”前阵子林琳给路栩报的那个补习班，老师都很靠谱，教了他不少写作技巧，再写作文的时候，陈伟都夸他有了不小的进步。

路栩学习底子好，上补习课也不费劲。

路渊不常在家，但还是知道儿子的学习成绩的，他稍稍满意地点点头：“别骄傲，踏踏实实学。”

“好了，你快上去收拾一下，等会儿我们一家人出去吃饭。”林琳把果盘放在桌上，看着父子俩这奇怪的氛围，打断了他们的对话，冲着路栩使眼色，让他赶紧上楼去。

他露出感激的目光，应了声，拿着书包往楼上去。

卧室里，他拿出今天要写的作业，那张温漾给的纸被带了出来，他看了眼纸上的手机号，生怕自己等会儿忘记，从书柜里拿出手机开机，照着上边的手机号一个数字一个数字地输入。

路栩想着温漾大概还在等自己的电话，他顺手就拨了出去。

提示音响了几声，电话随后被接通。

“喂，温漾，我是路栩。”

电话那头的人沉默了几秒，没说话。

他不确定地看着自己拨打的手机号，“喂”了好几声。

“不好意思，你、你好像打错电话了。”那一头的陈喃，刚回到家没多久，放在书桌上的手机响了起来，是个陌生电话。

她按下接通键，还没来得及开口，就从电话里听到了他的声音。她没想到这个陌生电话背后的人会是路栩，听见他说着自己的名字，她耳边一阵酥麻，愣了半晌。

直到他反复“喂”了好几声，陈喃才缓过神来。

她声音很轻，小心翼翼的，生怕自己说错什么。

电话那头的路栩听到陌生的声音也怔住。

“不好意思啊，我打错电话了，抱歉啊。”他连忙说着不好意思。

“没关系。”她应着。

他十分尴尬，想挂断电话：“那我先挂了啊。”

“嗯，好。”

他匆匆挂断电话，低下头，不解地核对电话号码。

“没错啊。”他喃喃着，拿起这张纸，翻了一面，才发现反面也写了一串电话号码。

两个字迹不同，一个很秀气，另一个有些凌乱，看着应该是写得很着急。

他照着另外一个电话号码打过去。

为了防止尴尬再发生，这次电话通了，他并没先开口讲话。

“路栩？是你吗？我是温漾。”见电话那头没声音，她有些不确定地问。

听到是温漾的声音，他才松了口气：“是我。我刚才打错了，你给了我两个电话……”

“对啊，我真是服了自己了，那个电话号码是我同学的，你已经打了那个电话了啊？糟了糟了，你快把那个电话号码发给我，我得去道歉了。”温漾这边也焦头烂额的，说好打电话给陈喃的，她找了半天，结果发现那张写有陈喃电话的纸，被她写上自己的电话号码，不小心撕下来给路栩了。

她风风火火地和他一通说。

路栩有点无奈，把电话号码发给她。

“号码发给你了，我还有事先挂了啊。”

“哎哎哎，明天一起去上学吗？你家住哪儿啊？我有几道题想问你！”温漾连忙喊出口，拦住他要挂电话的动作，又觉得现在这情况找他一起上学有些唐突，特地找了个借口。

路栩听到她说的话，心想她这个在学校能被校长批评，让陈伟都管不了的女生，为了约他竟然说出这拙劣的借口，有些想笑：“你问我题目啊？”

温漾大概听出了他话里的笑意，有些恼：“对啊，不行吗？我还不能想好好学习了！”

“行啊，我家在景福小区。”他憋着笑，回着。

“你家也住在景福小区吗？我也住在这儿，那我明天早上六点半在小区门口等你，谢谢了啊！”她的语气很惊喜，说完就把电话挂了，没给他拒绝的机会。

路栩看着已经被挂断的电话，无奈地摇摇头：“就当是你给我送那么多东西的报答吧。”

他把温漾的号码存进手机里，打了个备注：温漾。

看了一眼另外的那个电话，他想把记录删掉的时候，林琳在楼下喊着他：“阿栩，收拾好了没啊，快下来出去吃饭了。”

“哎。”他应了一声，抛下手机下楼，“来了，来了。”

温漾挂掉路栩的电话后，很快就给陈喃打了过去，说明了情况，和她道歉。

陈喃没有在意这事，两个人之间的话题一向都是林沉茜找的，眼下这情况，毕竟也不算太熟，两人没聊几句就挂断了电话。

陈喃看着手机上的通话记录，想起路栩打电话过来喊的名字，垂着眸。好一会儿，她动手把路栩的电话存进了手机里。

在备注那一块，她打了路栩的名字，又删掉，反反复复好几次，还是没有备注他的名字。

她给这个电话小心翼翼地备注了一个数字“11”。

是那个，11 号球服少年。

接下来的日子一天天过着，路栩给温漾辅导数学，两人间的关系慢慢变得亲昵，宋词屿笑路栩肯定完蛋，总是被路栩笑骂着让他走开。

然后宋词屿就真的走开去看那一群小猫了，他在那群小猫那儿守了好几个早上，才终于又见到了陈喃。

她会不定时地过来喂猫，还给它们做了个简单的窝。他这个时候也不打扰，就靠在墙角静静地看着。

课间的时候，宋词屿怂恿着路栩去二楼找温漾，下楼路过高一(5)班的门口，他佯装不经意地朝着里边望，努力地回想当时见到她坐的那个位子。

好像是在窗边，于是他原本走得很快的步子慢下来，他看着窗边的人，只有第一排前面几个座位没有人。

路过第一排的第二个座位，玻璃窗开着，一阵风吹来，原本规整放着的语文书被翻开，他只看到一眼。

书上写着：

高一（5）班 陈喃

他还没来得及细看，就被路栩一把拉走：“你干吗啊，走那么慢？”

“哎哎哎，等等，等等啊。”他挣扎着，不断地回头望。

周边的学生狐疑地看着他，一脸不理解。

下一秒，陈喃从班级前门走进教室，动作停住了一会儿，随后坐在了刚才那个位子上。

宋词屿被拉着往前走，心里确定，原来她叫这个名字。

陈喃没注意到这一点不对劲，朝前一看，课间不少学生在走廊里，无数个深蓝色校服的背影，她只用了一眼，就精准地从中找出了路栩。

这大概是喜欢上一个人的时候会拥有的超能力，能从人群里，第一眼认出他。

她看不到他的脸，却能从他的穿着和清瘦的背影认出他。他脚上那双熟悉的白鞋、深蓝色的短袖和黑色的卫裤。

他的背影，承载了太多她的目光，她对那个背影太熟悉了。

多年后，有人再问起她暗恋是什么，她的脑海里始终涌现着那个熟悉又陌生的背影。

她一定会说，比起你的样子，我更加熟悉的是你的背影。

那个在她青春里，她永远只能正视他背影的少年，像风像雨，像一场白日梦，她梦里的心酸，没人知道。

陈喃在座位上继续刷题，厚厚的一大沓卷子，她一张一张写着，从来不觉得累。

过了会儿，顾阳青在门口喊着她："陈喃，赵玉芳找你。"

她放下笔，反复确认，见顾阳青很肯定地点着头。

陈喃抿了抿唇，在去办公室的路上，紧张地回想着自己这几天做的事情，她好像没做错什么事情。

她怀着忐忑的心情走进赵玉芳的办公室，在办公室门口敲了敲门，喊了声"报告"。

"进来。"赵玉芳抬起头，连忙招呼陈喃过来，嘴上带着笑，却看得她更紧张了。

"老师，您找我有什么事吗？"陈喃小声问着，有些害怕。

赵玉芳拉过她，细声细语地和她说着话："没什么事，你别紧张，就是老师想和你聊聊你家里的事情啊。听说你爸爸很早就去世了，家里只有你和你妈妈两个人啊？"

陈喃没想到赵玉芳会说这些，提到她爸的时候，她眼神一下子黯淡下去，她“嗯”了一声，听不出什么情绪。

“那你还有其他的家人吗？”

她不知道赵玉芳为什么那么关心自己家里的事情，但还是回答：“爷爷奶奶不在这边，外公很早就去世了，外婆……一年前也去世了。”她提到外婆的时候，声音一顿，再开口已然有些哽咽。

她别过头，看了眼周围，办公室里只有几个老师，赵玉芳的声音很轻，不会引起注意。

“啊，这样啊。老师今天叫你来，主要是上次军训的事情，虽然过去很久了，但我还是有点担心。你要是在班里再遇到像上次那样的事情，一定要记得来找我知道吗？”

赵玉芳也是尽责，陈伟那么担心这个侄女，托她多照顾着些，她作为陈喃的班主任，处理好学生之间的关系也是应该的。

赵玉芳跟陈喃说了好些话，全是围绕着她家庭说的，关于她爸妈的。

虽然都是为了她好的话，可是陈喃还是觉得难堪，她不愿意告诉任何人自己的家庭情况，就是不想听到这些可怜她的话。

“我知道了，老师。”她尴尬地应了一声，自己这个家庭，从小不是被人可怜，就是被人嘲讽。

可是她不希望这样，自己就是个普通的学生，不需要什么特殊对待。

赵玉芳还在滔滔不绝地说着，直到办公室门口传来一声“报告”，她才停下来。

陈喃听着声音抬起头，路栩此刻就站在门口，大概有一会儿了。

赵玉芳喊了声“进来”，他手里拿着卷子走进来，她和他对视了一眼，掉进他的目光里无地自容。陈喃猛地低下头：“老师，我还要去做题，没事的话我先走了。”

“行，那你先回去吧。”赵玉芳点点头。

陈喃耷拉着脑袋，从路栩身边路过。

“路栩啊，你怎么来了？”

“赵老师，我有道题不太会，想问问您。”

身后传来路栩和赵玉芳的谈话，陈喃脸上烧得慌，不知道路栩刚刚有没有听到赵玉芳说的话。

她微微低眸，觉得刚才路栩的到来，让本就尴尬的她变得更窘。她不希望路栩听到刚才那段话。

不愿意他听到关于自己家庭的事情，也不愿意他听到赵玉芳带着可怜她的口吻讲的话。

陈喃觉得挺丢脸的，因为家里的那些事情，要被老师特地叫到办公室开导，又偏偏在这个时候，碰到了路栩。

他听到了会不会也可怜自己?

宋词屿趴在办公室门口的栏杆上等着路栩，转过头就看见一脸窘态的陈喃。

他不解地看着她走远的背影，想要叫住她，可是又不敢。

直到看着陈喃的背影走进教室，路栩没一会儿也从办公室里走了出来。

“看什么呢？走了。”

“刚才老赵在里面和那个女生说什么呢？”宋词屿关心地问了句。

路栩听着他的话，怔住片刻，眨了眨眼：“我不知道啊。”

他离门口有点距离，课间外边特别吵，他什么都没听清楚。

那时候，十六七岁的她，因为担心被老师叫到办公室开导这种事情被喜欢的他看到，觉得好丢人好严重。

没想到路栩根本没有听到那番话，他也没有把这件事情放在心上。

十一月中旬，一中一年一度的篮球赛开始招人比赛。

学校高一到高二的班级，会组成五六个篮球队，先在内部比赛，赢了的那一队会到市里和其他学校的篮球队比赛。

这是一中每年的传统活动，高三的学生不被允许参加，但可以来观赛，也算是课余时间的放松。

陈喃他们班级里，顾阳青和程浩克几个男生格外积极，赵玉芳只是提了一句，他们都报了名。

“这次我一定要打爆路栩那小子。”程浩克咬牙切齿地说着，他一直都在等着那一天。

顾阳青听到这话，忍不住唏嘘了声：“浩子，你听哥的，拉倒吧。没仔细听班主任说啊，这次我们高一就组两个队，咱们班是和一班一起的，你要是打爆他，咱们就输惨咯。”

高一高二年级一共十几个班，要组出五六个篮球队来也不容易，不是每个人都会被选上的，还得看技术。

像程浩克和顾阳青这种，喜欢打篮球、技术也不错的，肯定不会落选，一班的路栩、宋词屿几个人，也是老在篮球场上能遇见的，自然也进入了篮球队。

程浩克听到这消息就不爽了，他心心念念想和路栩打一场球赛，那家伙死活瞧不上他，不愿意和他打，现在居然还成了队友。

他是真觉得晦气。

可是他就算再有意见，还是得服从老师们的安排。

程浩克就这么不情不愿地和路栩几个人配合着，一路赢了两三个队伍。

路栩人又高又瘦，他很早就开始练篮球了，初中的时候就是校篮球队的，还有过专业的篮球培训。

所以他球技特别好，虽然瘦但是力气不小，走位灵活，能轻易地躲开对手的阻拦，在和宋词屿默契的配合下，三分上篮了一个又一个。

程浩克虽然不服他，却还是不得不承认，路栩的确是有点本事。

他们比赛的时间通常都在下午最后一堂课结束后，这样不耽误学习，也不耽误学生来围观。

路栩人气旺，不少女生跑过来看他打球赛，还有一些高三的学长，有很多都和他打过球，和他算得上球友，自然而然过来捧场。

难得有球赛看，校长批准这几天高三的学生不用上加课，所有班级的学生都跑过去凑热闹。

陈喃就混在人群里，她知道路栩一定会加入篮球队的，每天都特别期待着下午最后一堂课结束，然后掐着时间往篮球场跑，去看路栩打球。

林沉茜也和她一样，为了去看顾阳青打球，平日里拖拉的动作都利索了不少。温漾报了校啦啦队，不和她们走在一起。

陈喃和林沉茜一直都是最早到的，能站在最前边的好位子。

林沉茜一向大胆惯了，比赛刚刚开场，她大声冲着球场上喊：“顾阳青，你小子不赢就别回来了！”

全场大笑。

顾阳青从对方手里抢过球，两个场地来回不断地跑，时不时看她一眼，低下头哭笑不得。

陈喃见惯了他俩的相处模式，忍不住发笑。

在铺着绿色塑胶的篮球场上，路栩无疑是大多数人的焦点。

温漾作为啦啦队的一员，穿着校队的啦啦队服装，热情挥舞着手上的彩球，大声为他加油，一直没停下来过。

其他队伍的女生也不甘示弱，加大声音助威，试图盖过温漾她们的声音。

一时间场面失控。

体育老师站在场外，紧盯着场上每一个人的动作是否犯规，看得眼睛都酸了，耳边更是聒噪。

“那几个女同学，安静点。”

收到场外老师的警告，几个女生都狠狠瞪了对方一眼，这才安分些。

球场上的男生们在较量，球场外的女生们也在各自较劲。

陈喃和她们不一样，她站在球场边缘，能清晰地看见路栩额头上的汗珠，路栩这几天的每一场比赛，都不轻松。

他和队友有的时候配合很默契，有时也会出错。她的手紧紧捏着衣角，无法大胆地站出来为他加油，却在心里默念千百遍。

整个篮球场上，她的眼神只落在了一个人的身上。

这天下午，是校篮球比赛的决赛，也是两支实力最强的队伍。

双方实力旗鼓相当，谁也说不准是路栩这边赢，还是另一边赢。

下午最后一节课结束，林沉茜拉着陈喃急吼吼地往篮球场跑，嘴里碎碎念着：“也不知道这一场顾阳青他们能不能赢，这一局悬了啊。”

她有些担心，叹了好几口气。

见状，陈喃安慰了几句：“别想那么多了，这不是还没开始吗，我们一定会赢的。”

“嗯？你那么相信顾阳青吗？那家伙球技虽然不赖，但是也就那样吧。”林沉茜狐疑地停下脚步，转过身看向陈喃，有些不解。

印象里，陈喃和顾阳青关系一般般，顾阳青太闹腾了，陈喃喜欢安静，和他几乎就是话不投机。

她迎上林沉茜的目光，不禁怔住。过了会儿，她笑着低头，踢着路边的石子，解释着：“没有啊，我是相信我们整个篮球队的人。”

她，也特别相信路栩，不知道为什么。

就是相信那个在球场上，浑身洋溢着热血和少年气的少年，一定会赢下这一场比赛。

这也是学校本年度最后一场篮球赛，围观的学生越发多了起来。

陈喃和林沉茜在路上耽搁了点时间，来到篮球场的时候，已经围了一圈人，她们艰难地挤过人群，努力往前靠着。

球赛还没有开始，两边的队伍正拍打着球，练习手感。

陈喃努力踮起脚，想要看清在球场上的路栩。他今天在额头上戴着一条运动发带，把额前的刘海都一并别了上去，没了刘海的修饰，他整张脸变得英气起来，看起来不再像以往那么温柔。

还是那一身，11 号深蓝色的球服。

他蹲了蹲身子，和宋词屿击掌：“宋哥，加把劲啊，这场赢了可就去市里打球了。”

“那还得看咱们路哥给不给力啊。”宋词屿笑着和他互相奉承。两人神色其实都有些紧绷，并不像嘴上说的那么轻松。

这的确是一场硬仗。

他们说了几句，宋词屿继续拿着手里的篮球练手感，路栩跑下场喝了口水。

宋词屿抬眼随便扫了一眼围观的人，扫过路栩那家伙时，他站在一边，修长的手指抓着矿泉水瓶，打开瓶盖，往嘴里灌了一大口水，喉结跟着喝水的动作滚动，周围的女生看着他忍不住发出阵阵躁动。

“好帅好帅！”

“这就是那个 11 号吗？上次看到他就觉得他好帅啊！”

……

宋词屿扯了扯嘴角，想笑：“这家伙，真是无形耍帅啊。”他又不得不承认，路栩的确耀眼，他的一举一动谁也忽略不了。

宋词屿收回眼神，突然在人群里隐隐约约看见了陈喃，他目光一时不愿意移开，伸长脖子看着她。

知道她过来看篮球赛，宋词屿一下子就更来劲了，打算等会儿一定要在球场上好好表演，让她深深记住自己。

只是陈喃只给了他一个侧脸，她在看什么呢？

他不解地顺着陈喃的目光看过去，最终目光停在了路栩的身上。

他眼皮不禁一跳，看着她闪烁着笑意的眼睛，似乎有些小心翼翼地偷偷瞟着前边的路栩。

宋词屿低下头，心底一沉，他想，她大概就是跟着所有人凑热闹吧，毕竟那么多人在看着路栩。

一定是这样吧，一定是的吧。

他别过眼，不再看着陈喃，专心致志地继续投球，一个一个进筐的篮球，擦过篮筐落地，像是在无声地发泄着什么。

很快，赛前准备结束。

随着一声哨响，比赛正式开始。

一开场，就先被另外一队占了先机，路栩这队失守，好几个球没防住，一下子丢了好多分。

宋词屿被安排在旁边拦人挡球，上半场刚开始他的动作特别猛，像是发了疯似的。

“这个12号，是不是疯了？才刚开始比赛啊，那么消耗体力，后面吃得消吗？”

场边的几个男生大声讨论着。陈喃就在一边，看了一眼那个12号球服的男生，他的确动作很猛，虽然很耗费体力，但是好几个球都被他拦下来。

宋词屿拦下一球，路栩在他的斜对面，冲他拍了拍手，他做了一个假动作从腋下把球传到路栩的手里。

路栩一路冲破拦截，奋力一投，一个漂亮的三分球入筐，局面反转。

全程气氛高涨，大家为他欢呼。

但上半场还是对面的球队占优势，到下半场还剩下五分钟结束比赛的时候，他们之间还有九分之差。

中场休息的时候，训练路栩这一队的体育老师拉着整个队伍严肃地说着情况，指导最后这五分钟内他们的布局和策略。

休息结束后，最后五分钟倒计时开始。

一上场，顾阳青首先抢到球，靠着灵活的走位，投进一个三分球，一下子将比分拉到了只差六分。

接下来的时间里，他们配合明确，整齐不乱，丝毫没有担心自己会输的慌张。

接连进了好几个球，双方的分差从刚开始的九分，拉到了只差三分。

这一局面，显然打乱了对面队伍的节奏，他们开始急躁起来，在最后两分钟里，只针对路栩一个人拦截、阻挠。

他是整个队伍的主力，大部分得分都是他和宋词屿配合的结果。

在拉扯中，对面的男生有意地用肩膀撞他。

路栩没站稳，整个人向后一仰，摔在了地上。

老师急忙喊停，一堆人围上去询问他的情况。

现场一下子安静下来，陈喃目睹着路栩摔倒，呼吸一滞，双手紧紧地握在一起。

她努力地踮着脚，试图看清楚前面的情况。

路栩身边围了一堆人，以往看他不爽的程浩克也在，虽然两人有些芥蒂，但现在是队友，程浩克分得清局势。

宋词屿蹲在地上，焦急地喊着路栩。路栩艰难地睁开眼，觉得自己胳膊特别疼。

路栩摇了摇头："没事没事，不要紧。"宋词屿拉着路栩站起来。

扶着他的老师再三确定他不要紧，才继续开始比赛。

场外，温漾担忧地看着路栩的方向，直到看见他站起来才松了口气。

路栩揉了揉自己的胳膊，有点疼，应该是刚才摔倒的时候碰到了。

陈喃挤到了人群最前边，她注意到了路栩揉胳膊的动作，更加担心起来。

这场意外的事故，是由于对方的人恶意碰撞造成的，已经到了比赛的关键时刻，对面那个撞到路栩的男生，前边手脚也不是太干净。

这是第五次犯规了，四次犯规过后罚两个球。

倒计时终止，宋词屿这边队伍里投球最准的就是路栩，路栩一个人扛下大任，在所有人的注视下，他拍着手里的篮球，深深吐了口气，试图放松下来，他胳膊抬起，传来一阵阵刺痛，疼得他直蹙眉。

他忍着痛，摆好姿势向前投球，全场人屏住呼吸，紧紧地盯着篮球。球在球筐边缘转了好几个圈，进筐。

全场掌声炸起，他趁着有手感，顺势再投一个，又进了筐。

场外几个啦啦队的女生，激动得尖叫起来，高一（1）班的全体男生拼命地鼓掌，挑衅似的看着对面。

比赛进入最后的白热化阶段，两队之间仅有一分之差。

最后的两分钟，对面防守得格外严，他们想要再拿一分变得更为艰难。

在比赛时间进入四十秒倒计时的时候，对面的人失手不小心把球丢进了宋词屿手里，他看着这飞过来的球一愣，立马反应过来："路栩，接球！"

路栩听到声音，蹙着眉朝他抬了抬下巴，时间进入三十秒倒计时。

宋词屿隔着大半个篮球场把球稳稳当当地传到路栩的手里，他咬着牙，顾阳青几个人为他挡着人，在最后的十秒内，他抬手，手腕一弯，手里的球朝着球筐飞过去。

时间似乎有一刹那静止，陈喃的心也跟着这个球揪着，她心里不停默念着"一定要进，一定要进"。

最后一秒，篮球"嘭"的一声进筐。

围观的人全都呆了一秒，瞬间响起了比之前还要猛烈一百倍的欢呼声。

路栩终于如释重负地松了口气，场外高一(1)班的男生毫不犹豫地冲上去，围成个圈为他庆祝喝彩，把他整个人抛向空中，又稳稳当当地接住。

"路栩牛啊！"

"最后那个球，帅死了，绝杀球好吗！路哥你以后就是我偶像！"

"拜托，未来 NBA 没路哥，我都不看了好吗！"

……

陈喃看着路栩最后赌了一把的那个三分绝杀球进球，不知道为什么激动得眼眶都有些湿润。

她这个角度，能清晰地看见他痛苦的神色，可是少年肩上背负着韧劲，他投进最后一个绝杀球，赢了比赛，获得全场的欢呼。

他没有让任何一个人失望。

“哎，差不多行了啊，路哥身上还有伤呢，快把他放下来。”宋词屿跟着凑热闹，笑得开怀，但想起路栩刚才还摔了，连忙让人把他放下来。

一班的男生高兴得都得意忘形了，这才想起来这茬，赶忙小心翼翼地把路栩放下来，扶着他嘘寒问暖：“路哥你怎么样？”

路栩摇了摇头，哭笑不得：“刚刚你们要是不颠我那一下，我都觉得我没事了。”

他还没来得及高兴，就突然被一堆兄弟抱起来抛到天上去了。现在他觉得脑袋晕乎乎的，手臂生疼，但不妨碍他高兴，跟一帮兄弟开着玩笑。

对面整个球队人的脸都很臭，宋词屿扶着路栩，“唉”地叹了口气，说话声音特别大：“也不知道是谁啊，手那么脏，还赢不了。”

他阴阳怪气了对面一把，扶着路栩下场。

场外围着一堆女生，争先恐后地给路栩递水，温漾抢在第一个，不由分说地把水塞进他的怀里：“你怎么样，没事吧？”

路栩被凉得身体一颤，看了一眼怀里的冰水，但没拒绝：“不要紧。”

“那你快喝点水。这是我买过的最贵的水，老板说这种矿泉水最好了。”温漾催促着他。

路栩点点头，拧开瓶盖喝了一口，冰得牙痛。

场外的陈喃，视线被一堆人挡着，彻底看不见下了场的路栩。

不少胆大的女生，手里拿着水，争先恐后地想递水给路栩。

陈喃低下头，看了眼自己手里从比赛开始就拿着的矿泉水，瓶子被她捏得有些变形。

“南南，走啦，今天比赛赢了，顾阳青说请我们吃大餐。”林沉茜早就跑到那边去和顾阳青待一起了。两人稍稍庆祝了一下，她过来一把搂住陈喃的肩膀，笑嘻嘻地拉着陈喃走。

闻言，陈喃勉强地抬起头笑了笑，拧开手里的水喝了一口，在阳光下晒了那么久，水都变温了。

她蹙蹙眉，路过门口的垃圾桶，把手里的那瓶水丢进去，发出不小的声响。

“你们去吃吧，我就不去了，先回家了。”

陈喃背着书包，先一步离开。

她有点讨厌自己的胆怯，因为连一瓶水，她都没有勇气送出去。

学校篮球赛结束了，路栩这支队伍即将代表苏市一中参加市里的篮球比赛。

距离比赛还有一段时间，一中恢复平静，正常上课。

路栩一战成名。

从前他就是一中“学神”般的存在，这下拿下篮球比赛，人气更旺了。

每天早上进班级，他的桌洞一定是被礼物塞得满满的，宋词屿抓着他就一顿调侃。

路栩对这情况，也是挺头疼的。

看着被塞得满满的桌洞，他叹了口气，把里面的东西一个个拿出来。还在困扰该怎么处理这些东西的时候，他在最里边看见了一盒跌伤药膏，暗红色外壳，小小的一个。

宋词屿帮他抱着那些礼物，见他动作停住了，刚想开口问，下一秒顺着他的目光，瞥到那一盒药膏。

“哪个小姑娘那么贴心啊？”他拍了拍路栩的肩膀，一脸八卦。

路栩见他那么八卦，故意往后一倚，坐在他后边桌上的宋词屿没扶稳，险些摔下来。

宋词屿惊吓得大叫出声：“路栩！你小子是不是有病！”

他笑了声，没理宋词屿，从桌洞里拿出那盒药膏，上边还贴着一张白色便笺纸：希望你往后打篮球不要再受伤。

宋词屿别过头，与他一起看着纸上的内容，很短的一句话，字写得很规矩很好看。

他看着字迹怔住了几秒，在这么多花哨的情书里，女生们都喜欢用很可爱的表情符号，显得机灵又可爱。

看到这张平平无奇的纸和上面很平凡简洁的嘱咐，他像是想起了谁，想起那个在球场旁边无比小心翼翼的眼神，越发觉得这张字条的主人，连写下这么一行字，似乎都在反复斟酌。

这盒药膏也是这一大堆东西里，最实用的。

宋词屿接过路栩手里的药膏，仔仔细细看了好几眼，声音不再那么不正经：“路栩，这女孩挺有心的。”

“嗯。不知道是谁送的，连个名字都没有。”路栩轻轻点了点头。他把药膏放在一边，一张张翻开信纸，大部分都是署了名的，他还在想着怎么连着东西一起还回去。

宋词屿瞥了他一眼，抿着嘴，想说些什么，但最终还是没开口。

时间过得很快，篮球比赛过后，就是期中考试。

陈喃也没有时间再继续往楼上跑，也很少再待在那个楼梯口等路栩。他那阵子也忙着复习，整个高中部的学生都焦头烂额的。

考试成绩出来后，被公示在校内的展示栏里，陈喃发挥正常，还是处于中游的排名。

课间，陈喃下楼去看年级的排名情况，楼下没有什么人，只站着几个男生。

“路栩，你的语文成绩为什么突然就牛起来了？老是你第一，一点意思也没有。”宋词屿佯装酸里酸气。

路栩白了宋词屿一眼，故意叹了口气：“是啊宋哥，你加把劲啊，也就差……”他瞥了一眼展示栏的成绩，眯着眼数了数，“也就差一百多名，你就超过我了啊。”说罢，他没忍住笑出声。

宋词屿双手握着拳，作势要打他脸。

身边的几个兄弟，边笑边劝架：“宋哥别冲动啊，路哥这也是实话……”

“滚蛋！”

几个男生边损边走远，发出阵阵爽朗的笑声，混在风里。路栩走在最后一个，他笑弯了腰，肩膀微颤。

陈喃躲在不远处，看见他走远，才松了口气走过来，见他和旁边的男生打闹，看来他胳膊上的伤已经好了。

想到这儿，她才放下一直悬着的心。

确定路栩已经走远，她用手指覆上展示栏的玻璃，从第一名开始看起：

第一名：高一（1）班 路栩

她心里默念着这个名字，慢慢地看着他的所有成绩，停在语文那一科，特地多看了几眼。

他成绩特别好，尤其是数学、物理，几乎能拿满分，语文稍微差一些，但和其他人的语文成绩比起来，还是能拉开很多分。

这次考试语文第一名，是高一（1）班的一个女生。

而其他科的第一名，都被路栩给拿下了。

她看着他那么高分的成绩，不禁惊叹了一声，顺着排名找着自己的名字。

她的成绩排在中间，语文和英语的分数很高，语文的分数和这次的第一名只差了两分。经过陈伟的提点，她语文进步了不少，而数学成绩，就略显拉胯了。

从初中开始，她的数学就一直跟不上。

陈喃对比着自己和路栩的分数差距，沮丧地叹了口气。

她拿出口袋里的白色便笺本和夹在上边的铅笔，撕下一张，一笔一画记下路栩所有的成绩，以及自己的成绩。

计算了两个人之间的总分差距，她看着纸上相差甚远的分数，暗自给自己打气，她一定要努力追上他。

哪怕他的名字出现在展示栏最上边，要想向他靠近是那么艰难，他是那么高不可攀，陈喃也没有泄气，她像是有了一个目标，试图攀山似的不断前进去追赶他。为了实现这个目标，她永远不会觉得累。

这次考试后挨批评的，自然有成绩一直都不算好的林沉茜和温漾，两个人从办公室出来，对视一眼，讪讪一笑。

“我这样的成绩，回家又要被我爸妈骂死了。”林沉茜苦恼地拉着脸，苦不堪言。

温漾拍了拍她的脑袋，安慰着她：“没事没事，这不是快放假了吗，你找陈喃辅导辅导你。”

她老听林沉茜骄傲地和她吹陈喃的成绩好，和自己得了好名次似的。

“也只能这样了。”林沉茜叹了口气，无奈地点着头，“不过，温漾……你爸妈不管你学习成绩吗？”

温漾苦涩地摇着头：“不管，他们工作太忙了，不常回家，骂我的工夫都没有。”

“啊……我好羡慕你啊，我也希望我爸妈别老骂我。”

温漾接收到她羡慕的目光，失笑：“知足吧你。”

“那你找路栩给你补习啊！”林沉茜想着，脑袋灵光一闪，给她出点子。

“他一直在给我补习呢。可惜我底子太差了，这回考成这样，肯定会被他说的。”

自从上次她提出补习要求后，路栩就一直尽心尽力地给她补习，但是显然没用。

那么一个帅哥杵在面前，任谁都学不进去。

林沉茜表情意味深长，调侃了句：“好好学啊，大神补课，千载难逢。”

“哎呀，我知道了。”

期中考试后，所有的任课老师知道了每个学生的学习短板后，都加大了学习难度，发下来的卷子多得离奇。

陈喃被淹没在卷子的海洋里，做得脑袋疼，但还是咬牙坚持做着。

她在木桌椅上写了一行数字，每次想放弃的时候，就看一眼。

桌子上有一行密密麻麻的字，不仔细看很难看出来。

L235。

他的姓氏拼音的首字母，和他们之间的分差。

难熬的高中生活才刚刚开始，她靠着那一行数字的鞭策，撑着过完了高一上学期。

这个学期的最后一周，学校把几篇优秀范文贴在了展示栏里。

陈喃抱着书复习，恨不得把所有的知识都刻进脑子里，偶尔闲下来，课间她会拿着水杯叫上隔壁班的林沉茜，去三楼接水。

二楼没有饮水机，整个教学楼，只有单数的楼层才有。她从来不会往一楼跑，喜欢带着林沉茜往三楼去。

经过那个熟悉又陌生的班级，佯装不经意地朝里面望上一眼，见他一面，那就已经是一整天她最大的欢喜。

至于温漾，自从上次那个电话后，陈喃就没再和她单独联系过了，两人没什么共同语言。林沉茜大概也看出了些什么，不再催着她们一起玩。

这样一来，陈喃反倒轻松了一些，她实在不知道该怎么面对温漾，那个浑身都是闪光点，和她喜欢着同一个男孩的女生。

倏然间她不再愿意从温漾的嘴里再听到关于路栩的消息。

只是偶尔林沉茜还会提起："南南，你觉得路栩怎么样啊，是不是特优秀特厉害？"

她笑着勉强点头："我不认识他啊，不过他……的确很优秀。"

那样一个优秀的人，注定会成为很多人的故事。

路栩对陈喃来说，就像是一些藏匿着的风月与秘密，是无法实话实说讲出来的。

在她还在犹豫要不要和林沉茜讲自己的心事的时候，林沉茜早先一步知道了温漾喜欢路栩，而她也在这些时间里，意识到了路栩和温漾不一般的关系。

她常常能在楼梯口见到他们两个人，看见温漾明艳的笑脸，和路栩时不时被她逗笑的模样。

那段青春里，暗恋最心酸的事，莫过于看着喜欢的他在和其他女生打闹，看着一切往无法挽回的方向发展。

而她，只是旁观者。

于是那些青春里最盛大的秘密，她再也无法坦荡地说出口了。

那些心事，只能告诉缠绵的风，告诉淅淅沥沥的小雨，永远不会有人知晓。

冬天的风，吹在人的脸上刺骨地疼。

陈喃和林沉茜各自接了一大杯热水焐手，各回各的班级。

陈伟在班里嘱咐学生有空去看看展示栏那边的优秀范文。

陈伟那天递给陈喃的那些作文，她都看了个遍。她看完后把卷子还给了陈伟。

"这些作文都是我出的题，没什么用了。"陈伟见状就要把那些卷子扔掉。

那是他出的一篇自拟题目的作文而已，早就讲过了，他说想把这份卷子拿给自家侄女学习学习，那帮臭屁小孩立马就同意了，没半点犹豫。

陈喃见陈伟要把作文给丢掉，连忙拦住，硬着头皮扯了个理由，又把那一沓作文带回家了。

她把这一沓纸塞进不常用的抽屉里，唯独拿出路栩的卷子来。

回家的路上，为了避开那帮冲她捣蛋的男生，她整个学期都在绕远路回家，赵兰上晚班，也不知道这事。她急匆匆地抱着东西回家，不小心把那张卷子压出些褶皱来。

她有些心疼地反复按着那一个翘起的小角，如视珍宝般把那张卷子平整地放进自己的柜子里，再三确定不会压到卷子，才把柜门关上。

那张写有路栩名字的卷子，就是她告诉了风的秘密。

一月份的温度接近零度，外边冷风四起，没人愿意专门跑下楼一趟，就为了看个优秀作文。

陈喃手里捂着热水杯，扯了扯身上的棉服，一鼓作气打开教室门，风吹着她前额的碎发，她低下头匆匆跑下楼。

下楼的时候，她脸上的皮肤被冷风吹得发疼，展示栏前一个人都没有，最旁边添加了一个作文角，她没猜错，路栩的作文在里边。

她冷得像只鸵鸟似的缩着脑袋，眯着眼睛，在展示栏的中间找到了他的作文，一个字一个字地读着。

其实陈喃挺怕冷的，尤其是在冬天的时候，她会犯懒，根本不想动。

唯一能让她不惧寒冬的人，只有那个永远留在展示栏上，榜上有名的少年。

她常常能在展示栏上见到他的名字，他参加了什么厉害的活动又或者获得了什么奖，都是通过这里知道的。

能知道他的消息，是她最开心的事情。

一周后，期末考试正式开始，学校按学生成绩排考场，路栩在第一考场，陈喃在第三考场。

两个考场中间隔着一百多个人。

宋词屿按照考号找着考场和自己的位子，在门口看见了陈喃。

她坐在第三考场的第一个位子，他坐在她那一排的最后一个。

陈喃低着头在抠手。

宋词屿这几天在避开她，见到她总让他想起前不久篮球赛的事。

他深深吸了口气，强制自己别过头朝着后边走。

这次期末考试的卷子不算太难，陈喃答得很快，写好后就开始细细地检查。

宋词屿虽然平时吊儿郎当的，但是这次被路栩那家伙嘲讽了一番，也努力读书了，不再那么散漫。

最后一门考试，是英语。

考完后，回到班级，班主任再三嘱咐寒假里的注意事项，无非就是注意用火、别光顾着玩落下功课。

“考完试一星期后，来学校拿你们的成绩单，寒假时间很短，都记得没事看看书，别玩了一个月回来什么都忘记了，到时候被别人弯道超车，哭都来不及了……”

赵玉芳在讲台上滔滔不绝地讲着，台下的学生被她说得昏昏欲睡。

说了一节课的时间，才结束。

寒假正式开始。

陈喃收拾好东西，就去隔壁班帮林沉茜一起收拾，她是住宿生，东西特别多。

顾阳青也赶着上来，推开两个女孩子，死活要给林沉茜露一手。

他们家住的方向不同，顾阳青只能帮林沉茜把行李搬到校门口，两人说了好一会儿的话，顾阳青才离开。

陈喃眼皮跳了跳，选择忽视。

林沉茜爸妈今天来接她，顺带着一起把陈喃接回家。

两人站在校门口等着林沉茜爸妈的车，她环顾着周围，没有一个是认识的面孔，也没有见到路栩。

还没等到林沉茜爸妈过来，校园里有人冲她们这儿喊着：“林沉茜，陈喃！”

两人转过头，看见不远处的温漾。

陈喃看到站在温漾身边的男生，怔住了，他和温漾说了些什么，先一步往另一个方向离开了。

她的目光紧紧地追随着路栩的身影，见他走远，步子匆匆。

温漾一路小跑到她们身边：“你们还没走啊？”

“是啊。你不是和路栩一起走吗？你们不是住在一个小区吗？”林沉茜点头，问着。

温漾看了一眼陈喃，解释道：“他爸妈在学校后门等他，要带他去吃饭，我们不同路。”

闻言，陈喃回过神，第一次知道原来温漾和路栩住在同一个小区。她垂着眸，勉强点点头，算是对温漾那番话的回应。

“你爸妈还没来啊？陈喃爸妈也没来吗？”温漾话锋一转，转过头问着走神的她。

林沉茜听到这话，担心陈喃难过，赶忙接话：“南南和我一起走，我们住得近。”

“哦，那你……”

温漾还想继续问下去，林沉茜“哎”了好几声，赶紧把她拉到一边，有些担心地看了陈喃一眼。

“怎么了？”被拉到一边的温漾疑惑地看着林沉茜。

“你、你快别说了，别问了啊，我回去和你具体说。”林沉茜急得有些结巴，一时也解释不清楚。

马路对面，林爸爸打开车窗朝这边喊：“茜茜、南南，冷不冷啊？快上车！”

“哎，爸，我们来了。”林沉茜大声应了一声，和一脸不解的温漾说了句再见，一手拿着自己的行李，另一只手拉着陈喃就跑，“走了，南南，我们回家。”

陈喃冲温漾点了点头，帮林沉茜拿着行李，往马路对面跑。

林沉茜的爸妈见状赶紧下来帮忙，一边把行李都放进后备厢，一边吐槽着女儿：“你说林沉茜你怎么那么多东西啊，还让人家南南给你拿，你也好意思啊。”

陈喃想帮忙搬东西，一把就被林妈妈拦下：“阿姨，我……”

“南南，你和茜茜上车吧，这里我和你叔叔来就好。”

她还没来得及拒绝，林沉茜就一把拉着她上车了，林沉茜爸妈搬好东西也上了车。

林沉茜家是做小本生意的，赚不了太多钱，但这一年省吃俭用，也买了辆不算贵的小车，这样出门也方便。

等林家父母都上车，陈喃声音细细的，有点不好意思地喊着：“叔叔阿姨，谢谢你们带我回家，麻烦了啊。”

“南南，你这说的什么话啊，我和你妈妈是那么好的朋友，我是看着你长大的，这算什么麻烦啊。老林，开车慢点，两个孩子在车上呢。”

“行，知道了。”林爸爸开着车，答应一声。

林妈妈坐在副驾驶座上，转过头看着陈喃，听到陈喃说的话，又止不住地心疼。

这孩子就是心眼好，他们夫妻俩其实也帮不到陈喃什么，很多时候林沉茜不懂事，还要陈喃来照顾她。

虽然学校离家不远，但放假，别家孩子全是爸妈来接，就陈喃不一样。

她从初中开始就一个人上下学了，无论是下雪天还是下雨天，她都是一个人。

要不是每次林沉茜爸妈来接林沉茜的时候，总要拉着陈喃一起回去，平日里这个时候，她也是自己一个人走回家的。

一路上，林妈妈都在问着她们两个人的学业和生活。

“南南，你妈妈今天晚上回来吗？”

陈喃摇摇头：“我妈上晚班，应该十点多才能回来。”

“那你晚饭怎么办啊？你妈是不是又让你热饭菜吃啊？”

林妈妈担忧地蹙了蹙眉：“你妈就这点不好，天天吃热饭菜对身体多不好啊。南南，今天来我们家里吃饭啊，正好茜茜也好久没回家了，你们俩小姐妹好久没住一起说说话了吧，今天就住在我们家里，我和你妈说。”

她还想拒绝：“啊，不用了，我……”

林沉茜就替她直接答应了：“行啊妈，你多做点好吃的，我有好多话想和南南说呢！”

林沉茜笑着挽住陈喃的胳膊，冲她眨了眨眼，像是问她行不行。

陈喃没办法，只好答应：“谢谢阿姨。”她礼貌地谢了谢林妈妈。十几年里，林沉茜爸妈一直对她特别好，特别照顾她，她心怀感激。

车里没人再说话，陈喃看着窗外的风景，脑海里忍不住浮现方才在校门口的画面。

想起路栩走远的背影，想起温漾询问的那番话，她疲倦地眨了眨眼，说不清是什么感觉。

直到车子要拐过那个小巷时，她不自觉地用力抓住林沉茜的手。

那帮男生还在巷子口，看见坐在车里的陈喃，领头的男生挑衅似的挑着眉，冲她轻蔑地笑着。

林爸爸在后视镜里注意到这一幕，有些不放心："南南，高家那帮小子还找你麻烦吗？"

"啊。"她一惊，愣了几秒，立刻摇头，"没有，没了，叔叔你放心吧。"

"爸，你别听南南的话，高副那小子天天跟吃错药似的，没事就喜欢找南南的碴，真是有病，让我逮到肯定打死他！"

林沉茜透过车窗，狠狠甩了个白眼给高副。

高副就是赵兰现在工作的厂里厂长的儿子。

都不知道说了多少遍，陈喃的妈妈和他爸屁事都没有，那小子死活不相信，硬要找陈喃的碴。

不过那都是上初中的事了，林沉茜高中住校后，就不常见高副这帮人了。

想到这儿，她转过头问陈喃："南南，高副他们还找过你吗？"

"茜茜！女孩子家家不许打架！"林爸爸警告女儿，又对着陈喃嘱咐，"南南，要是那帮小子还敢找事情，你告诉叔叔阿姨，我们和你妈妈肯定饶不了他们。"

陈喃闻言，还是没说出口。她摇了摇头："没有了，你们放心吧。"

这件事情要是让林沉茜知道，肯定又要闹到赵兰那里，闹大了的话，怕是赵兰的工作都不保。

高副那帮人，也是笃定了陈喃不敢说，才那么肆无忌惮。

小巷子口。

"高副，你看什么呢？"程浩克走过来。

高副收回目光，看着那辆车远去："你小子在一中读书是吧？"

"是啊，怎么了？"程浩克递来一瓶水给高副。他和高副是小学同学，从小就熟。

"你在几班？有个叫陈喃的，你认不认识？"高副接过水，拧开瓶盖问了句。

程浩克听到这名字就不爽，忍不住蹙眉："认识啊，你也认识她？一副柔柔弱弱的样子，我看着都嫌弃。"

听了他的话，高副忍不住笑了声："你还记得我和你说的吗，她爸死了，她妈也不是什么好东西，勾引我爸。"

"哟，就是她啊？那你能放过她？"高副家里以前那点事，他们几个都清楚。

这小子对那个和他爸不清不楚的女人，厌恶死了。

“那肯定不会啊，她就别想好好高考。”高副笑，“学校里我管不着，你帮我照顾照顾。”

他特意语气加重了“照顾”这两个字眼。

程浩克心领神会：“得，你放心吧，没问题。”

到家后，陈喃没收拾什么东西，就被林沉茜拉到她家里，两个人聊了一下午，最后在林家吃了晚饭。

林妈妈提前给赵兰打了个电话，说了情况，两家人交情好，赵兰也放心。

吃好饭，林沉茜让陈喃先去洗澡，她坐在床上等着，打开手机才发现温漾发了十几条消息过来。

温漾：在校门口的时候，我是不是说错话了？

温漾：到底怎么了，你快和我说说。

……

林沉茜想到这事就头疼，犹豫了好一会儿才回消息。

林沉茜：南南她……她爸爸很早就去世了，你以后别在她面前提这件事了啊。

温漾：啊？那我是不是说错话了？陈喃有没有很难过啊？

她看着消息，想起今天陈喃的神情，还没回消息，温漾就打来了电话。

林沉茜被手机铃声吓了一跳，连忙拿着手机往外面跑。

电话接通。

“喂，温漾，怎么了？”

“茜茜，你能帮我和陈喃道个歉吗？我真不知道这件事，要不我还是打电话和她说吧。”

林沉茜制止她：“别，你别再提这件事了，南南不会计较的。”

“啊，行。那……我能问问陈喃她爸爸是怎么去世的吗？我想问清楚，不是八卦啊，我怕以后我又说些不该说的。”温漾问得特别小心翼翼。触及别人的伤心事，她也特别内疚。

林沉茜犹豫了会儿，还是说了：“陈叔叔以前是我们这儿的医生，他是因为一场手术，不幸被感染去世的……大概的我都是听我爸说的啊，总之以后这件事情我们都别提了啊。”

那个年代苏市医院的医疗水平不算高，防护措施不当，很容易出事。

陈喃爸爸出事的时候，陈喃才出生没多久，林沉茜比陈喃晚出生，具体的事情都是听她爸说的，她知道得也不多。

陈洪出事后，感染陈洪的那个病人没多久也去世了，那个时候没有药物能够治疗，那家人还来陈喃家里闹过一阵子，最后警察出面才结束。

林沉茜也不想多透露陈喃的家庭情况给别人，和温漾说了几句就挂断了电话。

“你去哪儿了啊，喊你你也不应。我洗好啦，你快去洗吧。”陈喃穿着厚厚的睡衣走出来，叫了林沉茜一声。

林沉茜连忙应着：“我在门口呢，马上去。”

林沉茜洗好澡后，两个小姑娘躺在床上。

林沉茜有说不完的话要对陈喃说，陈喃的眼皮像是在打架，困得不行。

“南南？”

“嗯？”陈喃迷迷糊糊地应了一声。

林沉茜内心犹豫了会儿，问她：“我能问你个事情吗？”

她点点头，努力眨着快闭上的眼睛。

“你……是不是不太喜欢温漾啊？”

林沉茜其实很早就感觉出来了，陈喃对温漾有些疏离，一开始只是以为两人刚认识陈喃有拘束感，但慢慢相处下来，她能感觉到，陈喃不太愿意和温漾一起玩。

陈喃没想到林沉茜会问得那么直接，她摇了摇头，解释道：“没有，我很喜欢她，她那种性格的人，没人会不喜欢她吧？”

“那也不是，我们班不少女生都不和她玩，因为她天不怕地不怕的，老和班里女生闹矛盾，不过她人挺好的。”

林沉茜见状松了口气，不断地说着温漾的好。

陈喃没半点反驳，听着听着就睡着了。她不会告诉林沉茜，自己和温漾注定成不了太好的朋友。

哪怕她很喜欢温漾，很羡慕温漾这样勇敢的女生。

可是她们偏偏喜欢上了同一个人，这件事情从一开始，就怪不了任何人。

她们只是在那段青春里，同时喜欢上了一个特别好特别好的人。

陈喃只在林沉茜家里住了一晚上，林沉茜爸妈太热情了，她实在不好意思久住。

寒假正式开始，她收拾好东西，打算去陈伟给她报的那个补习班。

“南南，快拿着东西下来，你叔叔到楼下了。”

去补习班的第一天，陈喃和赵兰说了好几遍，她可以自己坐公交车过去。可是陈伟担心她不认识路，还是坚持过来接她。赵兰还特地请了半天假，要陪她去看看。

她应了一声：“来了。”

那是在苏市市中心的一个补习班，费用不低，里边的老师教学水准很高。

陈喃在赵兰和陈伟的陪同下，见了补习老师。

她环顾着四周的环境，脚下是光滑的瓷砖，在暖光灯的映照下，显得简约干净。

赵兰担心地叮嘱了她好几声才跟着陈伟一起离开。

赵兰还得回去上班，陈伟作为老师虽然放假了，但下午也有事，所以没时间来接陈喃回去。

陈喃让两人放心。

陈喃中规中矩地上着课，同一个时间上课的有不少人，大家都是为了提高成绩来的，也没有半点闲聊，大多数都专心听课，各写各的听课笔记。

她报了数学和物理两门课，每节课两个小时。

上课的数学老师讲的知识点都很通俗易懂，解决了她不少问题。

接下来的两个小时上物理课。上课前，陈喃从书包里拿出一套物理试卷开始做，她有些累地眨了眨眼，埋头苦干。

她从小天分不高，但勤能补拙。

做卷子的途中，补习班里陆陆续续进来了不少学生。

一个班二十几个学生，这里的老师资历老，补习班自然也出名。现在的家长都希望自己的孩子赢在起跑线上，高一更是不能荒废，一个个抢着名额进来，陈伟费了好大的劲儿才把她送进来。

她低着头，倏然门口传来一个熟悉的声音："老师，这是上次的卷子。"

她写字的动作一顿，抬起头，见到了路栩。

他今天穿着一身克莱因蓝的棉服，里边穿着一件单薄的白色卫衣，那身棉服把他的皮肤衬得又白又亮。他走进班里，单肩背着黑色的双肩包，手里拿着一份卷子。

补习班里有人调侃他："不会吧，咱们大学霸都补了一个学期了，寒假也不落下啊？"

有人附和着："就是啊，你补个语文就算了，物理本来就考得好，还让不让人活了啊！"

路栩转过身，黑漆漆的眼睛里含着笑："人外有人嘛，还得多学习。"

"喊——"这话一出，班里一阵唏嘘声。

陈喃这才知道，原来路栩一直都在这个补习班补课，怪不得他那时在楼下吐槽自己的语文不好，可考试的时候语文进步了那么多。

路栩手里提着包，选择坐在了第一排。

陈喃坐在第二排，看见他从包里拿出草稿纸，又翻了半天，也没翻出想要的东西来。

"我的笔呢？你们有多的笔吗？"他蹙了蹙眉，翻遍了整个书包都没有找到笔，于是冲着旁边的人问了声。

他左右全是男生，桌上就摆了一支笔和一张草稿纸，都冲他摇摇头。

陈喃听到路栩询问的声音，翻着包里的笔袋，她习惯性多带几支笔，怕一支笔没墨水了不够用。

她从笔袋里翻出一支墨水笔来，在纸上画了几下确定是有墨水的。

她踌躇着该怎么把笔递给路栩。

她张了张口，欲言又止。

直到她身边的男生凑过来问她："你有多余的墨水笔吗？"

她怔住，僵硬地点了点头。

那男生又问她："能借给我朋友吗？他没带笔。"

陈喃知道他嘴里的男生就是路栩，她正愁不知道该怎么把那支笔给路栩，连忙应了一声，把那支笔给了那男生。

“谢谢了啊。”男生接过笔，拍了拍坐在他前边的路栩，“喏，和人家小姑娘借的，快谢谢人家。”

路栩转过头，看了一眼陈喃，他白皙细长的手指接过那支笔，眼角一弯，嘴角露出好看的弧度：“谢谢啊，等会儿下课我就还给你。”

她的眼睛撞进他柔和的目光里，心被狠狠地撞了一下。

陈喃木讷地摇摇头，声音细小：“没关系的。”

路栩拿着那支笔转过身去，她的心跳却没有因此平稳下来。

盯着他眼睛的那一刻，她觉得自己那些隐瞒在深处见不得光的感情，险些真真切切地泄露出来。

她不断地调整着呼吸，试图让自己冷静下来。

为何偏偏有人，一个眼神就能让她内心的山河一瞬间崩塌？或许她早就告白过了，在那无数个炙热恳切的眼神里。

下课后，已经是傍晚六点钟。

冬季的天暗得很快，窗户外一片漆黑。

路栩盖好笔帽，把那支笔轻轻放在了陈喃的桌上：“谢谢你了啊。天色也不早了，早点回家吧。”他对着还在低头做卷子的女生道谢，歪着脑袋扫了一眼，就发现她有个选择题写错了。

“这道题应该选 A，B 的答案说反了。”

他指着题目，眼前的女生却如临大敌似的，她埋着脑袋看不清脸，只含含糊糊地点着头，用修正带改正，动作有些匆忙。

路栩看她这样一愣，觉得她有些眼熟，可是又记不起来到底是谁。

他整理好包，和身边的人说了一声，起身走了。

陈喃这才敢抬起头，看见走远的背影，匆匆忙忙地收拾好卷子和笔，把他还回来的那支笔放在了书包的最里层。

她小跑着追在他的后边，不敢离得太近，只敢悄悄地跟着。

她捂着自己有些发红的耳根，在心里嘲笑自己胆子太小。

傍晚六点钟是市里的晚高峰期，不少上班族下班。

路栩站在公交车站的那一端，陈喃待在车站的后面，小心翼翼地看着他。

直到公交车过来，她才匆匆跟上去，一大堆人准备上车，她和路栩压根儿不需要动，就能自动地被这帮人给挤上车。

在上车的途中，她本来和路栩还有些距离，被这么挤上车后，她离他特别近，她耳边的碎发划过他的后颈，她不由得屏住了呼吸。

路栩没注意到这些，车子的最后面还有几个座位，路栩被挤过去，好不容易喘口气，跑到后边坐下。

陈喃跟着他一起，被挤到车子的末尾，他的旁边和后边都有个位子。

她迟疑了一会儿，最后还是坐在了他的后边，紧接着后面的是一个老奶奶，路栩见状坐到了里边去，老奶奶在他旁边坐下。

少年靠在窗边，从书包里艰难地拿出一本书来，借着车灯看书。

她不敢一直盯着他，伪装似的也从包里拿出一本书，强制自己不要看他，可是书上的内容她根本看不进去。

于是她时不时抬起头，微微别过头看着他身旁的玻璃窗，玻璃窗上映着他看书的模样，和他的侧脸。

窗外昏暗的夜空中，有人在放烟花，也许是哪家有喜事。

五颜六色的烟花绽放在空中，无数个闪烁着的火星子从最中间散落开，在空中蔓延落下。

玻璃窗上映着天上的火光，落在他的脸上，灯光忽暗忽明，她的心雀跃如同外边的烟花炸开，充满着欢喜。

车子开了一半的路程，从后门挤上了一位老爷爷，满头白发，驼着背。路栩注意到了这点，他装好书后，弯着身子起身："奶奶，您让我一下。"

他走过去，冲着老爷爷指了指，让他坐到他的位子上去。

老爷爷弯着腰，笑着不停地感谢他。

少年笑着说没关系，小心地扶着那位老爷爷上去，见他坐好了，才放心。

他重新融进拥挤的人群里，艰难地扶着把手。

没过几站，他就下车了。

陈喃转过头看着渐渐走远直至不再看得见的他，迟迟不愿意回过头。

上了十几天补习班，路栩并不是天天都过来，听这儿的老师说，他主要补的还是语文，其余的课程都是有时间才会赶过来。

所以陈喃鲜有机会能见到他一面，她开始每天都期盼着与他见面，最好还能和他一起坐车回家。

虽然不知道为什么路栩家里那么有钱，他还要坐公交车回家，可是能和他一起坐公交车回家，多和他待一会儿，就是让她高兴的事情。

明天就是春节了，新的一年。

补课的老师提前祝学生们新年快乐，欢欢喜喜地给他们停课放假。

“先在这里祝大家新年快乐，好好回去过年，要压岁钱啊！我们的复课时间是在大年初六，大家不要忘记把作业写好都带过来哦。”

班里的学生异口同声：“好的，老师。”

陈喃也跟着一起应声，她不停地转头看着班级门口，在春节前的最后一天，她没有碰见路栩。

陈喃回到家，已经是晚上七点多了。

赵兰提前放假下班，母女俩和往常一样，在这个阖家团圆，门外全是烟火热闹的日子里，吃完了一顿冷清的饭。

吃好饭后，陈喃抢过赵兰手里的碗，乖乖地跑进厨房洗碗。赵兰拗不过她，干脆也就随她了。

她坐在客厅里，小小的电视机里播放着春晚。

陈喃洗好碗，就和赵兰一起坐在客厅里看春晚。她随手打开手机，收到了补课老师的一条消息。

大概内容是为了以后方便联系，老师们在QQ上拉了个群，让她记得加一下。

她回复了老师，把号码复制下来，打开QQ软件。她的QQ号还是林沉茜帮她申请的，也不常用。她搜索着那个群号，然后申请加群，过了几分钟，申请就通过了。

群里有不少陈喃不认识的名字，他们正聊着天，陈喃插不进去话也不打算发言，她看着春晚的小品，时不时瞟一眼手机上的消息。

群里聊着些很无聊的内容，她没兴趣看，直到看见那个熟悉的名字跳出来：

大家看春晚了没？

她眼皮一跳。群里不少人七嘴八舌地回他，她也混在那群人里边，说了句：

正在看。

有人调侃："学神"也看春晚？

路栩：合着我是外星人，啥都不能干了。

顿时满屏"哈哈哈"，她看着他开玩笑，不由得笑弯了眼。

陈喃小心地点开路栩的QQ主页。

路栩的QQ昵称很简单，就一个英文大写字母"L"，他的头像是一个卡通人物，她上网搜了搜他这张头像的来源。

是一个动漫人物，叫宁智波佐助。

而后，她切回QQ，看着添加好友那一栏，彷徨许久还是没勇气加他。

她叹了口气，又倏然想起什么，把路栩的QQ号复制下来，照着上次林沉茜教自己申请QQ的办法，重新创建了一个小号。

她把小号的信息随便一改，在搜索栏里搜索路栩的QQ，下定决心按下了添加好友键。

他在线，好友申请很快就通过了。

L：你是？

圈圈：我是补课群里的，就顺手随便一加，没打扰到你吧？

L：哦，这样啊，不要紧的。

路栩看着手机上的消息，随便回复了几句，没多留心。

他大概是困了，眼睛一直盯着手机有些发酸，随意地把手机扔到一边的沙发上，开始认真地和爸妈一起看春晚。

陈喃看着他回复的消息，等了好一会儿才发现没有后话了。

她起初还在心里想，如果路栩问她是谁，她该怎么回答，如今看来，他根本不在意一个随意添加好友的人姓甚名谁。

她低着眸，电视里已经开始播放零点的倒计时。

十！

九！

八！

七！

……

三！

二！

一！

零点的礼炮炸起，齐齐冲向夜空中。

她在聊天栏里编辑措辞了好久，写了一大串的祝福词，最后还是悉数删光。

陈喃将 QQ 自动群发的祝福词复制粘贴下来发给他。

圈圈：一声声爆竹声响起……新的一年，祝你新年快乐。

几秒后。

L：新年快乐啊。

时间定格在深夜十二点，她看着聊天框仅有的那么几句话，心上星星点点的雀跃冒出来，忍不住笑起来。

每到新的一年，路栩都会收到很多群发的祝福消息，他一一回复了一句“新年快乐”，不厌其烦。

祝福不嫌多。

等到他回复完最后一条消息，有人打来电话，他看着备注名，是温漾。

他笑了笑，接起电话。

电话里洋溢着她兴奋的声音：“路栩，新年快乐啊！”

“新年快乐。”他的声音夹杂着笑意，听着像温暖的春风，荡漾人心。

温漾听得耳朵酥麻，暗想：这家伙声音也太好听了。

想着，她忍不住抿着嘴偷笑，语气里带着掩不住的欢悦：“你快看你家楼下，快下来！我买了烟花一起放啊！”

听到温漾的话，路栩看着外边漆黑的天一怔。他连忙走到阳台朝下一望，看见温漾点着一根烟花棒，朝着他招手。

温漾说：“哎，我看到你了。你快下来，我都要被冷死啦。”

这个点，他爸妈都睡了，路栩拿着衣服，穿好鞋子，轻轻地关上门，下楼的第一眼，他就看见了温漾。

“这么晚了，你怎么还在外面啊，你爸妈知道吗？”他看见温漾冲自己笑着。

提到父母，她才收了嘴边的笑，很不在意地说：“唉，他们都忙，后天才能回来呢。”

他有些诧异，年三十的，就算是在外工作的人们也应该回家了，连他爸这么忙的人，都还是提前一天回家了。

“那你一个人在家吗？”

手里的烟花棒燃尽，她又拿着打火机背过身点燃了一根：“家里有保姆阿姨的，不过她现在也回去过年了。你看我那么惨，过年就一个人，你行行好陪我一起吧。”

温漾点燃了第二根烟花棒，伸手递给他。

路栩张了张嘴，原本还想劝她早点回家，可是见到她期待的眼神，嘴边的话又吞了回去：“行，那我陪你放，放完你早点回家。”

“一言为定！”点燃的烟花棒火光映在她的脸上。

女生蹲在地上，拿着烟花在空中画着圈：“好漂亮啊。”

她还是和初见的时候一样，爱笑、点子多，恣意张扬，他的目光柔和了片刻，有一瞬间觉得，有这样的一个人在身边，其实也挺好的。

虽然有的时候有点吵，还喜欢带着他干些出格的事情，但这样勇敢明艳的人，谁也无法拒绝。

大年初一早上，还不到七点，赵兰就拉着陈喃起床，催着她吃早饭。

她们家有个传统，每年过年都得去爬山，去山顶的寺庙求平安，也寓意着新的一年有个好开头。

过年期间，去爬山烧香拜佛的人特别多。

坐了一路的公交车，一大早被催着起床的陈喃困得睁不开眼，下了车后又是人山人海。

陈喃看着这阵仗，忍不住倒吸了一口气：“妈，好多人啊。”

“赶紧上去，现在还不是高峰期呢，等会儿人更多。”赵兰没给她喘息的机会，一把拽着她往山上跑。

这是苏市的名山，山不是太高。

陈喃从小身体不怎么好，也不常运动，赵兰就喜欢拉着她来爬山，一年前，因为陈喃要中考，便搁置了一年。

一年没爬山了，赵兰爬起来背后直冒虚汗，才爬了一半，就觉得特别累，有种虚脱的感觉。

陈喃扶着她，好不容易才攀到山顶。

山顶弥漫着一层雾气，朝下一望，远处的高楼大厦变得渺小无比。陈喃身上出了汗，脸上一片通红，冷风吹在身上很凉快，但吹久了又发冷。

“走走走，别吹风了，别回去感冒了啊。”母女两人都累得不行，坐在旁边休息了会儿。赵兰担心陈喃忽冷忽热会感冒，拉着她往庙里走。

山顶的这座寺庙，据说特别灵验，只要心诚，祈福求愿都能成。

陈喃抬起头看着眼前的这座寺庙。寺庙里种着几棵枝繁叶茂的菩提树，屋脊刻画着栩栩如生的壁画。她跨过门槛，面前是一座佛祖的塑像。

赵兰带着她跪在佛祖面前，旁边的和尚们专心地念着经，不远处传来一阵阵浑厚的钟声，回音落在山顶。

陈喃的心跟着钟声平静下来，她闭上眼睛，双手合十，诚恳地许下愿望：“求佛祖保佑，愿生活顺利，家人健康平安……也请保佑他，无灾无难，一路无风无浪。”

不求有缘，亦不求未来。

只佑他，岁岁平安。

祈福完，赵兰就带着陈喃回家了。

一路上，她不停地问着陈喃：“我们南南许了什么愿啊？”

“妈，这说出来就不灵了。”陈喃摇摇头，坚决不愿意说出来。

赵兰见状只能作罢：“好吧，你不说，那妈妈说。妈妈就希望我们南南，未来能考上一个好大学，然后健健康康的。”

她牵过女儿的手，眼里是浓浓的爱意。

陈喃看着赵兰，不禁眼睛泛酸：“妈妈，我会的，我们都要健健康康的。”

“好，我们都要平平安安的。”

赵兰的年假很短，就两天，一天去爬了山，第二天她去墓地看了陈喃的爸爸。她没让陈喃跟过来，一个人带着些东西，在墓地和陈洪说了一天的话。

她们家里已经没有别的亲人了，过去来往的那些亲戚早就没联系了，所以赵兰除了带着陈喃去陈伟家，也没什么地方能去拜年了。

陈喃的爷爷奶奶不在这边，自从陈洪去世后，老两口实在是接受不了这个伤心地，很早就搬走了。

赵兰不愿意在路上来回折腾，过年的时候也就只能打个电话口头拜个年。

这年就这么过了。

之后的日子，赵兰继续上班，依旧很忙，回家很晚。补习班复课后，陈喃也循规蹈矩地去补课学习，时不时会在班里碰上路栩。

他经常会被老师请上台说自己的解题思路，每次他都能给老师提供一种不同的解题办法。

于是陈喃总会想起，自己在佛祖面前为他悄悄许下的平安。

少年啊，永远耀眼，她是追逐光的那个人，也许她很难追上他了，可她还是希望，他永远如今天一样，是她生命里打下的那一束光。

永远不要熄灭。

一中的寒假时间很短，年后没几天就开学了。

班里的学生，连“好久不见”都说不出口，不情不愿地开学，投入这要命的学习中。

陈喃通过寒假的补习，不少知识漏洞都被补上了。

在做物理题的时候，她脑子里全是路栩轻松地讲着解题思路的样子，她开始按照他说的那种方式做题，一道一道地做，慢慢熟悉他的解题方式，的确简单不少。

上课学新知识好像都没有以前那么难了。

林沉茜和顾阳青更熟了，两个人说话都直接，一个星期里，能有三天都在吵架闹绝交。

从林沉茜嘴里听到的最多的话，就是说顾阳青哪哪不好，不过一般过几天，这两人又会和好，继续当好朋友。

陈喃不理解这是什么操作，但想着现在两个人都算自己的朋友，她两边来回劝，平淡枯燥的生活里，也算是有了些乐趣。

不同以往的是她不会再拿着课本去楼梯口等路栩了，因为她在楼梯口等到的人，不再只是路栩和他的朋友们，还有温漾。

她和他并肩走在一起，缠着他胡闹，他不会介意，不会不耐烦，他默认了她的喋喋不休，甚至觉得可爱。

暗恋或许本就不是什么让人高兴的事情。

凡事扯上悸动、喜欢这种词的，似乎总是甜里含着苦，没有尽头的苦。

苦似乎不会尽，甘好像也永远不会来。

大概这就是属于胆小鬼最后的结局吧，没有结局，也没有故事。

永远不甘心，永远想勇敢，冲动地想告诉他自己的喜欢，可看见他身边站着的，是一个和他很般配、勇敢娇艳的女生。

最后她悄悄地删掉聊天框里所有的话，丢掉苦思冥想一晚上的情书。

见证他在校园生活的全部，却从来不是参与者，连个旁观者都算不上。

暗恋这种事情，太苦，苦不堪言。

开学一周后的体育课，是班里的男生最期待的。这次由于一班调课，和五班的体育课撞到了一起，体育老师没办法，只好两个班一起上课。

课间，和一班人熟悉的男生过来通知："下节体育课，我们和一班一起上啊。"

顾阳青随口问了句："哪个一班啊？"

"还能是哪个，路栩他们班啊。"

程浩克听到这消息就觉得晦气，暗骂了句："怎么和这小子一起上课啊，我真服了。"

陈喃听到路栩的名字，眼皮一跳。她抬起头和顾阳青确认了好几次，确定是和一班一起上体育课才罢休。

哪怕已经猜到了自己这场暗恋的结局，她却还是宁愿沦陷，她还是会因为和他撞上同一节体育课内心窃喜半天。

三月的春天，风终于不再那么冷冽，吹在身上柔柔的，很舒服。沐浴在阳光下，两个班的队伍整齐划一，等着老师的指令。

"今天你们两个班，测个跑步吧，女生 800 米，男生 1000 米啊，跑完就自由活动。"

话音落下，全场哀号："啊，怎么要跑步啊？"

"800 米要我命！"

"我们还跑 1000 米呢，说什么了吗？"

……

"哎，好了好了，再吵就加一圈啊。赶紧准备准备，男女生一起跑了得了。"两个班乌泱泱的，吵得头疼，老师喊了几声，在这样的加罚下，两个班的人果然安静了下来。

陈喃听到跑步就头疼，她这种体育细胞为零的，800 米都不知道能不能跑下来。

在体育老师的规定下，先热身跑一圈，随后两个班分好跑道，随着老师一声令下，一个个健步如飞，跑得飞快。

程浩克几个人大概是想在路栩面前装一把，跑得格外卖力，但路栩没看他一眼，自顾自地调整着呼吸，平稳地跑着。

女生没有男生体力那么好，跑到最后一圈几乎都虚脱了。陈喃也不例外，她的步子越来越沉，喘息声也越来越沉重。

“孟北鸽！想想小说里的帅哥啊！别走啊，快点快点，贺瑾在跑道那儿等你！”

陈喃跑过那帮正大声嚷嚷的女生身边，那群人看了她一眼，没好气地白了她一眼。

这些就是上次军训说她的那帮女生，跑在她前面的那个人是孟北鸽。

或许是一帮女生走走停停跑得太磨蹭了，体育老师杵在一边都看不下去：“你们几个女孩子跑快点啊，别走走停停的，咬咬牙不就跑完了吗？实在不行，想想你们喜欢的人啊。”

“欸，老师，你这觉悟不行啊，小心我们打报告。”

女生们哄笑一片。

陈喃听到这话，知道是老师随意胡扯的，她努力调整着呼吸，快坚持不住的时候，脑子里出现了一个人的样子，那个人就是路栩。

她在心里喊着路栩的名字，似乎这样就能作为激励，鼓励她不要停下来，继续往前跑。

她低头看着自己的脚尖跑，腿软得几乎没知觉，她心里一遍一遍默默喊着他的名字。下一秒，身后有脚步声传来，她抬起头，少年迈着步子轻轻松松跑到她的前面，那个刚才她还在心里默念的人，倏然出现在她的身边，与她擦肩而过。

路栩穿着校服外套，拉链没拉上，他后背的衣服被风撑起来，跑步动作标准，干脆利落。

宋词屿跟在路栩旁边，跑得更轻松：“你是不是太久没跑了啊，跑不过我啊。”

他跑过陈喃的身边，轻轻瞥了她一眼。她因为跑步，脸变得很红，透白的皮肤更明显。

他们见过那么多次，却很少会对视上，陈喃的目光，永远不在他身上。

“你个体育生，和我比什么啊？”路栩的笑声清脆，笑得肩膀微颤。

他和宋词屿跑得很快，两人边跑边聊，声音越来越远。

陈喃看着路栩跑远的背影，咬着嘴唇，一鼓作气地跟上去。她就这么跟着他的步子，匀速地跑着。最后距离终点还有一百米，她跑着跑着，倏然被人撞了一下肩膀，她一个踉跄险些摔倒，停下来看着那个人。

程浩克朝她挑衅地笑了笑，没半点歉意，继续往前跑。

见状，她攥紧了拳头，继续跑向终点。

开学后，陈喃明显能感觉到程浩克这帮人对她的刻意刁难，还时不时讽刺她几句。

她不想计较，只要不是大事情，她都不想把事情闹大。

更何况，那么多年她一直是这么过来的，她已经麻木了。

无论她怎么做，都没有办法消除别人对自己的偏见。

她以前讨好惯了，把所有的错都归在自己身上，现在想想，就算她什么都不做，还是会被人讨厌。

800 米体测结束，自由活动。

陈喃一个人坐在篮球场边的木头椅子上，顾阳青苦着个脸，不用猜都知道又和林沅茜吵架了。

“你们又吵架了啊。”不是疑问句，是肯定句。

“嗯。”他点点头，和倒苦水似的和陈喃不停地说。

她靠在墙边，目视着前方的篮球场。

有些人永远都是篮球场上的焦点，她眯了眯眼，边听顾阳青的话，边看远处的他将一个一个球投进筐。

那个时候，她能和路栩撞上同一节体育课，见到他四十五分钟，能看他打一场篮球赛，就特别知足高兴了。

“哎，你在听我说吗？算了，我也不乐意说了，我打算这次硬气点。”顾阳青发现陈喃在走神，不满地咕哝了一句。

闻言，她转过身来，倒是有点好奇："怎么个硬气法啊？"

"等会儿我就去道歉。"他很严肃地点了点头，像是极其认可自己的这个决定。

陈喃被他那样子逗笑了，附和了句："好硬气，快去吧。"

顾阳青也不理她，跟着她一起看着球场上的比赛。

他和她闲聊："哎，你知道吗？我们去市里打比赛，拿了第一名，路栩那家伙打得是真的猛，不到最后一刻根本不会放弃。"

"哦，赢了啊。"她不意外，路栩身上总有一股能让人很信服的气质，会让所有人都理所应当地觉得，有他在，就一定会赢。

顾阳青诧异地看着陈喃："呀，你不惊讶啊？市里队伍很强的，如果没有路栩和宋词屿的配合，我们很难赢的。最后进球全靠他们两个人。"

她点点头："惊讶啊，是我表达得不够惊讶吗？"

顾阳青："……"

他大概是因为这么大件事情，陈喃没个反应有些吃瘪，随后看着球场内程浩克走过去，和路栩说了些什么。

不出意外，两帮人又是不欢而散。

"你知道老程为什么天天找路栩的碴儿吗？"他又抛出个八卦的话题。

但陈喃还是不感兴趣，回了句："知道啊，男生的嫉妒吧。"

顾阳青没想到她会说得那么直接，喝着水直接被呛到了，咳了好几声，说："呃……你话不能这么说。我看老程天天跟吃错药似的要找你碴儿，都和他说了好几次了，但不怎么管用，你小心着点啊。"

她叹了口气，算是默认这事了："你放心吧。别把这件事告诉茜茜，我怕她又生气。"

"得，我办事你放心，我会继续帮你和老程说说的。他小子就那样，不敢动什么真格，你避着点他就行，别和他犯冲。哎，不过你真的不好奇，为什么他俩那么不合吗？"

陈喃真是第一次见那么乐意说自己兄弟八卦的人，勉强摆出很好奇的样子，询问着他："那是为什么啊？"

顾阳青见状，一下子就来劲了："这事情可就说来话长了。以前老程喜欢一个姑娘，没想到人家姑娘喜欢路栩，老程他就不爽了呗，气冲冲地过去问人家，自己哪儿不如路栩。结果你猜人家姑娘怎么说？”

“怎么说？”她接话。

“人家姑娘对着程浩克说，程浩克你哪儿都不如路栩，尤其是打篮球，他打得比你好还比你帅。”顾阳青捏着嗓子，学着那个女生的声音，看着特别矫揉造作。

看他那样，陈喃哭笑不得：“所以他就一直缠着要和路栩打场篮球赛？”

“可不是吗，一开始几个人都是球友，老程这家伙最引以为傲的就是打球技术了，这事一出，不气死才怪。可惜，路栩不搭理他，觉得他特无聊，这恩怨就持续至今喽。”

她嗤笑了声，没想到这理由能那么离谱那么幼稚。

大概这就是，年轻气盛的男生最强的胜负心吧。

她摇摇头，时不时地看几眼球场，看似是无意，实则她整个心思都在路栩的身上。

或许喜欢一个人就是这样吧，想见他，见到他又不敢光明正大地看他，要假装不在意，不想被人看出端倪。

【第四章】

/ 她的目标：苏市大学 /

四月中旬，春风四起，吹起白色的窗帘，天气暖暖的，人也都懒洋洋的。

讲台上，陈伟正讲着一篇文言文，尤其催眠。

陈喃困得不行，眼皮子在打架。她一只手撑在桌子上托着脑袋，另一只手拿笔记着黑板上枯燥的知识。

陈伟正讲着课，倏然想起什么，插了一嘴题外话："咱们学校的作文比赛开始了啊，大家有兴趣的记得来报名，进入决赛的话可以去市里比赛，奖牌的含金量很高的。"

他说了几句，但没几个人把这话听进去了。

"都醒醒啊，这个知识点的翻译，我写下来你们都赶紧记下来。"他拍了拍桌子，满脸无奈。

陈喃晃了晃还有些迷糊的脑袋，努力听着陈伟继续讲课。

孟北鸽很快就拿到教案回班级了，陈喃撑着脑袋继续听课，思绪却跟着被风吹起的帘子一起飘远。

这几天她没遇到过路栩，如果她不刻意地制造偶遇，就真的很少能见到他。

她也不敢去见他，怕看见他身边的温漾，可是见不到他，她又会很沮丧。

在校园里，看见和他相似的背影，她都会忍不住多看几眼，哪怕知道不是他，可还是控制不住目光。无数次听到和他相似的声音，她会特别期望下一秒走过拐角，出现在她面前的男生，就是路栩。

可是往往都不是他。

喜欢一个人，原来是那么纠结的心事。

陈喃叹息了一声，这节语文课没过几分钟就下课了。

陈伟走过来，用书敲了敲她的桌子，留下一句："跟我来趟办公室。"

陈喃一怔，出于本能，觉得去办公室没什么好事。她蜷缩着手指，跟在陈伟后面走进办公室。

等到陈伟把一份卷子放在她面前，她才知道是什么事情。

"南南，你语文成绩好，一直都是咱们班里第一第二名，我看了你的作文，写得也很好，你要不要考虑考虑报名作文比赛啊？"

陈伟摊开她卷子最后的作文部分，自从上次他指出她的问题后，她就很少偏题了，她文笔好，生动形象，参加作文比赛一定是可以的。

只是他知道陈喃这孩子从小性格就闷，未必愿意参加比赛，才特地把她叫过来问问。

陈伟的确猜得很对，陈喃听到这件事情，第一反应就是拒绝，从小到大她就没参加过比赛，一直都是默默无闻的小透明，她也没有主动报名过。

"我……"她不知道该说什么，拒绝的话说不出口，可是又不敢贸然答应。

见陈喃有些犹豫，陈伟也不勉强她。

"你别紧张，我就是看你的文采好，要是能进市里面的比赛拿个奖的话就更好了。这个奖项的含金量很大，奖金也不少，所以咱们学校啊，特别重视这个比赛。"

陈伟耐心地劝着她，顺手拿过其他几个班的报名表。

她听着陈伟的话，低着头不作声。

"南南，这是个很好的机会啊，叔叔希望你别放弃。你看看其他班级，尤其是一班，全都报名参加了。

"得不得奖无所谓，重要的是参与，我老听你妈说你不爱参加集体活动，老是一个人。叔叔知道你性子本来就这样，小时候安静点好，但是现在长大了啊，得做出改变，不能一直困在自己的圈子里啊。"

陈伟苦口婆心地说着，他是真心希望能把陈喃的性子带得活泼一些，这个年龄段的孩子里，鲜有像她这样不爱说话，没多少存在感的孩子了。

她乖乖地听着，从陈伟的话里，捕捉到了一个很重要的信息。

“您是说，一班的全体学生都参加了吗？”

“嗯？是啊，上次我给你看的那些优秀作文，写那些作品的学生全都参加了。”陈伟不知道陈喃为什么会突然问这个。

一班作为尖子班，自然是被学校格外看重的。这一次作文比赛，由路栩带头，整个班级全都报名了。

闻言，陈喃目光闪烁了会儿，确定一班整体报名，那路栩也一定报名了。

她想了一会儿，最后还是答应了陈伟的建议：“我愿意报名，就……试一试。”她抿着唇，有些紧张。

陈伟没料到这事能这么顺利，满意得直点头：“好。这里是报名表，你填一下。”

报名作文比赛，陈喃就这么定下了。

初赛是在苏市一中空余的教室里举行，一中的学生报名都很积极，好几个教室都坐满了人。

陈喃坐在教室里，有些局促不安。她紧绷着脸，有些慌张。比赛前她环顾了教室一眼，没有见到路栩。

周围全是她不认识的面孔。

初赛的作文题目不难，拿到卷子后，她长吐了一口气，定下心来，顺利地完成了比赛。

初赛的成绩在三天后公布，陈喃不出意外进入了决赛，几个班被刷下来的人不少，但是一班进决赛的人很多。

她不用猜都知道，路栩一定会进入决赛。

决赛在市里举行，学校特地给他们腾出一下午的时间，让他们坐着校车去市里比赛。

在校车上，陈喃喜欢坐在靠窗的角落里。

阳光洒在身上很温暖，一上车她就有点困，等着其他班的学生陆陆续续地上车，迷迷糊糊中，她感觉到自己旁边的椅子一陷。

陈喃睁开眼，转过头看了一眼，下一秒，她呼吸一滞，困意烟消云散。

路栩就坐在她的旁边，他大概也有些困，靠在座位上微微闭着眼小憩。她眨了眨眼，耳根霎时红了起来，突然觉得坐立不安。

她看着眼前闭着眼的少年，能清楚地看见他根根分明的睫毛，很长很浓，阳光落在他的脸上，许是有些刺眼，他不舒服地转着头。

陈喃就像是如临大敌一般，不敢大声呼吸，见他一动，连忙转过身去装作什么事情都没有发生。

过了一会儿，见他没有醒，她才敢转过身来，继续看他。

他大概睡得不太舒服，一直蹙着眉头。她看着外头有些刺眼的太阳，悄悄地拉上了窗帘，遮住大部分阳光。

她已经好久没有见到过他了，就算偶尔遇见，她也只敢悄悄地偷看他的背影，没有任何一次像现在一样，两人之间只有一指的距离。

陈喃心底像是灌了蜜，甜得发腻。她眉眼浅浅一弯，身体僵硬地学着他的样子靠在座位上。

整辆车上的人不是在睡觉，就是在悄声聊天，没人注意到陈喃这边。

她终于能大胆地看着他，又紧张又窃喜。

他还是他，总是让她那么难过心酸，让她不愿意这样不快乐地喜欢下去。

可是那些心悸，从不是几次难过就能结束的，于是她心里想着，我不要再喜欢他了，可是一见到他，那些想法瞬间就动摇崩塌了。

她还是好喜欢他。

到市里的考试地点后，路栩醒过来，懒懒地打了个哈欠，跟着队伍下车。

陈喃跟在他后面，不敢靠太近又不敢离太远。

她盯着他瘦高的背影有些恍神，似乎每次见他，都是这样的情况。

她不敢走在路栩的前边，只敢在背后，偷偷看他。

决赛的题目远比初赛难得多。

拿到考卷后，全场的人都忍不住蹙了蹙眉。

比赛的题目是：青春期里的悸动，你是如何看待的？请以这个内容，自拟题目，禁止出现人名和校名，字数控制在八百字左右。

考完后，大家走出考场，不少人吐槽："还是市里会搞事情啊，这个作文写得好，就是正确对待青春期的喜欢；写得不好，不就是早恋吗？”

“可不是吗，还是咱们苏市的老师厉害啊，出的题目都那么别出心裁。哎，路栩，你写得怎么样？”

听到别人问自己，路栩转过身来，耸了耸肩，轻笑道：“一般，这作文的确没人性，难写。”

“听见学霸都这么说了，有点被安慰了。”

……

听见路栩吐槽的话，陈喃低着头偷笑。

无论最后的比赛成绩如何，陈喃都觉得，今天是很美好的一天。

回到学校上完课，放学回家。

陈喃还是照常绕远路回家，她家附近的一片公园被推土机推平了，有几个人正在那边说着些什么。

她草草看了一眼便走了。

到家门口的时候，发现大门敞开，她心里一惊。

赵兰正坐在院子里，一眼就望见了门口的陈喃。

“怎么回来那么晚啊？”

她一愣，没想到赵兰会在家，胡扯了个理由：“啊，路上有点堵，回来就晚了点。妈，你今天不上晚班吗？回来那么早啊？”

听到她的话，赵兰的眼神有一刻慌乱，应了声：“厂里没什么事情，我就先下班了。正好你回来了，今天想吃什么，我做给你吃。”

没注意到赵兰的不对劲，陈喃摇摇头：“都行，你看着来吧，我先去写作业了。”

“好。”见女儿背着书包走进客厅，赵兰才松下一口气。

其实今天厂里挺忙的，只是最近不知道怎么了，身体越来越不好了，尤其是今天她格外累，没撑住就在厂里倒下了。

厂长担心她，就给她放了半天假，让她去医院检查检查。

赵兰却没当回事，她想自己大概就是没休息好，没必要去医院花那个冤枉钱。现在陈喃上高中了，往后大学学费就更贵了。

她得多存钱，为陈喃的将来考虑。

饭桌上，母女俩闲聊了几句。

陈喃吃着饭，想起今天回家的路上看见有人施工，随口问了句："妈，我们家附近的小公园拆掉了，是要建什么吗？"

赵兰边给她夹菜，边说："是啊，听说是要建个篮球场，都开始动工了。"

她点点头，篮球场……要是建好了，不知道路栩会不会往这边来？

"你想什么呢？快点吃饭啊，吃好饭就去写作业。"见她走神，也不吃饭，赵兰用筷子敲了敲她的碗。

"哦，好。"她回过神，捧着碗赶紧吃饭。

"吃点菜啊，别光吃饭。对了，你还记得高副那群孩子吗？"赵兰瞋她一眼，继续给她夹菜。

听到"高副"这个名字，陈喃下意识地害怕，她手一抖，筷子掉在地上，发出清脆的声音。

赵兰见状，赶快帮她把筷子捡起来，拿去厨房洗了洗："唉，你这孩子，今天怎么回事啊？"

陈喃脸色一片惨白，浑身微颤。

"妈，高副……那帮人怎么了？"她小心翼翼地问了句，双手紧紧攥着。

"高副那孩子，不学好啊，在学校和同学打架，差点儿弄出人命来，闹得学校都叫警察了。听说他不是第一次打架了，不是第一回被抓了。这一次这孩子至少得关十几个月吧，我们厂长都要被气死了。"

听到这个消息，陈喃呆了几秒，过了好一会儿才缓过神来："啊，他被关进去了啊。"

"是啊，这孩子以前就爱欺负人，现在变成这样，也不知道是怎么造成的。"赵兰可惜地叹了口气。虽然她一向和高副的妈妈不合，但好歹他爸爸是厂长，平日里也算照顾她。

高副这孩子，都是街坊邻居看着长大的，变成这样，何尝不是爸妈溺爱造成的。

陈喃扯了扯嘴角，没有再说什么。

但她想，好歹这段时间，她不用再绕那么远的路回家了。

她再也不用避着高副那群人了，也是件好事。

作文比赛一个月后，市里公布成绩，消息发到了各个班级的班主任手上。

陈伟在电脑上焦急地查看比赛情况，他教的三个班，其中两个学生拿了市一等奖，五个学生拿了市二等奖，还有十七个学生拿了市三等奖。其中，得一等奖的是徐婉和陈喃，路栩获得了二等奖。

这个消息很快就被各班班主任通知到了班级里。

陈伟也没想到陈喃这次能发挥得那么好，毕竟这次比赛的题目有些刁钻，不好写。

他扫了一眼她写的作文，写得很好，很有意境也很美。

全文只有一个中心思想：将那份悸动变成内心的美好，作为榜样，前进努力，不必发酵不必有后续。

赵玉芳把这个好消息告诉了五班。

“恭喜我们班的陈喃同学，获得了作文比赛的市一等奖，明天早上升国旗的时候，记得跟其他获奖同学去台上领奖哦！

“另外也恭喜我们班的孟北鸽同学，画画比赛获得了二等奖，今天我们班真是有很多好消息啊。来，为她们鼓掌！”

这些获奖给她长脸，赵玉芳语气愉悦，率先为获奖的两位学生鼓掌。

全班也跟着一起，孟北鸽身边的女孩子们，已经凑在她身边，比获奖者本人还要激动。

班里大多数掌声和恭喜都是给孟北鸽的，少数的给陈喃，只是她一向在班里没什么存在感，突然一个小透明获得一个大奖，班里的人还是有些意外。

顾阳青不理那群拉帮结派的女生，坐在陈喃旁边，掌声响亮干脆，身子往后一靠，冲着程浩克几个人使眼色。

“老程，给点面子啊。”

程浩克被他看得失语，这些日子他总想去找陈喃麻烦，都被顾阳青这小子劝下来了，他又无语又不得不给面子，懒懒地跟着鼓了几下掌。

“陈喃，你厉害啊，听说这次比赛奖金不少，记得请我和林沉茜吃饭啊。”顾阳青满意地笑笑，冲陈喃使眼色。

自从赵玉芳宣布了这个消息，陈喃一直处于呆住的状态。

那篇作文她是写得很顺畅，但没想到能拿奖，还是市一等奖。

胳膊被顾阳青戳了戳，她呆呆地“啊”了声，接着小鸡啄米似的点着头。

讲台上，赵玉芳还在得意自己班学生争气：“这次比赛，除了一班去年考试拿下语文第一名的那个徐婉得了一等奖，其他的可都是二三等奖。就连他们班最出名的，咱们高一年级第一，也才拿了二等奖。”

顾阳青听着这话，抬起杠来：“哎，老师，你以前可不是这么说路栩的，你以前可是可劲地吹他呢。”

“去去去，顾阳青你小子能不能闭上你的嘴？来来来，正好就你吧，把孟北鸽的画贴到墙上去，就你旁边那面墙，贴高点，赶紧的。”

赵玉芳没好气地看了顾阳青一眼，转头开始使唤他。

班里的学生忍不住大笑，嘲笑顾阳青抬杠的下场。

陈喃看了一眼孟北鸽画的那幅画，很有特色。

她知道路栩拿了二等奖，轻轻抿了抿唇，心底暗自窃喜。

她开始期待明天能和他一起出现在同一个领奖台上。

陈喃有些紧张，一晚上都没怎么睡着，次日起了个大早。

出门前，她特地对着镜子仔细看了好几眼扎好的头发，确定没问题才出门。

第一节课后就是国旗下讲话，陈喃看着墙上的钟，觉得为什么时间一分一秒过得那么慢。这节课是陈伟的语文课，他着重夸了夸陈喃，让班级里语文不好的学生多向她学习。

整节课她都没怎么听进去陈伟说的话，想努力静下心来好好听讲，可心跳得很快。即将站在领奖台上接受全校人的目光，她心里特别慌，可是想到能和路栩一起站在台上，她又很期待。

她终于能和他出现在同一个领奖台上了，而不是和过去一样，只能在人群里偷偷看着他耀眼优秀。

这节课格外漫长，好不容易下课，班上同学排着队往操场走。

获奖的学生已经排好了队在后台等着，台上的校长还在不断说着鼓励学生的话，陈喃排在第二个，路栩就排在她的后边。

她后背紧绷，紧抿着唇，低下头看着自己的脚尖，不敢说话。

“路栩，你这次的作文我看了，写得很好。要不是最后有错别字扣了分，一等奖里肯定有你。”徐婉转过身，隔着陈喃和路栩搭话。

少年没有什么反应，不在意地轻笑，刮了刮鼻尖，碰着那颗醒目的痣：“我觉得二等奖也挺好的。”

他的声音落入陈喃的耳边，她不敢动，心底却像是燃着一把热火，漾开了厚厚的冰层。

终于到了他们上台领奖的时候，陈喃走上领奖台时不断地吐着气，试图让自己不要紧张。

但在台上站着等待领奖时，一眼望下去乌泱泱的一大片人，她还是特别紧张，眼神恍惚，不敢朝下边望。

反观路栩，早就习惯了这种场合，他挺直腰背，表情没半点不自然。

校长为他们颁奖，台下响起一阵阵掌声。

林沉茜在操场草坪上站着，看着台上的陈喃，笑得特别开心。

“看到没，排第二个那个女生，是我的好朋友！厉害吧！”她抬着下巴，不停地炫耀。

拿到奖状后，老师让台上的学生排好队，摄影老师要拍个照。

陈喃比较矮，旁边是学校合唱团用的五级台阶，她被老师安排站在第三级台阶的最旁边。

路栩最高，不用站在台阶上，在第一排的中央。

这样的站位，她只要微微别过头，就能清晰地看见他，不会被任何人挡住视线。

拍照的人全都举着奖状，摄影的老师就在台下，他手里调着相机，一时半会儿却怎么也调不好。

宋词屿是体育委员，就排在班级队伍的第一个。此时他踮起脚看了一眼情况，随后看着台上的路栩和陈喃，最后按捺不住地开口：“老顾，要不我来试试？”

“你小子能行吗？”摄影的老师转过头来，语气充满了质疑。

这小子在他这儿上课，最不乖了。

但他自己也不是专业的摄影师，就是个体育老师，专门教体育生的，突然被拉过来，还有点搞不明白这相机。

“您还不相信我吗？我肯定靠谱啊。”宋词屿笑着，一副“你得相信我”的表情。

他走上前，在老师半信半疑的目光中接过相机。他一副很专业的样子，清了清嗓子：“咳咳，大家都看我这边的镜头啊。”

他看着相机的取景框，原本装相的笑突然凝固在脸上。

镜头里，陈喃的目光始终落在第一排，没有看着镜头。

宋词屿又提醒了一声：“大家全都看我这儿的镜头啊，别看别的地方。”

不知道是在提醒谁，陈喃这才反应过来，连忙站直了身子，相机“咔嚓”一声，照片拍好。

宋词屿比了个“OK”的手势，把相机还给老师。

他的目光时不时地落到陈喃的身上，随着她的视线慢慢往下移，看到了路栩。

宋词屿目光一沉，别过头不愿意再看她。

颁完奖，二等奖和一等奖的作文，被公示在学校的展示栏里。

回到班级，宋词屿就听到班里的男生议论纷纷：“五班那个第一名什么来头，叫陈什么的，那么厉害啊，能和徐婉一个级别啊？”

“谁知道啊？我听说啊，那女生好像是老陈的侄女，关系户吧。”那个男生凑到另一个男生耳边，声音很轻，神神秘秘的。

但还是被宋词屿听到了，他本就不爽，听到这番话更不舒服了。

他坐回椅子上，手里拿着脱下的外套，用力朝着桌上一甩。

那几个八卦的男生吓了一跳。

他抬头瞥了一眼他们，语气有点冲：“看什么看。”

说完，他又气不过，一刻也坐不住，站起来直接跑下楼。

“路栩，宋词屿这是怎么了？”徐婉就坐在宋词屿旁边，她也被吓到了，一脸不解地问路栩。

路栩摇摇头，看了一眼那几个男生：“几个大男人，说人家女生的闲言碎语，也不害臊。”

“是啊，我看过那个女生的作文，她写得特别好，有些地方我觉得我都没她写得好呢。”徐婉点点头。

只是，谁也没有特别记住陈喃的名字。

那几个男生被路栩说得不好意思，讪讪地跑回座位上，不敢再说闲话了。

路栩朝窗外望了一眼，宋词屿那小子早就跑远了。他不解地歪了歪头，不知道那小子又吃错什么药了。

这边，一路跑下楼的宋词屿鬼使神差地跑到了展示栏这边。他抬眼一看，贴在第一张的就是陈喃的作文。

她的作文写得特别好，宋词屿说不出来是哪儿好，就静静地站在那里看着。

他的关注点不一样，陈喃很多优美的句子他没有注意，他只注意到了几段起转折的话——

就像是一只喜欢自由的鸟，遇见你后，它突然愿意停留。

好像因为是你，有人爱上了一起走过的有些泥泞的小路，爱上了那儿的风、那儿的雨，也有人因为你爱上了枯燥的数学题，像是榜样和动力，让她有了向前跑的勇气，让她希望自己变成更好的人。

你不是风月里悸动的坏事，是目标，让我愿意去追逐，去努力。

而你，不必知道。

他默默念着其中两句话："有人因为是你，爱上你想向你靠近。有人因为喜欢你，想为你成为更好的人。"

他又看到陈喃作文的最后，结尾只有一句话：

你是远方，是目标，是我愿意为之努力的方向。

宋词屿不知道为什么，觉得特别有代入感，一下子代入了路栩。

他自嘲地笑了声，觉得陈喃的确挺厉害的。

这些话，稍有不慎就写得不对味了，可是她偏偏就是写得特别好。

青春里喜欢的悸动，每个人对待感情的态度不同，而她的态度，是不必让对方知道。

这大概就是这个作文题目的核心吧，理智对待年少时不成熟的心动。

只是，因为他爱上泥泞的小路，爱上那儿的风雨，又爱上数学题，说不定是同一个人呢。

宋词屿目光朝着作文的题目看去。

阳光洒在他的脸上，他眯着眼看着，她作文的题目是：《追逐着的光》。

六月初，夏日的燥热悄悄袭来。

一中是高考考场，高一高二的学生在那几天放假。

六月九日高考结束，一中参与新一季度的优秀校园评比，全校需打扫教室和美化校园环境。

苏市教育局下达通知，各个学校期末实行统考，考卷统一。

六月十九日，一中统考。

二十二日是统考最后一天。早上出门前，赵兰特地叮嘱陈喃：“南南，好好考啊，今天是寿星啦！晚上回来叫茜茜一起来家里吃饭。”

陈喃回应：“知道了，妈妈，我会好好考的。”

学校的统考是随机分的考场，她和路栩巧合地分在了一个考场，今天路栩就坐在陈喃的前面。最后一场是英语考试，她发挥得特别好。

路栩在她的前面，上午的阳光洒进教室，他写得很快，写完检查了几遍，就趴在桌子上休息。

少年的下巴抵着考卷，桌子很硬，硌着他不太舒服。

陈喃就坐在他的后边，他的一举一动，哪怕稍微挪一下椅子，她都能发现。

这场考试她考得特别安心。

二十二日下午三点，考试结束。

各个考场的学生退场，陈喃拿着笔袋起身要走，余光瞥见在桌角的考号。

监考老师正从第一排撕掉写着考号的字条，随意地揉成一团。

陈喃犹豫了会儿，撕下自己桌角的考号，路过路栩坐过的桌子时，小心翼翼地撕下他桌角的考号。

上面印着他的班级、名字还有考号。

她把两张考号轻轻地叠在一起，塞进了口袋。

宋词屿来考场门口找路栩：“走啊，听说老墨文具店附近新建了个篮球场，考完试过去打球不？”

路栩摆摆手：“再说吧，温漾约我去看电影，不知道什么时候。”

闻言，宋词屿唏嘘不已，啧啧几声：“你俩什么情况？”

“我们约定好了，一起好好学考同一所大学。”

“哦哟，不得了啊。”他调侃着。

路栩笑了笑，把手里的笔丢给他：“我去上个厕所，等我啊。”

“行行行。”宋词屿不耐烦地应着，嫌弃他事多。

宋词屿靠在墙边等着路栩，目光淡淡往考场里一扫，倏然呆住。

他看见陈喃小心翼翼地撕着考号，把那张纸放进口袋里，走出门和他撞了个正着，她有些慌乱地低下头，跑得很快。

宋词屿紧紧抿着嘴，走进去看了一眼讲台上的考试座位表。

“哎，同学，你干吗呢？考完试赶紧出去啊。”监考老师看了宋词屿一眼，提醒着他。

他连连答应，随便扯了个谎：“好的，老师，我有支笔丢在讲台上了，我找找。”

他照着座位表上的位子，对上陈喃撕掉考号的位子：

×××9 号 路栩

×××10 号 陈喃

看着那张表格，宋词屿怔住片刻，心里了然，他转过身走出门，背脊已经有些弯。

在门口，他苦笑着，笑得蹲下来，笑得肚子疼，笑得眼眶发酸。

监考老师从里面走出来，不放心地看着他：“同学？你不要紧吧，你的笔找到了吗？”

他双手捂着脸，分不清是在笑还是在哭。

最后，宋词屿摆了摆手：“老师，不用找了。我的笔不在这儿，一直都不在这儿。”

监考老师走远了，路栩跑过来拍了拍宋词屿的肩膀：“干吗呢？怎么垮着个脸？”

宋词屿抬起头，看着路栩的脸，路栩瞪着眼睛疑惑不解。

他站起来，摇了摇头：“没什么，走吧。”

“怎么了？考完试不高兴吗？”

路栩搂过宋词屿的肩膀，开着玩笑：“宋哥，不会是没考好吧？不碍事，慢慢来嘛。”

宋词屿低笑了声，揉了揉发酸的眼角，看着长长的走廊，陈喃的身影早已经消失不见。

宋词屿恍神着，觉得悲哀。

“原来……你真的喜欢他啊。”

他，再也没有办法欺骗自己了。

回到班级里，看着桌上放着的东西，宋词屿蹙了蹙眉，有些颓废地问旁边的人：“这是什么东西？”

“哦，咱们学校文明校园得奖了，集体发的一本日历。你说发点餐巾纸也好啊，送本日历怎么个意思。”

路栩将日历拿在手上看了眼：“大概是希望我们珍惜每一天，好好学习？”

周围的人大笑。

有人边笑边打趣：“还是咱们‘学霸’有见解，目标长远啊。”

宋词屿跟着他们笑了笑，目光停留在那本日历上。

等到陈伟来到班里，他才把日历塞进书包。

“好了好了，大家都安静下来。我能理解你们现在迫切要离校放假的心情，但是呢，再和大家见面，就是高二了，都知道要文理分科吧？我把分科表发下来，你们好好选，一个暑假好好考虑，这可是关乎前程的事情。

“来，班长，把分科表发一下。大家都给我收好啊，发完就回家。”

陈伟把分科表递给路栩，路栩站起来双手接过，开始一一发给大家。

班里的学生都在询问身边的人：“你选文科还是理科？”

“应该选文科吧。”

“那我也跟着你选。”

宋词屿耳边传来不少这种声音，他拿起分科表看了眼，似乎也在纠结。

大家问的不是你选文科还是选理科，而是问的，你选前程还是选我？

他觉得有点好笑，好在自己成绩一般般，选哪个都没差，只是他突然想起了陈喃，看着台上发着分科表的路栩，这小子不出意外肯定会选理科。

那她呢？会选择前途，还是选择路栩？

她每次大考小考的成绩他都关注过，她理科成绩一般，文科成绩却算得上拔尖。

宋词屿赌不准，她的喜欢太隐晦，藏得太深了，如果不是因为他关注着她，他也根本看不出来。

宋词屿看着那张分科表出神——前途和他，你会选择他吗？

林沉茜因爸妈临时有事，已提前在节假日把重的东西全都带回家了，这会儿和陈喃一起走着回家，也不吃力。

两个人走在街头，正说着文理分科的事情。

“你真的想好了，和顾阳青一起选理科啊？你理科成绩可不好。”陈喃停下脚步，想再劝劝她。

林沉茜很认真地点着头：“打算好了，最近顾阳青那家伙对我特别冷淡，我和他成绩差不多，打算开学就给他个惊喜！”

她笑起来，看到陈喃担忧的模样，反倒她自己没有想太多：“这有什么，我的文科成绩也不太好，如果你有喜欢的人，你会不希望和他在一个班吗？”

听到林沉茜的反问，陈喃抬起头，撞进林沉茜丝毫无畏的眼神里，她被这番话说服了，不再劝林沉茜。

她的朋友，林沉茜，永远都是那个最勇敢、愿意为自己所做的一切负责的女孩。

陈喃点点头，年少时的一腔热血，多么炽热又难得啊。

她拉着林沉茜的手，无厘头地来了一句：“茜茜，我好羡慕你啊！”

“嗯？羡慕什么？我才羡慕你呢，成绩那么好，我妈老让我和你多学学，可惜喽，我真的没有学习天赋。”林沉茜拉长语调，和她开着玩笑。

陈喃闻言笑了起来，放在衣服口袋里的手，摸到了那两张考号。她眼神闪烁，抬头望着碧蓝色的天不作声。

她永远无法不顾一切地选择，也没有办法一股脑地跑去他的世界。

陈喃的生活里，走错一步就没有退路了。

可她又被林沉茜的话说动了。

有谁不希望，选择喜欢的他在的地方。

这一个学期她学习进步了不少，如果选择理科，应该能和路栩分在一个班，但多半是末尾几名。

如果她选了文科，按照陈伟的话来说，她能进最好的文科班，甚至排在前十名左右的位子。

陈喃做不下决定，她总有一股冲动想跟着他一起去理科班，可是理智又占了上风，告诉她不能这么做。

这两者，她始终无法兼得。

到家后，赵兰已经提前做好了饭菜，还煮了三碗长寿面。

林沉茜先回自己家放好东西，陈喃回到卧室把包里的暑假作业拿出来，那张醒目的分科表，就放在她的面前。

她把兜里的那两张考号拿出来，放在分科表上边。

犹豫了好一会儿，她拿起笔，在自己的那张考号背面留下了一行字，还没来得及写完，就被赵兰喊着去吃饭了。她赶忙把那两张轻飘飘的纸放在柜子里，压在那本日记的下边。

打开卧室门一看，林沉茜已经很乖巧地坐在饭桌边，伸手招呼着她。

“南南，快来快来，点蜡烛！”

林沉茜笑得特别开心，每年陈喃过生日，她都不会缺席。

客厅的灯被赵兰关掉，小小的奶油蛋糕上插着一根蜡烛，陈喃在黯淡的火光中闭上眼，双手紧握一弯。

许下了好几个愿望，最后她想起了路栩。

她的愿望里一直都有他，和那天在山上的祈福一样。

希望他平安，万事顺遂。

陈喃的知识储备里，有无数个希望他好的词。

可是她最希望的就是他平安。

喜欢一个人，最想祝愿的，就是他平安快乐。

哪怕这个愿望，他一辈子都不会知道。

在这个燥热的夏天，她期望所有的祝福，能随着仲夏最炎热的风，吹过他的耳畔，去到他身边。

宋词屿回到家，在房间里躺着，连晚饭都没吃。

三更半夜醒过来，已经是凌晨一点了，他看着放在床头柜上的日历，拆开包装，拿着红笔在六月二十二日这个日期上，不停地画着圈，把这个日期给圈起来。

他越画，心越堵得慌。

他拿着笔的手开始颤抖。

他刚从梦里醒过来，梦到的是那天恰巧碰见的在喂猫的陈喃。

后来一中给流浪猫建了一个小窝，他就很少再见到陈喃了。

明知道在那个地方，他不会遇见陈喃了，可他还是倔强地常常去那里等，在那个固定的能遇见她的时间。

那阵子路栩还调侃他，说他怎么那么喜欢猫了，小猫都搬家了，还依依不舍的，不知道在看些什么。

他哪里敢告诉路栩，自己是在等人。

再后来，他不断地在篮球场、他们班级门口见到她路过，可是见了那么多次面，他几乎没和陈喃对视过。

她的眼神，始终没落在自己身上过。

终于有一天，他意识到了——

原来她喜欢的人，是路栩。

考场里的那一幕绷断了宋词屿最后一根弦，他没办法再自欺欺人，告诉自己一切都是巧合。

看看啊，你望向他的目光永远那么小心翼翼，又带着欢喜，甚至眼里除了他就没有别人了。

宋词屿觉得自己挺好笑的，只因为那么一眼，俗气得像是一见钟情。

可世界上的感情总是霸道得没有道理，他没什么道理地喜欢上了陈喃，在犹豫逃避间，最后可悲地需要靠知道她喜欢路栩这件事情，才能真正确定他就是喜欢上陈喃了。

人们常常用悲痛来确定自己的爱意。

宋词屿眼前一模糊，内心乱糟糟的。

说不清是什么感觉，一个是自己喜欢的女生，一个是自己最好的兄弟。

他麻木地一张一张地翻着六月后的日历，这份还没开始的喜欢，就这么结束了。

宋词屿不乐意、不服气，可是又无奈得不行。

他忍不住骂人："这什么事啊，怎么就被我碰上了？"他狠狠地揉着眼睛，觉得这事情真是离谱到家了。

他再也不相信那些一见钟情的话了。

如果可以，还是别玩一见钟情那一套了，看看他，多惨啊。

那些一见误终身的人，惊艳岁月的同时，何尝不是给自己留下无尽的痛苦。

于他是这样，于陈喃，也是这样。

暑假第一天，赵兰和陈喃提起文理分科的事情。

"想好选什么了吗？你叔叔来问过我，他说你文科成绩很好，建议你选文科呢。"赵兰做好早饭，随便吃了几口糊弄过去，问女儿。

陈喃文科成绩很拔尖，一般这个情况，肯定是选择文科了。

只是她，被其他的心思绊住了脚步。

陈喃支吾地回答了句："妈，我还没想好，我不着急。"

赵兰也不催她："不急，你要是想选理科啊，妈妈也没意见。听你叔叔说，你这个成绩怎么样都能进尖子班了，但妈妈还是最希望你选文科啊，你看你作文写得好，还拿了奖，也是个优势。"

陈喃那份奖金，陈伟很早就交给赵兰了。

赵兰嘴上说着钱都用于日常生活开销了，实际上全都给陈喃存了起来。

吃完早饭，陈喃熟练地出门坐车。

陈伟照常在假期给陈喃报了市里的补习班，只是在这一年的补习班，陈喃没有见到路栩。

听补习班的学生说，他在准备物理竞赛，没那么多时间补习了。除了他不太擅长的语文补习课，他取消了其他科目的补习。

补习课上，补习老师依旧不忘提路栩这个好学生。这么一个优秀的学生，总会被老师提起，作为嘴上的谈资，也是骄傲得意的资本。

放假后，陈喃就再也没见到过路栩了。

她只能时常去翻翻他的 QQ，在他空间里了解他的事情。

路栩内容发得很勤，有的时候也会发一些陈喃看不懂的话。

她仔细地一字一句地琢磨他发出来的内容，细心得像是在做一道道阅读理解。

有的时候，他也会发自己打球的视频，或者是几张照片。

她反复看着视频里篮球场的位子，觉得特别眼熟。她倏然想起什么，“唰”地站起身来，椅子摩擦着地板，发出尖锐的声音。

那个篮球场就她家附近，那个刚刚建好不久，每晚都被打球的人挤满的球场。

她看着视频是在三分钟前发的，现在过去，他也许还在那儿。

想到这儿，她拿着家门钥匙就跑出去了，一路跑到了篮球场。

球场上有一群人正在打球，明亮的路灯照在最高处，场内一片热闹。

她站在黑暗的小路边，不敢明目张胆地过去，只敢在不远处踮着脚，探头望着球场。

四处看了几眼，她都没找到路栩的身影。

她沮丧地叹了口气，还是不死心地环顾着四周。

突然看到不远处，路栩手里拿着一大束玫瑰花向球场走来，陈喃眼前一亮。

他今天穿着宽松的白 T 恤，暖白色的灯光照在他脸上。

路栩含着笑意走过来，他皮肤白，一大束深红色的玫瑰花衬着他，美好得有些不真实。

他停在了球场边。

“哟，路栩，你这是干吗，买那么大一束花？”一边的兄弟见他那样，玩味地调侃了句。

他手里紧紧拿着那束花：“刚刚路边有个老奶奶在卖花，我看没人买，这花又那么漂亮，就全买下来了。”

他满意地看着手里那一大束漂亮娇艳的玫瑰，冲着球场里轻轻喊了一声，从里边跑出来一个女孩子，手里还拿着个篮球。

“怎么了啊？”温漾转过身，笑着问他。

路栩把手里的那一大束花塞进她怀里:“我要这花没什么用,送给你吧。”

周围的人见状,纷纷起哄。

温漾憋着笑,佯装傲娇地点点头,哼唧一声:“哦,谢谢啊,很漂亮。”

陈喃就站在不远处,站在一片漆黑安静里,淡淡地看着这一幕。

夜色遮住了她大半张脸,她垂下眸子,眼底晦暗不明。

不远处他们的对话,顺着风传过来。

“宋词屿那家伙怎么没来,平日里他不是最积极吗?”

“谁知道他,那小子放假后就赖在家里不出来了。”

她不敢再听,不敢再看。

她僵硬地转过身离开,走到敞亮的大路上。路灯的光打在她的身上,地上出现的影子,背脊弯着,落寞不堪。

她不知道的是,这时的宋词屿和她一样,明明现实骨感地摆在面前,心里清楚没有结局,可还是不能做到不去喜欢。

暑假的最后几天,补习班的力度加大,试图在最后几天塞给学生们更多的知识。

陈喃还是会时常路过那个篮球场,在周六晚上八点见到路栩,偶尔还会见到温漾。

她开始绕远路,只为路过那个篮球场,偷偷看他一眼。偶尔会见到他们两个人站在一起,之前心底的高兴被一阵阵心酸代替。

自卑的、胆小的,不敢多看他一眼。

又在无人知晓的地方,偷偷看他好多眼。

陈喃低着头路过那儿,有时会看见路栩在投球,有时会看见他坐在一边休息,和身边的人聊天。

他大概永远都不会知道,有人为了见他一面,绕了那么远的一段路。

被爱的人,永远都是聋子。

可惜她这个喜欢的人,注定了——

暗恋无声。

补习班开始加课，陈喃回家的时间越来越晚。

这天回家的时候，她坐的已经是末班车了。

补习班的大部分学生都有爸妈开车来接送，她没麻烦陈伟，辛苦赶上最后一班车回家。

到站下车，周围一片寂静，安静得可怕。

她朝着小巷子望过去，没有一个人。

陈喃突然觉得有点瘆人，树上的知了叫个没停，在夜晚声音格外刺耳。旁边草丛里传来细弱的猫叫声，就算她再喜欢猫，也做不到在这个时候平静下来。

她紧紧咬着嘴唇，手捏着衣角，步子越走越快。快到家门口的时候，家里的大门敞开着，客厅空无一人。

一般这时候，赵兰应该还没下班，门不应该是开着的。

有股不安的情绪突然冲上来，她有些心慌。

还没等陈喃走进去，旁边的邻居赶忙跑过来，气喘吁吁地拉住她的手。

她一怔，随后听见邻居大妈的声音："陈喃，你快去医院，你妈刚在家里晕倒了，已经被救护车送去医院了。"

陈喃听到这个消息，脑子一嗡，反手握住邻居大妈的手，声音发颤："阿姨，我妈妈，她、她在哪个医院，还有她现在怎么样了？"

"我不知道啊，我只知道她被送去你爸以前工作那个医院了。你快去看看吧。"

陈喃浑身冰冷，从心底涌上一股寒意。

她麻木地关上了家里的门，跑回公交车站，路上行人很少，连车子都没有几辆。

邻居说的那家医院，离这里有三四公里。

她想要坐车过去，脑子一乱，跑到车站才想起来，没有车了。

想到这儿，她眼睛一酸，眼泪不受控制地往下掉。她不愿意放弃，开始在路边拦出租车。

可没有一辆车停下来，她蹲在路边，迷茫得不知道怎么办，一阵阵抽泣声蔓延在空气中，显得无助又不安。

过了几分钟，她抬起头，紧紧咬着唇，像是做了什么决定，紧紧抓着书包带子，吸了口气，猛地往前跑。

急促的喘气声，慌乱的脚步声，不知道跑了多久，跑到精疲力竭，额前冒着汗，背后衣服湿了一大半，陈喃还是不愿意停下来，她腿软得厉害，一个人在夜里奔跑。

在跑过某一个十字路口时，有人喊住了她。

“陈喃？”

她停下来，耳边的碎发粘在脸上，满脸通红。

陈喃回过头，看见坐在车里的温漾，车窗被按下来，温漾化了很精致的妆，惊讶地看着她。

“温漾！”她像是抓住了一根救命稻草，泪又涌了出来。

看着陈喃脆弱的样子，温漾一怔，她从来没见过陈喃哭，她有些担忧地下车，问：“你怎么了？别哭别哭，是出什么事了吗？”

“我、我妈被送到医院了，没有公交车了，能不能拜托你……送我过去？”陈喃累得上气不接下气，恳求道。

“啊……好好好。你别哭啊，快上车，我带你去，我带你去。”温漾急忙点头，扶着腿软的陈喃上车，摸到她胳膊上的汗，实在是不忍。

在车上，陈喃低着头，声音很轻：“谢谢，麻烦你了。”

“没事没事。你告诉我是哪家医院，我马上送你过去。”温漾摇了摇头，拿出纸巾给她擦眼泪，顺便给她擦了擦额头的汗。

陈喃报了一个地址，温漾对司机大叔说了一声：“凌叔，先去医院吧。”

“行。小姑娘，你别急啊，现在路不堵很快就到的。”凌叔也被陈喃的样子吓坏了，轻声安慰着。

陈喃点了点头，不断地说“谢谢”。

她抬起头看着温漾，除了感激的话，说不出其他的。

温漾今天很漂亮，穿了一身白色连衣裙，披着长长的鬈发，显得很淑女。

在车上，温漾不停地安慰她，突然接到一个电话。

电话那头的人问：“你人呢？”

温漾一手挡着嘴巴，把声音降到最低，冲着电话里的人说：“我这边出了点事，在去人民医院的路上，得晚点到了。”

“你出什么事了吗？”电话那头的人有些着急。

“没有没有，是我同学家里有点事情。我先不和你说了啊，等会儿再讲。”她匆匆挂断电话。

陈喃看着温漾今天穿得那么漂亮，就知道她肯定是有约的。

见自己打扰到温漾了，陈喃一下子臊得慌，特别不好意思：“不好意思啊温漾，麻烦你了。”

“不要紧的，不是大事情。欸，到医院了，我陪你一起上去。”

温漾不在意地笑着，拉着陈喃下车。

“啊？不用，我自己去……”她还没来得及拒绝，就被温漾拉进了医院。

在护士站询问了赵兰的病房号，顺着找过去，短短一小段路程，陈喃的手心已经冒出了冷汗。

她很害怕，特别害怕。

温漾一路拉着陈喃，能感受到陈喃的紧张和惧怕。

“别怕，没事的。”

两人对视一眼，温漾给予了陈喃最大的安慰。

陈喃点点头，一路走到赵兰的病房门口。

推开病房，赵兰坐在病床上，手里还攥着一个本子，不知道在算些什么。

“妈。”看见赵兰好好地坐在床上的时候，陈喃的声音已经有些哽咽。

赵兰闻声一愣，回过头看见女儿和一个小姑娘站在门口，她赶紧把手里的记账本收起来，嗔怪了一句：“你这孩子怎么过来了？”

陈喃冲上去一把抱住赵兰：“隔壁阿姨说你晕倒了，我怕你出事。”

“妈妈没事，就是太累了，你别担心。”赵兰安抚着怀里的女儿，轻柔地摸着她的头发。

温漾看着眼前温馨的一幕，倏然有些羡慕。

赵兰抬眼看见温漾，推了推怀里的陈喃：“这个女孩子是谁啊？”

闻言，陈喃擦了擦眼泪，不停地吸着鼻子解释道：“她是我同学，叫温漾，现在没有公交车了，是她送我过来的。”

“唉，你看你，还麻烦人家，担心我给我打个电话不就好了吗？”

“阿姨好。不麻烦的，您没事就好。”温漾微微点了点头，朝赵兰打招呼。

“谢谢你啊，南南有你这样的朋友真好，真是太谢谢你了。”

温漾勉强扯着嘴角笑了笑，她觉得陈喃和她妈妈真的特别像，特别喜欢不停地说谢谢。

她低下头看了一眼手机，就在刚刚，路栩给她发了个消息：事情处理好了吗？要紧吗？快下楼，我在医院楼下。

她看着消息忍不住甜蜜地笑了，和陈喃、赵兰告别："阿姨、陈喃，我还有事情得先下去了。阿姨，保重好身体啊。"

"好，你路上小心啊。"赵兰嘱咐着她。

温漾点点头应着，朝陈喃使了使眼色，离开了病房。

看着温漾走远的背影，赵兰拍了拍陈喃的脑袋，她不由得"哎哟"了声。

赵兰不满地催促着她："人家辛辛苦苦送你过来，你不得送人家下去啊，快去送送人家。"

陈喃这才反应过来，点着头："哦，好，我马上去。"

"等我回来啊。"她跑出病房，还不忘记对着赵兰说一句。

温漾不知道怎的走得很快，陈喃顺着楼梯跑下去，在门口见到温漾的背影，刚想开口喊住她，话却停在了喉咙里。

门口的女生身边，还站了一个人。

"你怎么来了啊？"温漾笑吟吟地看着路栩。

路栩无奈地说："说好电影院见的，你却跑到医院来，那么晚了多危险啊。"

"哪有，有凌叔接我回家的。"

"事情处理好了吗？"

"处理好了，你放心吧……"

陈喃站在里边，和外边的人就隔了一扇玻璃门，她清楚地看见路栩别过头，笑得弯弯的眼睛，听见他说的话，无奈又温柔。

两人并肩走远，她失魂落魄地收回目光，转身往回走，一滴眼泪打在地砖上，缓缓洇开。

回到病房，赵兰问她："把你同学送回去了吗？"

她沉默着点点头。

赵兰见她不对劲，刚想开口问她怎么了。下一秒，她转过身紧紧地抱住了妈妈，把脑袋埋在妈妈怀里。

压抑了一晚上的情绪，在此刻瞬间爆发。

呜咽声充斥着整个病房，在寂静的夜里，她像是一个无助的孩子，哭得撕心裂肺。

这一晚上，赵兰的突然病倒，路栩的出现，这段时间发生的事情，让她心里的委屈一拥而上。

她再也没法佯装坚强没事，心底的防线崩塌，眼泪像是水龙头开了闸，止不住地流。

“妈，我就是有点难过。”她摇着头，抽泣着，说出口的话断断续续，赵兰被她这样子吓坏了，“南南，妈妈没事，医生都说了，就是太累了，休息几天就好了。”

“别哭了好吗？”赵兰细细地为陈喃擦着泪，语气温柔得不像话，“从补习班回来，是不是作业还没写啊，早点去写好不好啊？今晚就陪着妈妈，嗯？”

陈喃低着头，被赵兰催着赶紧写作业，她才勉强擦掉眼泪，眼睛已经肿如核桃。

“早点写好作业啊，明天去补习班别耽搁了。”

陈喃点头，掩下伤心，拿出书包里的补习作业时，夹在书里的那张分科表掉出来。

从地上捡起表来，她眼神闪烁几下，变得坚决。

“妈妈，我想好了，我听你和叔叔的选文科，你帮我签字。”

“好。”赵兰接过分科表，只见纸上文理科选择那一栏，被涂掉了什么，最后还是写了文科。

赵兰没过问，在上边签好字。

陈喃接过那张纸，叠了四下郑重地夹进书里。

她看着窗外，眨了眨很难睁开的眼睛。

没必要了。

暑假的最后几天，陈喃一边忙着去补习班，一边抽出时间来医院照顾赵兰。

陈伟知道这件事情后，特地来病房探望。

好在只是过劳晕倒，不是大事情。

赵兰在医院躺了几天，就嫌住院费太贵，不顾陈伟和陈喃的阻拦，死活要回家。

赵兰出院那天，是陈伟开车把她和陈喃送回家的。

回家后，赵兰没休息两天，就又回去工作了。

厂里的人都说她太拼命。

赵兰笑而不语，她得多挣点钱，才能不拖累陈喃。

苏市一中正式开学。

文理分科成定局，陈喃不出意外地去了文科尖子班，班主任是陈伟。

高一同班的顾阳青、程浩克去了理科班，她想起程浩克，那家伙总是有事没事找她麻烦，后来不知道怎么了，避她避得远远的。

陈喃没多想，不找她麻烦就是好事。

路栩毫无疑问地去了理一班，温漾跟着他选了理科，只是两个人没在一个班。

林沉茜与顾阳青都分到了理四班，在四楼。

陈喃还是待在二楼，理一班在她楼上。

宋词屿犹豫了一个暑假，连打球都提不起劲。

他还是选了理科，就在路栩隔壁班。

文理科分班的情况被公布在楼下展示栏，宋词屿在所有理科班级里找了一大圈，都没有看见陈喃的名字。

最后在文科班的第一页，看见了排在前十的她。

宋词屿看着纸上的黑色字体，不可否认地有些诧异，又觉得挺合理的。

这样关乎前途的事情，有几个人会乱做决定。

傻子才不选前途。

林沉茜就是典型的傻子，和顾阳青分到一个班后，两个人本来就性子都不好，现在吵架的次数更加频繁。

陈喃坐在陌生的班级里，又要重新适应环境。

依照展示栏上的分班情况，路栩还是稳稳地占据理科班第一的位子。

接下来的日子里，气温开始缓缓下降。

陈喃很少再见到路栩，但常常能从不同的老师那里知道他的消息。比如他获得了物理竞赛第一名，或者是什么比赛拿了奖。

在一中，他就像是个传奇人物，没人不知道他。

十月中旬，气温突降。

秋风阵阵吹过，学校道路两边的枫树火火红红，远看像是一团大火，格外醒目。

经过食堂，总能望见那一棵棵枫树。

那是她三年必走的一条路，慢慢地，脑海里刻印了那一棵棵热烈火红的大树。

中午吃饭的时候，林沉茜罕见地拉着陈喃一起去吃饭。

一路上，陈喃的目光落在那些树上，哪怕年年秋天都能见到此景，可再见到还是觉得惊艳。

金黄色的阳光洒在树叶上，晕出些许光晕，风轻轻吹动，枫叶跟着轻轻晃动，发出飒飒的声音。

林沉茜挽着陈喃的手，一副气鼓鼓的样子，一路上都不说话。

陈喃目视着远方，见怪不怪："今天怎么不和顾阳青一起吃饭了啊？"

这话一问，像是打开了林沉茜的话匣子，她开始不断吐槽顾阳青的不是。

都是些陈喃耳朵都快听出茧子的话。

直到走进食堂，林沉茜还在喋喋不休。

陈喃笑了笑，不说话，拿着餐盘打饭。

这个点食堂的人多，她们选了一支人比较少的队伍。

陈喃歪着头继续听着前边林沉茜的牢骚，她后面慢慢拥上人，队伍开始排长。

无意间她吸了吸鼻子，闻到了空气中一股很清凉的味道。

排在她身后的几个男生打趣着："路栩，你这家伙是不是有什么不良癖好啊，喜欢吃荷氏薄荷糖是什么鬼，你这糖的味道，都飘到我这儿了。"

听见路栩的名字，陈喃倏然怔住。

排在她背后的那人，笑着开口："我喜欢吃，怎么着啊？"

他好听温润的声音传到她的耳畔，离得极近。

她不禁有些失神，到林沉茜打完饭，她都忘记往前走，林沉茜戳了戳她，她才反应过来。

就那么几步路，突然变得别扭起来，她咬着嘴唇，手指紧紧蜷缩。

随便打了几个菜，陈喃就赶紧走了。

轮到路栩选菜打饭，他礼貌地对打菜阿姨说：“加麻辣，不要香菜，谢谢。”

她听见了路栩的话，才知道，他原来不吃香菜。

林沉茜一路拉着陈喃，见她不知道在想些什么，伸出手在她眼前挥了挥：“干吗呢？你听没听我说啊！”

“啊，听了听了，你接着说。”陈喃收回目光，低头看着手里的饭菜，思绪却飘远了。

林沉茜说了什么，她没听清楚。不过林沉茜和顾阳青总会和好的。

她习惯了，也就不当回事。

但这次的事情，显然没那么简单。

他们两个人隔了一个多月都没和好，不是冷战就是吵架。

十一月中旬，二〇一一年的冬天冷得出奇。

陈喃坐在教室里，冷得直搓手。她从小就体寒，一到冬天受半点冷，手上就会生冻疮。

本来初三的时候已经好了些许，没想到突然降温，她手上又生冻疮了。

两只手变得又紫又红，手指肿得像根红萝卜。

林沉茜特别心疼她，只是这些年涂了不少药，都不见效果。

在回班级的路上，林沉茜除了说顾阳青的事情，就是担忧她手上的冻疮。

陈喃倒是早习惯了，没当回事，只是手上的冻疮一热就会痒得厉害，这才是最折磨人的。

冷的时候很疼，热的时候又很痒，还不能随便抓，要是破了皮就会留疤。

赵兰也为她这事发愁，接下来天气只会越来越冷。

时间长了，陈喃长满冻疮的手被班里的人知道了，好事者的话又多了起来。

“陈喃，你这手看着好恐怖啊。”

“对啊，好吓人……”

……

她听着班里那些人的话，低下头没反驳。从小到大她就生冻疮，赵兰和陈洪以前都生冻疮，也算是遗传。

小时候她的冻疮更严重，没少被同班的学生说，这次是她没想到冻疮还会再生，没提前保暖。

第二天她就戴着赵兰的手套，把手指头遮住了一大半。

接下来的日子，她时不时地夹在顾阳青和林沉茜之间，左劝劝右劝劝。

好不容易那两个人在十二月份初终于和好了。为了感谢她的帮忙，周末的时候，两人约着她去吃了顿饭。

在饭店里，她也没好意思把手套摘下来，怕手上的冻疮太吓人，影响到顾阳青和林沉茜吃饭。

“南南，你这个冻疮是不是越来越严重了啊？今年冬天也太冷了！对了，顾阳青，你快把东西拿出来给南南！”

她用胳膊肘捅了捅顾阳青，他点点头，表情淡淡的，从书包里拿出一盒药膏来递给陈喃。

“我听林沉茜说你冻疮挺严重的，这个是我朋友家店里卖的，听说挺管用的，最近谢谢你了。”

陈喃不好意思地想拒绝，林沉茜直接不给她说话的机会，把东西塞进她手里：“拿着吧，南南。”

“茜茜，我……”

她为难地看着手里的药膏，刚想再说些什么，就被林沉茜打断：“你要是不收下，就是不把我们当朋友了！”

听到这话，陈喃叹了口气，只好收下：“那谢谢你们了啊。”

“不谢不谢。”

林沉茜笑着，继续拿着筷子给陈喃还有顾阳青碗里添菜。

顾阳青看了一眼坐在对面细细研究药膏的陈喃，松了口气。

他别过头看着林沉茜，这顿饭看着吃得愉快，其实他却心情沉重。

顾阳青送的药膏，陈喃本来是抱着试试的态度涂的，毕竟这么些年，她什么药膏都用过，没什么用处。

但她没想到，这个药膏涂在手上凉凉的，还真的有效果，能消肿。

原本红肿的手，每天涂着药膏，好了不少。

在学校的时候，她就还是继续戴着手套，在家里时，外边很冷，她就尽量不出门。

十二月十一日清晨，陈喃晚上没怎么睡着，早上三四点就醒了。

她点开QQ，下意识地看了一眼路栩的空间，他在零点的时候发了一段视频。

陈喃点开那段视频，入眼的是一双白皙细长的手覆在钢琴的黑白键上，他动作轻柔却熟稔，钢琴的音色很好听，宛转悠扬。

今天是他的生日。

那段视频没什么配文，路栩就发了一行文字和这个视频。

L：最近最喜欢的一首歌。

评论里有不少人调侃：

路大少爷真是才子啊，生日快乐嘞您！

卡个零点，祝路哥生日快乐！

……

陈喃是知道路栩今天过生日的，她低下头，重新点开那段视频。

视频的开头写着歌名《搁浅》。

她打开手机，仔细地搜着这首歌，把歌下载下来，然后拿出柜子里的那本日记。

打开本子，里边夹着一片火红的枫叶，她拿起笔，缓缓写着：他也喜欢《搁浅》这首歌。

落笔写完，陈喃合上本子，在路栩发的那段视频下面，紧张地跟着不少人一起“+1”，实际上是手打的，评论了一句：生日快乐。

看似不经意，可谁又能想到她的那些心思呢。

路栩大早上是被那些祝福的消息吵醒的，他醒过来时，鼻子有点塞，草草看了眼，消息太多，来不及挨个回复。

今天是周五，他约好一帮朋友，去附近的饭店吃顿生日饭。

在上学的路上，温漾冲出来，塞了个礼物在他怀里。

“小路！生日快乐啊！”

他轻轻咳了几声，表情一愣，随即笑着抱紧礼物，眼神温和：“谢谢温漾同学。”

时间到了下午，最后一节课结束，住宿生和走读生纷纷下课回家。

陈喃看着书包里藏着的一张纸，犹豫了半晌，还是把那张纸悄悄拿出来，上面写着密密麻麻的歌词。

是很早之前，她听路栩唱起《晴天》这首歌那天，大晚上抄下来的。

高一路栩生日的时候，她不敢送出去，如今晃眼就到了高二。

一切似乎都没有变化，又似乎都变了。

陈喃把那张纸小心地塞进口袋里，想趁着没人跑上楼去。虽然这一切早就没意义了，可她还是想把这份迟到的生日礼物送给他。

她咬咬牙，低着头跑出门，刚想要转弯跑上楼梯，突然听到楼梯口有什么声音，步子突然顿住了。

"路栩，我喜欢你。"

在楼梯口，孟北鸽拦下路栩，她昂着头，神色却难掩紧张。

少年还是很正常地开口拒绝。

只是这次他拒绝的话不一样了："不好意思，咳咳咳，那个我有喜欢的人了，抱歉。"

说完，他转过身，和孟北鸽擦肩而过，快步下楼离开，楼道里还能清晰地听见他咳嗽的声音。

每到冬天，他都很容易受凉感冒。

孟北鸽被拒绝后站在原地一言不发。陈喃在角落里看着孟北鸽，她隐约听见了啜泣声，见女孩停在原地好一会儿，才弯着腰慢慢走下楼。

这一年多里，她在楼梯口见到过不少女生对路栩告白。

但只有这一次，路栩拒绝的话变了。

她低下头，等人都走光了，才顺着楼梯扶手走上三楼。

不知道为什么，她觉得口袋里的那张纸变得烫手起来。

陈喃确定班里没人，把那张纸放在了路栩的桌上。她叹了口气，第一次没有那么匆匆忙忙地逃走，而是一步一步，沉重地离开了三楼。

喜欢一个人大概真的不会因为难过就叫停吧。

陈喃回到二楼，趁着没什么人趴在栏杆上，抬头望着碧蓝如洗的天。

有些心动是没有办法及时止损的。

从喜欢上路栩的那一刻，就注定了会是这样的结局。

可她还是不顾一切地选择了继续喜欢他，而不是及时止损。

于是往后的心酸与眼泪，她都必须承受。

她眨了眨眼，眼底泛起涟漪，轻风拂过她的脸颊。

这就是喜欢了一个不可能的人，要付出的代价。

陈喃趴在栏杆上，像是失了魂没力气。

宋词屿站在三楼的阳台上朝下望着她。刚才陈喃送东西的时候，他就在教室后门外。

但她走的是反方向，和宋词屿错开了。

她心不在焉，也没有注意到就站在门外的宋词屿。

他无奈地摇了摇头，收回目光走进班级。教室靠近走廊的窗户开着，他看着路栩桌上那张纸，折叠了两下的纸，被风一吹，轻轻地翻开。

他拿起那张纸，上面写满了密密麻麻的歌词，字迹工整秀气，在那张纸的最上边，写着一句“生日快乐”。

看到那四个字的时候，他的心被狠狠地揪了一下。他不想再看下去，只扫了一眼，随后把纸放回原位。看着旁边开着的窗户，随便拿了本书把那张纸给压住，然后起身关了班里所有的窗。

他没有急着离开，反倒是坐在路栩的位子上发了一会儿呆。

想到那家伙军训时唱的歌就是《晴天》，她原来那么早就喜欢上路栩了。

他不好受，他知道陈喃也不会好受。

路栩和温漾的事情，也就他们几个玩得好的兄弟知道，两个人现在虽然还是好朋友，但是高考后，这两人肯定会在一起。

那陈喃呢？她会不知道吗？还是她，早就知道了？

他倏然想起这事，有点担心她会知道路栩和温漾的事。

怕她知道，怕她掉眼泪，怕她为了路栩那家伙哭。

可是想着想着，他又很想笑。

这世上的喜欢，还真是一物降一物。

我喜欢你，你喜欢他，他喜欢她。

“都很正常吧。”宋词屿想。

毕竟这个世界上，两情相悦的双向奔赴不多。

互相喜欢，能有结果，得需要多大的运气，得多幸运啊。

只是太不巧了，大家都不是幸运的人。

二〇一一年的最后一天。

苏市下雪了。

从下午开始就飘起了小雪，陈喃坐在最后一排靠墙的窗口，无论窗户如何关死都会漏风进来。

天色暗浊，窗外下着片片雪花，全班学生的注意力都放在了外头的雪上。

在苏市这个四五年都未必能下一场雪的小镇，偶尔能下些雪花，都是稀罕事。

讲台上的陈伟用力地敲着桌子，看着这群平日里上课蔫蔫的，一遇到下雪就起劲的学生，又气又恼："一个个干吗呢？你们现在高二了知不知道啊？来来来，都给我回回神，后面要睡觉的给我站起来！"

学生们无语地叹了口气，被迫目视讲台，看着陈伟。

陈伟手里拿了一沓纸："这个呢，是让你们写下自己想考的学校，每个人都要写，然后朝着这个目标努力，知道吗？"

"啊——"

"老师，我们才高二，写这个也太早了吧。"

"就是啊，就是啊。"台下学生跟着起哄。

对未来要去哪个学校，大部分的人都是茫然不清楚的，也有小部分的学生，先上讲台拿了张纸下去很快写好了自己想考的大学，获得了陈伟赞许的目光。

而陈喃，就是那大部分人里的其中一个。

她不知道未来要考去哪座城市，或者是留在苏市的哪个学校。她没什么大志向，就希望考个一本，然后毕业工作。

但是现在真的要问起她未来想从事什么工作，她也是一脸迷茫。

"快点写啊，最晚明天交给我。什么叫才高二啊？看着不紧张是吧，没几天，你们就要升高三了。给我都提起精神来，早点树立好高考的目标，别天天漫无目的地瞎混。"

陈伟训了他们一顿，但这些话班里的学生都听太多了，起不了什么作用。

陈喃叹了口气，撑着脑袋望着外头的雪，刚刚发下来的白纸安安分分地躺在桌上，她脑子里就和这张白纸一个样，一片空白。

外头的雪越下越大了，临近期末考试，学校开始加课，在每天下午最后一节课后面再加上一节自习课，大部分时间都有各科老师来讲解题目，或者是发卷子让大家做。

这节自习课下课，已经是傍晚六点了。

班里的女同学们在离开班级前，纷纷拥抱在一起。

“再见面就是明年啦！”

“咱们明年见！”

……

其实也就是明天见面的事情，可是总能被学生弄得很煽情的样子。

这大概是每一年最后一天的日常吧，陈喃也不急着走，她就站在班级门口，不出所料，没过几分钟，林沉茜就急吼吼地冲下四楼，往她这边跑过来。

“南南！快让我给予你今年最后一个抱抱！”她直冲冲地撞进陈喃怀里，好在陈喃早准备好了，张开胳膊抱住了她，林沉茜脸上挂着的笑掩了下去。

“南南，我和顾阳青绝交了。”

“啊？”陈喃一愣，听见了林沉茜明显的哭腔。

这次，林沉茜很安静，没有任何抱怨的话。可越是这样，陈喃越觉得不正常。

“我们结束了，我再也不要和他当朋友了，他说他和我当朋友很累，更别说以后了，所以他要及时止损，你说好不好笑？

“不过没事，谁要和他做朋友啊，我也受够了。”林沉茜声音带着哭腔，显得倔强又无力。

陈喃不放心地看着林沉茜，在离开的那一刻，她倏然转过身主动抱住了林沉茜。

“你要是不开心，晚上就给我打电话啊，不许哭啊，你还有我。”她语气柔柔地安慰着。

她也是真的心疼林沉茜。

林沉茜听着她的话，憋了大半天的眼泪，险些绷不住。

林沉茜催促陈喃赶紧走，让她不许回头看自己。

直到看不见陈喃的背影，她才在班级门口泣不成声。

有些人是幸运过的，能和喜欢的人接触认识，成为更亲近的关系。

而又是不幸的，因为他们最终都不是对方正确的答案。

陈喃怀着复杂的心情，走出校园。

她曾经觉得林沉茜是那个幸运的人，可是如今看来，在无数的感情里，幸运与不幸，不到最后一刻，都无法被轻易地定义。

放学时间，人很多，大家在校门口陆续排队出去。

不远处有烟花倏然乍起，一团团烟火在空中冒着火星子四溢开，在空荡荡的夜空中，显得格外明亮。

原本急着回家的学生们都停在原地，纷纷抬头看着烟花。

陈喃一回头，目光一滞，见到了一旁的路栩。

她没有再看烟花，而是转头看向他。

他穿着一身黑色的棉服，融在了夜色里，有雪花落在他的衣服上，很显眼。此时，他正抬头看着空中的烟花。少年优越的下颌线，随着抬头的动作变得更加明显。

混在人群里，她终于能够明目张胆地看向他。

又是新的一年了啊，路栩。

她抿着嘴角，在心里想着，轻轻地喊着他的名字。

烟花声音嘹亮，雪花落在她的发丝和衣服上，周围哄闹一片。

在黑夜里，映着微弱的路灯，她眼底闪烁，像是夜里的星星，光是看着他，眼角就一酸。

新的一年了。

我又喜欢了你一年。

二〇一二年的第一天清晨。

到了班级，等大部分人都来了，陈喃开始收语文作业。

收好作业，她抱着作业本往陈伟的办公室去。

“报告。”

“进来。”

陈伟抬头，见是陈喃，原本紧蹙着的眉头都松了不少：“作业收齐了吗？”

她点点头：“收齐了，全在这儿了。”

“好，来放在这儿吧。”陈伟满意地应了声，挪开桌上的书，让陈喃把作业本放在那里。

她把作业本放下，余光随便瞟了一眼陈伟的办公桌，作业本的旁边摞着一大沓纸。

看着像是陈伟昨天给他们发的填写心仪大学的表。

她轻轻扫了一眼，最上边的一张，是路栩的。

他龙飞凤舞的字体在白纸上有些潦草。

高二（1）班，路栩。

想考的大学：苏市大学。

看到表上的内容，她目光一滞。

陈伟没急着让陈喃走，他看了一眼其他班级学生写好的目标大学，翻了翻自己班的，没发现陈喃的。

他放下手里的工作，询问陈喃：“还没想好去哪个学校吗？”

陈喃很诚实地点了点头：“是，暂时还没想好。”

“南南，你现在高二了啊，还有半年多就高三了，你自己有没有什么很喜欢的学校啊？跟着自己的心好好想想，想要去哪个学校，等会儿抓紧把表交给我啊。”陈伟苦口婆心地劝着她。

她乖乖地点点头。

在回班级的路上，她想起那张晃眼的纸。

苏市大学，排名仅次于清北的大学，每年的录取分数线都很高，只比清北低几分。

大概也只有像他那样的人，才会那么轻松地做出选择。

又或者说，他哪个学校都能写。

有些人啊，他想去哪儿，哪儿的大门就为他敞开着。

那她呢？

想到自己，她垂下眼帘，一时感到很茫然。

回到班级，班里的大部分人都交了目标学校的表。

可她，就像是漂浮在水上的浮萍，找不到归处。

她手撑在桌子上，托着脑袋发呆。

一上午她都在想关于目标学校的事情。

像她这种人，天生就没什么大志向，习惯过得平平淡淡的，也就甘愿这样了。

午休时，全班就陈喃和几个人没趴在桌上睡觉，她保持着撑着脑袋的姿势，午后的阳光洒进来，她眯了眯眼，觉得刺眼。

她想站起来拉窗帘，教室外的走廊路过几个人，声音不大不小。陈喃顺着声音一抬头，手上的动作顿住。

路栩一边用手指稳稳地转着篮球，一边与朋友聊天。

他微挑着眉，唇边带着恣意耀眼的笑。

又是这样一个午后，他按照平日里的时间，路过她的班级。

中午的阳光太大，模糊了他的侧脸。

从前不久开始，他每次中午打完球都会路过二楼的走廊，她不知道为什么，因为温漾已经不在二楼的班级了。

可他常常路过，这是她枯燥的高中生涯里，最令人难忘的风景。

看着路栩的背影缓缓走远，她才依依不舍地拉上了窗帘。

陈喃喜欢盯着他的背影看，也只敢盯着他的背影。

她的高中生活已经快过一半了，毕业后，大概再难看他一眼了吧。

想到这儿，她心上突然一颤。

喜欢上像路栩这样的人，真的能接受未来的校园里再也见不到他了吗?

再见不到他的背影，见不到他投篮肆意的模样，见不到他在台上演讲时略紧张的样子。

往后，这个人考去苏大，她就再也见不到他了。

她，不愿意，一点也不愿意。

好一会儿，她回过头，看着桌上那张仍是空白的表，因为被她手臂压着，起了褶皱。

鬼使神差地，她拿起笔，写下了和路栩一样的目标学校。

苏市大学。

那个以她现在的成绩，根本考不上的大学。

可她像是下定了决心一般，就这么在午休过后，把那张写有目标学校的表交给了陈伟。

陈伟看到陈喃这么远大的目标，也是一愣。

然后他欣慰地笑了笑，鼓励道："定好目标，就要更加努力了啊。"

陈喃很认真地点了一下头，她本来没有什么目标学校，却因为他，有了一个很想努力考上的大学。

她一直就是在追逐光的人，在某一刻，也被他照亮。

因为他，想见到他，也希望自己能考去那个现在遥不可及的大学，去成为更好的自己。

陈喃很认真地把苏大当成了自己的目标。

她比以前更认真更努力了，半夜还亮着灯夜读，大早上就起来看书学习，假期也在补习。

有的时候，赵兰担心她会吃不消。

可是她没有喊过苦。

在那些做卷子做到头昏脑涨，将睡眠时间压缩到最少的日子里，她想为了自己，也为了自己的那份喜欢，去努力变成一个更好更优秀的自己。

自卑胆怯也能在不起眼的角落开出一朵花来，肆意生长。

陈喃不停地学习刷题补课，林沉茜被她这股突然的劲给吓住了，好长一段时间，都没敢来打扰她。

春夏秋冬更迭，时间在高二的下学期，像是开了加速器，跑得格外快。

在不知不觉中，他们步入高三。

桌子上都是模拟卷，青黑色的黑板上，半节课下来就写了密密麻麻的板书和题目，教学楼栏杆旁被系上横幅，无声地为高三学子加油助威。

某天中午，陈喃旁边的女生用手戳了戳她。

她停下笔，不解地转过头，看到同桌一脸八卦的神色。

"怎么了？"

两人同桌了一年，就算是陈喃再安静，还是被同桌活脱跳跃的性子感染了，两人混熟了点。

女生神神秘秘地凑在她的耳边，用气音说："你听说了没，理科班的温漾和他们班上的女生吵起来了。"

陈喃一怔，蹙眉："你确定是温漾吗？"

"肯定是啊。她多出名啊，哪次闹事没她啊？不过我听说这次事情不一般，闹得家长都来了，好像要退学！"

"这么严重吗？"她眼神闪烁了几下，有些走神。

"还有一件事我悄悄告诉你，听说她爸不小心撞死人了，好像是进去了，她妈妈要带着她转学，你说都高三了，转什么学啊？不过就温漾那个成绩，转不转都无所谓啊。"

同桌语带嘲讽，看她没什么反应，就转过身和其他人说这事了。

"知不知道怎么吵起来的啊？"

"听说是有人骂她爸还是什么吧，你说她爸都撞死人了，骂几句怎么了。"

"就是啊。"

……

温漾的事情传遍了整个学校，最终，温漾妈妈帮她办理了退学。

温漾退学那天，陈喃在学校门口见到了温漾，她不知道自己是出于什么心态，开口喊住了温漾。

"温漾！"她直直地跑过去，看着有些呆滞的温漾，又不知道能说什么。

温漾看着陈喃，倏然眼睛一红："陈喃，你怎么来啦？你应该也听说我的事了吧？我要走了，没想到走之前还能见到你，谢谢你啊。你好好学习，加油啊！我提前祝你考上理想的大学。"

她声音哽咽，笑得眼底都是泪花。

陈喃也哽住了，久久没有说话。眼见温漾就要随她妈妈离开，陈喃终于开口："温漾，一路平安啊。"

闻声，温漾步子一顿。她其实一直不明白这个安安静静的女生为什么有意疏远她，可她知道，那一定不是讨厌。她猜不明白原因，却被陈喃的一番话惹得鼻子一酸。

她重重地“嗯”了一声，眼底一湿。

那个原因，她大概很难知道了。

在她那段洋溢热烈的青春里，这个走出来喊住她，和她告别的女生，和她喜欢着同一个男生。

温漾要离开苏市了，临走前，她把路栩约在那个经常去的球场告别。

那天下着小雨，篮球场里除了他们两个人，没有其他人。

路栩弯着腰站在球场里，像是在压抑着什么，很久才接受这个现实。

这件事情从发生到现在仅仅只有三天，温漾退学后，他拨打她的电话已经打不通了，她不接电话，他慌得不知道怎么办，什么都不知道。

直到今天接到温漾的电话，约他在这里见面。

“你真的要走？”他低着头，语气低沉。

温漾闷闷地“嗯”了一声，不再作声。

“你家里到底出什么事了？你能不能告诉我？”

路栩抬起头问她，而眼前的女孩子别过头，什么都不愿意告诉他。

她心里像是硬生生被扯出来一道口子，半晌才说出一句：“路栩，我必须得走，我可能……要出国了……”

她咬着牙，不敢再看他，眼泪滑过眼角，砸在了水泥地上。

路栩没有说话。

面对他的沉默，她憋了那么多天的情绪，终于溃不成军。

她死死咬着嘴唇，哭声很小，却充斥着整个篮球场。

“我们不是说好了，一起考南市的大学吗？”他低着头，手紧紧握成拳，指甲掐着手心，紧抿着唇，眼底猩红。

听到他期待的语气，她呜咽的声音更甚。

路栩站在她的背后，眼神阴郁，双手不自觉地颤抖。

温漾哭了很久，好不容易才勉强平静下来，她声音哽咽：“对不起，路栩。你等等我吧，我们说好的，一起考南市的大学。你去南市等我好不好？你相信我，我一定会回来找你的。”

她哭肿了眼睛，窸窸窣窣地恳求着他，她一遍一遍地重复着：“你等等我，我……我一定会回来的，我会回来的……”像是想要骗过自己，可她自己都不知道再回来是什么时候了。

路栩还是没有说话，无声抗议着，两个人僵持了很久。

直到温漾不得不离开，他叹了口气，终于松口答应：“好，我等你。”

温漾以前和路栩说过，她很想考去南市，去看南市四月的樱花，满城的樱花，一定漂亮得像一幅画。

他答应过她，一起考南市的大学，一起去看樱花。

想到这儿，他觉得心里特别难受，声音嘶哑，沉得吓人：“我等你，等你……一起去南市看樱花。你，一定要来。”

她听不得路栩说的话，他说的每个字都像一根刺，戳着她的心。

她强撑着转过身不敢回头，眼泪一滴滴滑过脸，每一步都走得格外艰难又漫长。

直到温漾坐上车离开，路栩还是没有走，他站在空无一人的球场一动不动。

雨开始下大，密密麻麻地砸在人的身上。

陈喃和往常一样路过这个篮球场，无意撞见了面前的一幕。

他们说话的声音很轻，伴随着雨声，她什么都没听清，她也不想听清。

但她能感受到他的难过，看他弯折的背脊，任由雨水一滴滴打在身上。

他一个人站在那儿，淋着雨。

她从来没有见到过那么失神伤怀的路栩，没有见过他难过。

他那样热烈的人，原来也会因为喜欢的女孩而难过。

他为了她淋雨，一定是很喜欢她吧。

陈喃站在路边，这场雨似乎不只是侵蚀着这座城市，垂下眼，风裹挟着雨，砸在她的脸上。

她的眼前模糊，手里攥着一把折叠伞，却没有任何打开伞的动作。

因为太过用力，攥着伞的手指开始泛白，她的脸也失去了血色，变得苍白。

他们的心底，都有一场能够卷走所有的大雨。

陈喃鼻尖一酸，觉得身上有些冷，她还是见不得这样的离别，也见不得他溢出来的悲喜。

本不该是这样的，他这样的人，应该和喜欢的女生好好地站在一起，而不是如今这样狼狈。

这样的路栩，不像他了。

而她，也不愿意见到这样的他，宁愿他一生都顺利，和喜欢的女生永远幸福。

见到他的脆弱和悲痛，她心甘情愿地陪着他淋这场大雨。

她冲动地想上前为他撑把伞，却只有和他淋同一场雨的勇气。

如果这场风雨能够吹走所有的欢喜与心酸，那明天，大概又是阳光明媚美好的一天。

可惜风雨总是无情，凡是触碰情感与真心，没人能够全身而退。

温漾离开后，路栩回到了正常的生活。他的生活里，没有人再敢提起温漾。

宋词屿担心了他好一阵子，最后见他真的没事，才放下心来。

高三的考试一场接着一场，路栩全身心投入学习里。他还是那个存在在考试榜单上令人惊叹的第一名，一个常人难以企及的存在。

没人注意到，有一个人的排名，一点一点地不断往前靠着。

宋词屿时不时地往榜单上看，几乎每次考试，陈喃的名次都会前进一些。

但她往前进步的名次很慢，像是一只孜孜不倦的蜗牛，缓慢地追逐着些什么，艰难又不易。

在高三的榜单上，排名往前一名都是不容易的。

所有人都在紧张地复习，林沉茜的艺考时间也一步一步逼近。

大家都没有时间去想别的事情了。

在他们这个年纪，不是只有那些风月，还有要努力去拼搏的成绩和前程。

那段难熬的日子里，所有人嘴上嚷嚷着度日如年，可实际上，他们距离高考的时间，越来越近了。

看着黑板最上面的高考倒计时，时间缓缓抓住冬天的尾巴，这是他们在学校的最后一个圣诞节，因此显得格外珍贵美好。

一整个学期疲倦做题的学生们，终于在这一天稍稍松了一口气。

树叶凋零，枝干光秃秃的，天空像是被蒙上了一大片雾气般朦胧。

大清早，陈伟来到班级监督早自习，带了一筐苹果，挨个发给班上的学生。

“这是大家在咱们学校过的最后一个圣诞节了，老师在这里祝大家平平安安。这段日子大家都辛苦了，再熬一熬啊，今天上完课就放假了，周六周日好好休息，也别忘记复习……”

陈伟在台上继续说着什么，陈喃望着桌上的苹果，不自觉地看了一眼自己书包里的那两个。

“还是老陈阔气，直接送苹果啊。”

“可不吗，隔壁班听说了肯定羡慕死了。对了，你今天送不送苹果啊？”

“我肯定送，最后一个圣诞节了，以后毕业说不定都见不到了，抓紧机会啊！你说是不是，陈喃！”同桌突然叫了陈喃一声。

陈喃原本还在走神，听着身边几个女孩子的对话，愣了会儿。

“啊？啊，对，对！”倏然被问，她抿着嘴尴尬地笑了笑。

身边人熟悉她憨憨的样子，忍不住一起笑起来：“不是，你和陈喃说什么，人家又没喜欢的人！”

“说不定有呢！”

“怎么可能！你看陈喃那么用功，我就没见她关注过咱们学校哪个男生长得帅。”

……

旁边说话的两人就这么互掐起来。陈喃抬起手，试图劝阻一下，最后发现没什么用，她眨了眨眼，随她们去了。

她呼了口热气，盯着桌上的苹果发呆，手指轻轻地敲着桌子。

她想起同桌的话——最后一个圣诞节了，以后说不定没机会见了。

是啊，说不定没机会了。

想到这儿，她的眸子有些黯淡。

因为大雾天气，大课间跑操取消，林沉茜跑到陈喃班级门口，悄悄探出一个脑袋。

“南南！”

陈喃闻声抬起头，看见了笑吟吟看着自己的林沉茜。

这段日子，林沉茜瘦了很多。

自从她和顾阳青绝交后，陈喃很久没见过她这样明媚地笑了。她笑着站起来，从书包里拿了什么，双手放在背后，走到班级门口问：“怎么啦？”

“锵锵锵——看我给你变个魔法！”林沉茜故弄玄虚，随后从背后掏出一个苹果来，“圣诞节快乐！”

看着林沉茜这个有些搞笑的动作，她想笑，又勉强憋住了：“圣诞节快乐，我的苹果。”

陈喃也从背后“变”出一个苹果，放在林沉茜张开的手上。

她的苹果包装得很好看，红色的包装盒子上还画着白色的雪花和一只褐色的小鹿，她用白色的纸把苹果包好，塞进盒子里，盒子的外边还贴着一张纸，写着好看的字：圣诞快乐。

“还是你的苹果好看，看我的多简陋啊。”林沉茜心满意足地拿着装着苹果的盒子，瞥了一眼自己送的苹果，开着玩笑。

“没有啊，我就喜欢你送的苹果。”陈喃笑了笑，眼睛弯成了月牙。她想起书包里还有一个一模一样的包装盒，里面也装着一个苹果。

她愣愣地看着苹果，思绪有些飘远。

林沉茜从兜里拿出一沓暖宝宝，塞进陈喃怀里：“老样子，快降温了啊，别着凉啦！”

陈喃一到冬天就特容易感冒，林沉茜特别担心这事，每一年圣诞节她都给陈喃送一包暖宝宝，避免她着凉。

陈喃感激地看了林沉茜一眼，乖乖地点了点头。

两人在班级门口说了会儿话，快要上课的时候，林沉茜才匆匆忙忙和陈喃告别，跑回班级去了。

她三步并作两步地跑上四楼，在走廊上和顾阳青撞了个正着。

有个女生正和顾阳青说笑，他笑得弯下腰。林沉茜目光一滞，心底一颤，有些麻木地低下头，不去看他一眼。

陈喃坐回位子上，看着班里受欢迎的女生数着收到的礼物，旁边不少人露出羡慕的目光。

她突然想到了路栩。今年的圣诞节，他一定也会收到很多很多的礼物。

陈喃看着自己书包里的那个苹果，吸了口气，暗暗给自己打气。

说不定这就是能见到他的最后一个圣诞节了，她一定要把这个苹果送出去。

她趁着路栩班级上体育课的时间，跑上三楼，准备悄悄把苹果塞进路栩的课桌。

他很高，位子在倒数第二排，她担心有人会提前回来，匆匆进了后门找到他的位子。

木桌子上放了一本化学书，被风吹动了几页，第一页上写着龙飞凤舞的两个字：路栩。

她一鼓作气地把苹果塞进他的课桌，没敢看里边是否有很多礼物，也没敢多停留一会儿，立刻逃走了。

光是这么一个小举动，陈喃都能感觉到自己的心跳在加速，脸上的温度在升高，她耳根泛红，跑回班级的步子越来越快。

胆小鬼也做着胆小鬼的戏码。

等路栩他们班上完体育课回来的时候，那个仓促跑开的身影早就不见了。路栩的刘海贴着额头，因为打篮球他脸上很红，流了很多汗。

他去厕所洗了把脸，就回教室坐在位子上休息了。

哪怕是那么冷的冬天，他还是热得冒汗，脱了羽绒服，用手给自己扇风。

路栩没有在意桌子里多了一个苹果。

直到那天下午，身边的同学不小心撞到了他的桌子，里边掉出个东西来，引发的动静还不小，他看了一眼，是一个红色圣诞主题的包装盒。

“哟，路哥，这一看就是哪个女孩子送你的啊。”一边的兄弟调侃着。

路栩站起身来把掉在地上的盒子捡起来，打开。

里面的苹果已经摔坏了。

虽然他本来就不喜欢吃苹果，可也不知道是谁送的，直接扔掉的话，觉得有些不太好。

“里边还有张字条呢。”一边的宋词屿就没他想得那么多，凑过去看着苹果和包装盒，在里面扒拉了几下，在底部翻到一张字条。

他把那张字条拿出来，上边规规矩矩地写着六个字：祝你圣诞快乐。

阳光洒在那张干净的字条上，谁也不知道那六个字，是一个人内心多少的动作和兵荒马乱。

原本起哄的宋词屿动作一顿，他知道这是谁的字迹。

那个两年前给路栩送跌伤药膏，在他生日那天送的歌词纸，展示栏上时常和路栩的作文一起被展示，和今天送苹果的人，都是同一个人。

他低下头，心底泛起一股酸，调整好情绪，轻哼了声：“没摔得太厉害，我觉得还能吃。”

“唉，我不喜欢吃。”少年叹了口气。他一向不喜欢吃苹果，但丢掉别人的一番心意总是不好，可也没法吃。

后来那个摔坏了的苹果被丢进了班级的垃圾桶里，只留下了那张字条。

宋词屿小心翼翼地拿起那张字条，看了好几遍。

似乎想找出些破绽，告诉自己这不是陈喃的字迹。

可现实就是这样残酷，那张纸上的字，就是陈喃写下的；而那个被丢进垃圾桶的苹果，也是她送的。

他突然有点不舒服，知道她是什么样的性格，这个苹果送得一定特别犹豫吧。

路栩这家伙不缺苹果，桌子里一大堆圣诞礼物，他最想收到的却不在。

那些有名有姓的礼物里，永远掺杂着一个没有留下姓名的人。

宋词屿叹了口气，把那张纸放在路栩的桌上，心情复杂地离开路栩的班级。

除去他，没人在意那张纸。

那天晚上，教室窗户没有关紧，起了一阵很大的风，漾起放在路栩桌子上的那张字条，掉落在某处，谁也不再知晓。

没过多久，苏市教育局公布了今年体育生高考的时间。

宋词屿一帮子体育生，在最后的这四个月里，开始不眠不休的训练。

他能经常碰到出来上体育课的高三文科一班。

到了高三，体育课就成了大部分学生唯一能松口气的时候，陈喃也不做什么，就被身边的同学拉着坐在绿色草坪上。她弯着膝，双手抱着小腿，晒着早晨八九点的阳光，身上暖洋洋的，很惬意。

宋词屿路过她的旁边，分神轻轻看她一眼，眼前的姑娘不是低着头自顾自玩着手指，就是时不时被拉着说笑。

他余光扫过她的脸，见她笑弯成月牙的眼睛，有些怔。

她好像有些不一样了。

她不再像以前那样身边一个朋友也没有，也不会总是低着脑袋了。

宋词屿恍惚地想着，从两年前进入这个学校到现在，他们都长大了，都变得不一样了。

每一个人，都在发生着变化。

像他，这个只知道调侃路栩有不少女生喜欢的家伙，也会有一天，那么稀罕地喜欢上一个人。

体会喜欢的心酸与难过，又觉得喜欢这种情愫很神奇，在见到她的那一瞬间，所有的不高兴都会烟消云散。

你看着她的脸，见到她一面，就觉得那是自己最开心的时刻。

高考近在眼前，如今的他们，都是在这段青春里，见一面少一面的存在。

未来在哪儿，谁也不知道。

二月底，苏市一中举行高三学生百日誓师大会。

高三全部班级大清早站在操场上，陈喃有些困，打了个哈欠，她最近熬夜刷题，精神状态不算太好，额头上都冒了不少痘痘出来。

前边的学生手里拿着长长的横幅，上面印着白色醒目的字：距高考最后一百天，高考必胜！！！

后边特地加了三个感叹号加重语气，一个个学生轮流来签名。

轮到陈喃班级的时候，横幅中间和两边已经签得密密麻麻的了。

陈喃站在一边，等着旁边的同学签名，目光停留在红色横幅上。她在横幅上面找了会儿，最后在最上边找到了一行很眼熟的字迹。

那字写得龙飞凤舞，很惹眼地在“必胜”两个字眼的上面，没人和路栩的字挨着。

“陈喃，到你了。”

她接过笔，稍稍用力地把名字签在了路栩的旁边。

看着上边的字迹，两人的名字挨得很近，她心上一喜，随后把手里的笔递给了下一个人。

签好了名后的横幅，被挂在了主席台的最上面，迎着风微微晃动，台上的校长和主任讲着话。

陈喃盯着那条签满名字的横幅，有一下没一下地跟着其他人一起鼓掌。

“接下来，由高三理科一班的路栩同学，带着大家一起宣誓。”

陈喃听到路栩的名字，猛地回过神，跟着大家一起鼓掌欢迎。

少年穿着一袭干净的白衬衫，迎着掌声走上台，他上台后，调整好演讲台的话筒。

他手臂一弯，举起右手握拳，表情严肃，声音嘹亮清润：“我是高三理科一班的路栩，在这百日冲刺阶段，请大家举起右手，和我一起宣誓。”

全体学生纷纷举起右手，和台上的他动作一致。

陈喃举起手，直直地看着他。

“我是高三学子，在这最后一百天，我在此庄严宣誓：决战高考，努力拼搏，不到最后一刻永不放弃。”

她跟着台下的学生一起重复路栩的话：“……我在此庄严宣誓……

“一百天奋发图强，一百天避短扬长……改掉坏习惯，我们要以饱满的热情，昂扬的斗志，最刻苦的精神，迎接高考……”

越说到后面，全场学生的声音就越大，气氛燃了起来，不少男女生扯着嗓子用力喊，整个操场上空飘荡着声音洪亮的宣誓。

少男少女们穿着一袭白衬衫，将手举过头顶，庄重严肃地宣誓，迎接最后一百天的考验。

陈喃的声音混在一片声音里，心潮澎湃。台上的男生认真稳重，他一字一句地念着宣誓词，就已经是她无限大的动力了。

结束那一刻，路栩放下手，凑近话筒，说出了最后一句话：“高考没有捷径，愿君步步高升。”

他的声音顺着话筒，传遍整个操场。

少年的声音沉稳又自信，他挺直背脊，嘴边带着些许笑。

陈喃抬起头看着他，眼前的人耀眼得像是夏日里最烈的阳光，似乎没有任何一场雨水能淹没他的光芒。

少年向来不知天高地厚，站在那儿桀骜又有些张扬，永远不为任何折腰，永远鲜衣怒马。

在这个熟悉的操场，她曾经无数次地、不停地抬头望向他，如现在一样。

少年永远站在最高处。

陈喃心里软得一塌糊涂。

她昂着脑袋，脖子发酸，倏然想起见到他出现在台上的次数太多，而自己始终都保持着仰望他的姿态，没有改变过。

面前的路栩，就和她心里的太阳一样，永不落幕。

那个永远难以追逐，相隔万里的太阳。

陈喃低下头，眼角有些酸。

是不是因为喜欢了这么一个优秀的人，就注定了她要一辈子仰望他?

可喜欢一个人，好像做什么都是甘愿的。

在痛苦的心酸和难过里，她一直都在清醒地沉沦。

因为自他过后，她再也没见过比他还要热烈的人了，也再难见那一年草长莺飞的春天。

【第五章】

/记忆里的少年，祝你一帆风顺/

两个月后，四月二十日苏市体育生高考开始。

宋词屿和一帮朋友坐上校车，前往考试的地点。他临走前，路栩特地跑到他班级门口，等他出来时正好见到彼此。

两人相视一眼，路栩冲着宋词屿一挑眉，嘴边带着笑："宋哥，旗开得胜啊，哥们儿相信你。"

宋词屿笑了笑，淡淡应了声："放心，我肯定全部拿下。"

和宋词屿一起打球的其他兄弟也都挤在他班级门口，吵吵嚷嚷着给他加油。

路栩这个以往最淡定的家伙，在这群人里喊得最大声。

他无语地瞥了路栩一眼，特想笑，缓缓走下楼梯。下楼的时候，在二楼的楼梯口停留了会儿，他犹豫几秒，最终还是去了二楼。

他路过陈喃的班级，她穿着深蓝色的校服，扎着高高的马尾辫，露出脖子后边一大片白皙的肌肤，边写字边抬起头看着黑板。

宋词屿就瞥了一眼，低下头轻笑，心满意足地离开。

身边和他同路的男生，不解地问他："宋哥，你是不是有什么怪癖啊，那么喜欢跑二楼？"

"我喜欢多跑跑不行吗？"他咳了一声，被问得心虚，说话底气不足。

他无数次下意识地别过头，回头看着陈喃的班级，走道上回响起教室里老师的讲课声，隔壁班的琅琅读书声。

很多人都有这样的一个习惯以及执念，在最重要的考试开始前，一定要去见一面自己喜欢的那个人。

好像见到她，他才会心安下来。

宋词屿松了口气，喜欢一个人，是一件很神奇的事情。

“宋哥，你紧张不？”旁边的人问他。

宋词屿嘴边带着笑，边走边回：“刚才有点，现在不紧张了。”

体育生高考的开始，也意味着高三学生距离高考还有两个月的时间。

周五上午，迎着八九点的太阳，苏市一中的学生聚集在操场上。

硕大的操场上站满了学生，高一高二的全体学生在老师的安排下，一个班一个班地在跑道外排好队，每个班前面都摆了横幅，两边的学生拿着，中间的学生勉勉强强扒拉一下。

高三的学生们被安排跑步入场，围着整个操场慢跑，陈喃被安排在班级的第一个，她硬着头皮跟着体育委员跑。周围喊口号的声音一大片，她只觉得三叉神经痛，而且被那么多人看着，她抿着唇默默低头，眼睛盯着跑道。

一圈结束，他们回到绿色草坪上，面对着主席台，校长开始一番激情高昂的讲话。

陈喃抬头听着，太阳晒得她有些热。

刚刚跑步的时候，她没见到路栩，如今几个班随便排着，理科一班就在她班级旁边，她装作不经意地用余光瞟了一眼。

没看见人。

这么重要的时候，他应该不会缺席啊……

站在队伍前面的宋词屿也纳闷，路栩这家伙全年全勤，几乎从不请假，今天怎么没来学校？

等班级在原地解散后，他过去找了路栩班里的几个同学，问他们：“今天路栩没来吗？”

“不知道啊，他今天早上就没来。”

他眉头紧蹙，心底有种不太好的预感，抬起头就撞进了陈喃的眼底。

他第一眼见到的是她脸上红了一片的痘痘，目光一怔，两人隔着人群，她的目光浅浅扫过他的脸，有些担心地不断找着什么。

宋词屿眼皮一跳，一瞬间就猜到了，她和自己一样，在找路栩。

只是找遍了整个操场，陈喃也没有找到路栩的影子。

怀着不安，她回到班级，坐在座位上愣了好一会儿，最后还是觉得要去路栩班级看一看才行。

她刚站起身，旁边的女生把一沓试卷塞在她手里："陈喃，老陈催交作业了，我们组收齐了，你快去交。"

陈喃看着手里的卷子，无奈地叹了口气。

她把桌上的其他卷子拿起来，仔细数了数，又看了一眼挂在墙上的钟，还有五分钟就上课了。

她怕时间来不及，加快步子匆匆地跑到办公室门口，敲开门，喊了声："报告。"

陈伟还在和其他老师讲话，见是陈喃，说了句："进来。"

陈喃抱着卷子往办公室里走，路过几个老师身边，听到他们在聊着什么。

"要我说，还是路栩他爸妈的问题啊。这都要高考了，什么事情不能先搁置啊，被孩子知道了，多大的打击啊？陈老师，你说是不是，我都快愁死了。"

陈伟点头赞同，叹了口气："是啊，你说这孩子成绩那么优秀，正常发挥，今年高考理科状元肯定是咱们学校的啊。可惜了。我倒是知道他家里的情况，他妈妈是家庭主妇，他爸爸常年不在家……"

听着这些话，陈喃一怔，是关于路栩的，他家里出事情了。

她放下手里的卷子，缓缓地说了句："老师，卷子都收齐了。"

陈伟应了声："行，辛苦你了。最近压力是不是很大啊，我看你脸上都冒痘了？"

陈喃还在想着方才听到的话，有些走神，听见陈伟问的话才匆匆回过神："啊，可能是吧，最近痘痘长得有点多。"

她不好意思地指了指自己的脸，一开始只是长在额头上，现在颧骨两边都长了不少，红了一大片，她自己看着都觉得有点吓人。

这痘痘来得莫名其妙，赵兰都担心了好几天了。

"我看这越来越严重了啊，你周末的时候让你妈带你去看看，实在不行来找我，我带你去医院看看。"

接收到陈伟担忧的目光，她连忙婉拒："不用了，我妈和我说好了这周末就去看。”

听她这话，陈伟才勉强放心下来：“那行，你先回去吧。”

“陈老师，你别顾着和你侄女讲话了行不行啊？快帮我想想办法，那么好一个苗子，现在都不知道跑哪儿去了。”

“这……我能怎么办啊？还是得等路栩那孩子自己想通。”陈伟为难地蹙了蹙眉，看着陈喃转身要走，突然想起来什么，连忙喊住她，“哎，南南，你瞧我这记性，这份卷子你帮我送去楼上理一班啊，和他们班说，是我留下的卷子。以前都是路栩那小子来拿的，今天他没来，我都差点儿忘了。”

刚要走的陈喃被他叫住，她无奈地叹气，但回来听见陈伟的话，是要给路栩班级送考卷，自己正好要往楼上去，她连忙接过卷子，生怕来不及，急匆匆地答应：“好的，我马上去送。”

“不急，跑慢点。”陈伟看着陈喃猛地跑出去，担心地喊了一句。

还没等他话落，路栩的班主任就又拉着他不停地问怎么办。

“徐老师，我和你说，他爸发生的这事不是小事，路栩还是孩子，你得允许他缓缓是不是？”

陈伟苦口婆心地劝着，也是真的为路栩感到可惜。

他从小到大都在幸福家庭里长大，成绩好、家教好，一下子遭受这样的事，也不知道能不能缓过来。

陈喃抱着怀里的卷子跑上楼，停在路栩班级的门口，看着坐满人的教室里闹哄哄的，她愣愣地停住脚步，缓缓神。

路栩的位子上没有人。

她踌躇地盯着怀里的试卷，刚才急着跑上来没想那么多，现在冷静下来，她没胆子走进他的班级，面对那么多的人。

正当陈喃低头尴尬的时候，宋词屿从办公室回来，在走廊上看见了靠在墙边的她。

瞥了一眼她怀里的卷子，他猜了个大概。

“同学，这卷子是给一班的吗？”

陈喃闻声抬眸，见到宋词屿眼前一亮，连忙点头：“对，这是陈老师让我给一班的作业。”

宋词屿轻轻“哦”了一声，眼前的她眼睛亮晶晶的，脸颊两边红红的，挺可爱。他替她解围：“那你把卷子给我吧，我正好拿进去。”

她自然而然地把他当成了一班的学生，将手里的卷子递给他：“谢谢你啊。”

“不要紧。”他淡淡笑着，眼底泛起星星点点的笑意。

“对了同学，我能问你个事情吗？”她声音很轻，咬着嘴唇有点紧张。

他见她不急着走，多半已经猜到一些，他眼底一暗，不动声色地说：“你问。”

陈喃没注意到他的不对劲，只知道他和路栩是好朋友，一定知道一些路栩的近况。思量再三，她还是忍不住想要问问他的情况：“你们班的路栩同学，今天是没有来上课吗？”

她指了指班级里倒数第二排的空座位，眼神飘忽，回避着宋词屿的目光，像是在伪装些什么。

宋词屿忽略了“你们班”这几个字，他瞥了一眼陈喃指的方向，回了声：“他是没来上学，家里有点事情，你找他有事吗？”

闻言，她果断地否定，语气有些慌：“没、没有！我就是问一下，那卷子麻烦你发一下，我先回班级了！”说罢，也顾不上别的，讪讪地跑下楼。

他看着陈喃跑远的背影，盯着手里沉甸甸的试卷出神，不由得苦涩地笑了声。

一班的学生走出来，一眼看见宋词屿手里拿着卷子，疑惑地问他：“宋哥，你拿着卷子站在我们班门口干吗呢？”

宋词屿把那沓卷子抛给他：“老陈给你们班的卷子，记得发。”宋词屿丢下这句话，表情不好看。

路栩没来学校的一个星期里，不少有关他的谣言在校园内传播。

陈喃都不知道自己听了多少个版本的故事，虽然那些事情很扯，但她知道，路栩家里是真的出了很大的事情。

再见到他，是一周后的某天下了晚自习后放学。

距离高考时间越近，一中的放学时间也越晚。

陈喃背着重重的书包，走出校门，她摸了摸脸上的痘痘，余光淡淡地四处一瞥，目光一僵，看见靠在不远处矮墙上的路栩。

他还是很喜欢穿白衬衫，和初见他时一样。

只是如今，他的白衬衫上满是污渍。

少年半眯着眼，颓废地靠在墙上，头发乱糟糟成了一团。

他昂着脖子望天，走近看就能看见他眼下一大片显眼的乌青。

她从来没有见过那么不修边幅的路栩。

在陈喃的印象里，路栩是个不允许衣服上存在褶子，连随便挽起的衣袖都要卷得整齐的人。

仅仅一个星期，他就大变样了。

她怔在原地，腿像是灌了铅般沉重得迈不开。

他靠在小巷的矮墙上，微弱的灯光照在少年白皙的脸上。陈喃看不清他的表情，他身边没有一个人，一股落寞孤寂的气息从他的身体里溢出来，慢慢攀上他的傲骨，掩盖了他那些光鲜亮丽的时刻。

他紧抿着嘴，那双漂亮的手攥成拳，好像在隐忍着什么。

路栩不愿意注意别人看他的目光，这一个星期，他自己都不知道是怎么熬过来的。

上个周五回家，他见到好不容易回来的父亲，还没有来得及高兴，走进家里，客厅已经是狼藉一片。

从小就温馨的家庭，终于在十八年后破裂了。

他爸出轨了。

他对自己那时的反应没了印象，只记得那个以往温柔斯文的妈妈发了疯似的摔着东西，她布满褶皱的眼角含着泪，眼睛又肿又红。

路渊受不了林琳的发疯，见到路栩回家，表情更是难堪，他甩袖离开，留下别墅里哀号的妻子，和站在客厅里僵住的儿子。

林琳哭了很久很久，哭到没有了力气，最后晕倒在家里。

路栩慌乱地把她送去医院，在病床前陪了昏迷的妈妈一晚上，一天过去，路渊还是没有来。

醒来的林琳麻木得讲不出话，她伸手摸着路栩的脸，眼底积泪："十八年前我生下你，你爸说有他在，让我别去上班了好好照顾你。我给他当了十八年的家庭主妇，最终换来了你爸出轨的结局。"她讥讽地笑着。

大概没有什么是永远的。

路栩心里发寒，这些年他爸一直各种出差，他在家里从来没有和林琳吵过架，林琳也没有猜疑和不满。

“我那个时候就是翻译，后来认识了你爸爸，结婚有了你也是意外，本来妈妈都要出国去了，国外有个大项目。可是妈妈为了你和你爸爸留下来了……”

……

林琳这些年掏心掏肺地对这个家庭好，她脾气好，对儿子、丈夫都是无微不至。

路栩看着眼神空洞的母亲，突然想起小时候，她总爱抱着一本英语翻译书，时不时教他几个单词，见他学得好，笑得眼角弯弯，柔情似水。

他眼睛一酸，握着妈妈冰冷的手说不出话。余晖照进病房，映在他的身后，他低下头，冰冷的地板上洇染着几滴水痕。

他突然矫情地怀念起了过去。

那个在他小时候，身上永远带着茉莉花香的林琳。

一个星期的时间，路栩都在医院里，林琳催他去学校，路栩没敢告诉她自己不想去学校，他现在没有心思学下去。

于是该去学校的时间，他就抱着球，一个人在球场打一天，或是靠在水泥矮墙边，无感地望着路上的车水马龙。

这个小镇里的亲情温暖，离他远去了。

终于在前一天，路渊来医院了。

他带来了离婚协议书，夫妻两个人又在医院闹了一场，最后不欢而散。他不敢听下去，不敢看自己的父母闹僵。

路栩觉得自己挺尿的，只敢跑出来，不愿意去面对家里的情况。

不知道他在墙边靠了多久，天空开始下起淅淅沥沥的小雨，软绵绵地打在他的身上。

他无力地闭上眼，任由自己被这场雨打湿。过了好一会儿，头顶传来生气的声音：“路栩，你这家伙搞什么啊，几天见不到人。”

少年抬头一看，宋词屿双手环胸，目光落在他失去生气的脸上，又气又无奈：“这几天你不来学校，我还以为你没了呢，看来是还活着啊。”

“死不了。”他自嘲地笑了声。

宋词屿看着路栩半死不活的样子，深深吸了口气，压抑着心底的不爽："你干吗啊？高考还没考呢，颓废给谁看啊？我听老陈说了，这事说不定还有余地。"

陈伟下午把宋词屿叫过去，大致说清楚了路栩家里现在的情况。

几个老师也是真担心，想让宋词屿去劝劝路栩。

成绩那么好的学生，平日在所有老师眼里他都是好孩子，谁也不忍心他就这么自甘堕落。

宋词屿正好出校门和路栩碰个正着，见到他人不人鬼不鬼的样子，也吓了一跳。

路栩摇了摇头，边蹲下身子边说："还能有什么余地啊，我爸出轨都坐实了，我这个家，是散定了。"他语气有些弱，后背往墙上一靠，没打算站起来。

宋词屿见他这副颓废模样，也有些愣。

平日里路栩这家伙总是光鲜亮丽得耀眼，用他的话来说，路栩就是天生赢在起跑线上的人，家世好、脾气好、教养好、成绩好，长得还贼帅。

天之骄子啊。

这种人，大概一辈子都得在神坛上俯视着芸芸众生。

而如今，他一朝跌下神坛，摔进尘土灰烬里，这样的落差感，谁都无法接受。

他咬咬牙，张口想说些什么安慰的话，话到嘴边，还是一个字都蹦不出来，两人平日里天天互损，很少见到彼此脆弱的一面。

上次见他这样，还是在温漾退学时。

宋词屿"啧"了声，烦躁地揉着头发："哎，你还是我认识的路栩吗？别蹲着了，你还没吃晚饭呢吧，哥们儿请你吃饭。"

"不去，我吃不下。"路栩想都没想就拒绝，他后脑勺抵着墙，舒了口气，眼底黯淡，"你就让我一个人坐在这儿淋雨吧，死这儿得了。"

"说什么胡话呢，走走走。"宋词屿无语地踹了他一脚，不由分说地一把拉起他，他执拗着不乐意。

两个人僵持了好一会儿，最后还是路栩妥协了。

雨越下越大，宋词屿也没带伞，两人淋着雨一路小跑，最后在一家小摊前停下来。

他们随便找了个小摊点了些烧烤，路栩全程都没怎么吃，他发丝上都是雨水，密密麻麻的，白衬衫也湿了一大半，有点透。

“我一直以为我爸妈关系挺好的，居然现在才知道，原来我妈都是为了我一直在隐忍着。”他的声音很低，既懊悔又自责。

在小摊的白色灯光下，他脸色苍白，睫毛的阴影铺在他的下眼睑，鼻骨上的小痣更加显眼。他闭着眼睛，格外疲倦又无力。

宋词屿深深叹了口气，一时不知道该说些什么。

两人沉默。

过了好几分钟，路栩才缓缓开口：“宋词屿，我想打个电话，和她说说话。”

“你想打谁电话就打，今天你开心最大好吧。”宋词屿脱口而出，一时没意识到那个“她”是谁。

于是接下来，他看着路栩拿出手机，开始不停地打电话，但放在耳边的手机始终没有被接通。他不明所以，拖了张椅子坐在路栩旁边，瞥了一眼屏幕上电话的备注：温漾。

少年一遍一遍不厌其烦地打着电话，对面冰冷机械的女声在提醒他这个电话始终无人接听，他蹙着眉，表情沉下来。

“我好像找不到她。”他一个人不停地喃喃着，凑近手机一遍遍地按着按键。

宋词屿的表情有些狰狞，连声叹气：“你别打了，温漾不是说了，她去国外后这个电话号码就不用了吗？”

“可是我想打给她。”今天的路栩似乎格外执拗，他不愿意就此罢休，开始随便翻着通信录的电话，一个个顺着打过去。

“哎哎哎，你别瞎打啊！”宋词屿看着他胡乱打电话，觉得他今天真的是不对劲了。

宋词屿抢过路栩的手机，翻遍了通信录也没找到温漾其他的联系方式。

“温漾也是够狠的，说走就走，连个电话都不给你。”他无语地吐槽了一声，开始翻起两人的聊天记录，试图看看温漾有没有留下国外的新电话号码。

翻了半天，最后还真在他们两个人的聊天框里发现了一个电话。

温漾和路栩加了QQ好友后，就不发信息聊天了，所以两个人聊的内容不多，大多数都是温漾长篇大论地吐槽，路栩偶尔回几句。

宋词屿猜想，应该是两个人刚认识的时候留下的聊天记录，犹豫了会儿，见他那副样子，还是打算碰碰运气，顺手一按，将那个电话拨打过去。

“嘟——嘟——”电话通了，随后有人接了电话。

电话那头传来轻轻带着试探的声音：“喂？”

他刚要开口，在听到这个熟悉的声音后失声了。

陈喃。

而在家的她，心心念念还牵挂着路栩的事情，没想到没过一会儿，她手机上备注着11的那个人，就这么突如其来地给她打来了电话。

那是她以为这辈子大概都不会打来的电话。

陈喃心里一惊，怔了好一会儿，才手忙脚乱地接通了电话，小心翼翼地“喂”了一声。

电话这头的宋词屿，一时不知道该说什么。

半晌，他叹了口气，解释着这个乌龙：“不好意思啊，那个……我打错电话了。是这样的，我看到我朋友聊天记录里有你的电话，然后……”

他脑袋里也一蒙，本来能轻易解释的事情，在知道对面是陈喃的这一刻，脑子变得乱乱的，嘴边的话更是越解释越解释不清楚。

陈喃在电话里听得一头雾水，听到声音不是路栩的更是不解。

宋词屿正解释着，路栩这家伙就靠在手机边，语气里是满满的无助：“宋哥你找到她的电话了吗？你说我爸妈要是真离婚了怎么办？到底是为什么，为什么我爸要出轨啊？”

在电话里，陈喃清晰地听到了他含糊的话，宋词屿解释的话也停顿下来，两人默契地不出声，听着路栩开口说着这一星期的变故。

他越说越生气，可偏偏他该恨的那个人是他爸。他伸手揉着眼角，眼睛有些红，他现在是真的特别无措，不知道该怎么办。

说到最后，他的语气发弱，眼皮子开始打架，他觉得自己额头有点烫，意识开始不清醒。

可是路栩还是一遍遍重复问着：“你说我该怎么办，我该怎么做啊，怎么办才好啊……”

“他还好吗？”听完路栩的话，过了好一会儿，陈喃才开口。

不知不觉地，她的声音都变得有些嘶哑。

宋词屿应着：“嗯……没什么事，就是淋了点雨，脑子可能不太清醒，一定要打……”他几乎脱口而出温漾的名字，眼皮一跳，连忙刹住车，“就心烦瞎打电话，不好意思打扰到你了。”

陈喃没注意到他的话有些不对劲，路栩的声音还在断断续续地传进电话里，她心底一震，没见过那么失意难过的他。

她倏然艰难地开口：“不要紧的，他……没事吧？”路栩的声音带着失望和崩溃。

“不碍事的，没什么事的话，我就先挂电话了。”宋词屿回了一声，他眼神一暗，明明想对她说些话，又忍不住想要挂断这个电话。

却被她连声叫住：“等等，你们回去路上小心啊。另外，他家里的事情，你……你能帮忙劝劝他吗……”

听着她着急又恳求的声音，宋词屿心上一苦，那股苦涩蔓延开来，他一一答应：“嗯，你放心吧，我会的。”

说罢，他挂断电话。

他按着手机，查看上边的通话时间。

6 分 54 秒，其中有五分钟都是路栩这家伙迷糊地在说话，宋词屿突然觉得陈喃真的挺有耐心的。

换作平常人，早就甩脸色挂电话了。

可对她来说，路栩的一个电话，她都不愿意主动挂断。

“哈。”宋词屿自嘲地笑出了声，看着面前沉沉地趴在桌上的路栩，说要打电话的是他，最后撑不住了睡过去的也是他。

看他的黑眼圈估计也很久没好好睡一觉了，不然也不会在小摊子上睡着。

宋词屿见他迷糊地睡过去了，心底情绪滋生，五味杂陈般说不清。

“你这个家伙，到底有什么能让人家那么喜欢你啊？你但凡心细点，就能知道，那个给你送跌伤药膏，给你抄歌词，送你苹果……那么多的事情，都是同一个人啊。”宋词屿抬起头，看着漆黑的夜空，心情悲哀酸苦。

今晚没有星星，天空一片暗蓝色。

他沉重地吐了口气，最后扶着路栩回家，走在那条敞亮的马路上。

“喜欢这种事情，真是一点都不讨好啊。”他摇着头苦笑，说着陈喃，也在说着自己。

……

在那段记忆里，他们的交集少之又少。

看似频繁，却始终都是一个人偷偷看偷偷偶遇。

对方甚至从来不知道，感受不到背后的目光。

而在那么一个不讨好，连细碎的回忆都要拼凑的故事里，他们都是执着的拾荒者。

路栩是在家里醒过来的，醒来的时候头痛欲裂，记不清昨晚发生了什么。他口渴得厉害，起身去客厅接水，瞥见桌子上的感冒药。

勉强能记起来，他昨天好像有点低烧。

想到这儿，他觉得有些好笑，平日里打完球回家遇到暴雨，淋了一路都没事，这次淋了点小雨，就垮了。

他的声音在那么大的房子里被无限放大，家里就他一个人，空荡荡的，安静得可怕。

路栩坐在客厅的沙发上，看着手里的白瓷水杯，眼底的情绪晦暗不明。

逃避的确解决不了问题，路渊和林琳多次商量无果后，开始把主意打到路栩身上。

市医院。

路渊沉着脸，父子俩坐在病房门口。他看了眼坐在椅子上低着头一言不发的路栩，清了清嗓子："路栩，我和你妈的事情，你都知道了吧？"

"嗯。"

路渊难得地不去说他这个冷淡得不像话的态度，可语气还是很强硬："爸爸呢，是希望你跟着我一起生活，你妈妈这么多年都没有工作，没办法给你提供好的生活条件，更何况你马上要高考了。"

他听着路渊的话，越听越想笑，路渊还是那个不给人一点商量余地的父亲，嘴上说得好听是为他好，实则不过是强制而已。

"爸，您也知道我快要高考了啊。"他双手覆上脸，像是听到了什么天大的笑话，笑得肩膀颤抖，"我妈她不工作了，难道不是因为你吗？不是你老人家让她安心在家里的吗？"

"你这是什么态度？我是对不起你妈，但我好歹还是你爸，这就是你对长辈的态度？还有，你们老师都打电话过来了，你都有一个星期没去上课了吧，你是不是想造反。”路渊表情有些僵硬，觉得被自己儿子这么说丢面子，厉声训斥着他。

路栩没有接话，只觉得讽刺极了。

他淡淡丢下一句话：“我不会跟着你生活的，我要照顾我妈。”说完，起身走进病房，摔上病房门。

声音不大，却还是吵醒了病床上的林琳。

路栩沮丧着脸，见到妈妈醒过来，才勉强将那些不满的情绪掩下去。

“妈，您醒了。”

林琳冲他招招手，示意他坐过去。

路栩拖了把椅子，坐在病床边：“妈，怎么了？”他强撑着笑，林琳看得满是心疼，儿子眼下一大片乌青，掩都掩不住。

林琳叹了口气，这几天在和路渊的争吵里，她多多少少知道路栩骗她，没去上学这事。

“我们阿栩怎么也学会骗人了，嗯？”

妈妈温和的声音传进路栩的耳畔，路栩明白林琳指的是什么事，他低着头，含含糊糊地解释着：“我就是担心您，眼下，我也真的学不进去。”

他苦涩地笑着，他比谁都清楚高考在即，时间有多么紧迫，但他是真的没办法学下去了，看着一张张卷子，他的心思飘远了。

“妈妈没事，这件事情妈妈和你都阻止不了，它既然已经发生了，我们只能接受。你答应妈妈，明天去上学好吗？不许拿自己的前途开玩笑。”

他清晰地听见，妈妈说话的声音越来越哽咽。林琳穿着病号服，面色苍白，她笑得温柔又破碎，声音轻轻的。

路栩无声地应着，不停地点头。

像妈妈那么温柔的人，为什么偏偏要遭遇这样的痛苦，他不甘地想。

第二天，路栩的确听林琳的话，准时上学去了。

他不在的这一周里，同学们把他那点事情传了个遍，大大小小的瞎话遍地都是，同学们看他的眼神都带着些刻意。

大概生活就是这样的，平日他在校园里什么都好，以往有多少人不甘地仰头望着他，此刻就有多少人欣赏着这个天之骄子的落败。

不过路栩没给其他人这个机会，他还是和以往一样上学，不在意那些八卦的眼神。

班里的人也从来不会主动提及他家里的事情，大家都识趣得很。

陈喃从路栩不来上课的第一天起，每天的课间都跑上楼，佯装路过的样子，实则是在看他是否到校。

他终于回来了。

可再也没有人见过他出现在球场上，出现在学校的各个角落，张扬着放肆的笑意和少年气。

路栩像是一个没有感情的机器，默默地写着自己落下的作业，一整天的时间他都几乎待在班里，没怎么出去过。

宋词屿多次拉他出去打球，都被他拒绝。

陈喃路过理一班的门口，步子放慢转过头看他。

坐在位子上的男生好像瘦了一些，下颌线更明显了。他没有半点表情地写着题，周围人说话的声音嘈杂，与他格格不入。

陈喃不知道为什么，见到他时，觉得他好像变了，身上的那些光倏然黯淡下去，明明没有什么不一样，可就是看着不对劲。

她的步子慢慢停下来，站在走廊上盯着他，想起他那个电话还是很担心。

路栩大概是感觉到了什么，猝不及防地抬起眼，和在班门口的陈喃目光相撞。

两人隔着很长的一段距离望着彼此，她呼吸一滞，看见他眼底的疲倦和冷淡，慌张地避开眼。

路栩没有急着收回目光，他扫了一眼走廊上来来回回走着的人，垂下眼帘，继续写题。

只是那么寥寥一眼，陈喃却心脏狂跳，下一秒又被他冰冷的目光刺得跌落谷底。

那样的目光，是不应该出现在路栩眼中的。

那是她第一次知道，原来像他那样温柔明媚的人也会有那样冰冷的目光，原来太阳也会有一天被乌云遮住。

放学后，陈喃一改往常，没等林沉茜，拎着书包急匆匆地跑下楼，不敢耽搁，掐着时间出现在校门口。

见到排着队出校门的路栩，他单肩背着黑色的书包，直直地站在那儿，周围没有人。

她排在他身后，他的书包上有着和他衣服、鞋子同样的logo。

路栩走出校门没急着回家，跑去篮球场，一个人在球场里闷闷地打着球。

陈喃装作不经意地路过球场，盯着球场里落寞的少年，眼前晃过的是他赢得那次篮球比赛时的耀眼。

她不知道为什么心里有点酸，一路上小跑着回家，拿出柜子里的手机，点开路栩的信息框。

她也不知道自己该说些什么，在输入框里密密麻麻地编辑了一大段话，按键都按错了好几次。

打完那些话后，她停下动作，却没有发送出去。

陈喃倏地想起那个此刻或许还在球场打球的少年，想起他是个那么傲气的人，这些看似安慰的话发过去，好想变了味道。

他一定不希望很多人知道他家里的事情吧。

她细心地编辑着这条消息，每个字眼都反复琢磨。

陈喃踌躇了很久，最后还是把一整段话都删除掉，改成了简短的一句话。

祝你高考顺利，一切都顺利。

想给你很多很多祝福，可最后还是最希望你顺利。

生活顺利，高考顺利，未来顺利。

凡是顺利，就一定是好事。

她舒了口气，用力按下发送键，随后毫不犹豫地快速将手机关机重新塞进柜子里。

她怕他回复，又怕这条消息杳无音信，沉在对方的未读信息里。

【第六章】

/ 她的高中生涯落幕 /

第二天，陈喃还是没忍住，打开手机，看见没有半点消息回复的痕迹。

她目光一暗，有点沮丧，又觉得也正常。

路栩大概是没有回复陌生消息的习惯吧。

在她的通信录里，他是个她很喜欢很重要的人。而在他那儿，她只是一串电话号码。

一个乌龙事件留下的浅浅痕迹。

距高考还剩最后一个月时，高三学生进行了第三次模拟考。三模成绩公布当天，陈喃挤过人群，望着展示栏上的成绩排名。

路栩的名字，还是显眼地排在全年级第一。

周围的人议论纷纷，有的在唉声叹气。

“不是吧，我又退步了，回家肯定被骂死。”

“路栩家里不是出事了吗？他的成绩还没退啊？”

“你懂什么，这就是学霸的抗压力好吗？”

……

看见路栩的名字出现在第一的位子，陈喃了然地笑了笑，随后找着自己的排名，她名次进步得不快不慢，但在稳稳地朝着他靠近。

两人间的成绩差距还是很远，但比一开始要近很多。

这一切的进步，都是他们不停刷题熬夜慢慢来的，路栩虽然学习天赋好，但他学的东西比陈喃要多得多。

而她，天赋一般，想要考上苏大，得付出百倍努力才行。

可能是她熬夜刷题压力越来越大，脸上的痘痘不仅没消下去，反倒越长越多。

赵兰看着都犯愁，周末请了天假，连忙带着她去医院检查。

痘痘这个事情，说容易好也容易，说难也难，尤其是青春期的痘痘，一旦疯狂蔓延开，根治得花不少时间。

母女俩配好药回家，陈喃盯着镜子里的自己，都不太敢多看几眼。

她皮肤很白，脸上一大片红通通的就更加明显，凑近看是有点吓人。

“别看了啊，快来涂药，早点涂早点好啊。”赵兰一把拉过陈喃，细细地给她的脸上涂药。

药膏凉凉地覆在她脸上，有点刺痛。

“最近是不是学习很累啊，还有最后一个月不到，咱们再努力努力，妈妈相信你能考上苏大的。”

陈喃当时定下苏市大学这个目标的时候，陈伟就打过电话和赵兰聊起这事，她也有些意外，觉得这个目标定得太高了，但她一向是顺着女儿心思来的。

何况苏大那么知名的大学，赵兰除了支持就是鼓励。

陈喃真的很用功，她的成绩一直在稳步上升，如今看来，倒是有些可能。

陈喃听着话，乖乖地点了点头。

高三最后的时间像是白驹过隙，她好像昨天刚确定好理想的大学，而再过二十几天，就要走上高考的考场了。

当紧迫感袭来的时候，她心底有股强烈的失落感，还有二十几天，她就要结束高中生涯了。

这份三年的答卷，陈喃不知道自己能考多少分。

如果没有考上苏大，这也是她能见到路栩的最后二十几天了。

在倒数的时间里，学校决定组织第四次模拟考试。

定下第四次模拟考的时间后，整个高三部都哀号声一片。

陈喃坐在班级里，听着周围的抱怨声，她不自觉地摸了摸脸，深深叹了口气，继续沉浸在题海里。

中午下课，林沉茜跑过来找她一起吃午饭。林沉茜的艺考成绩下来了，她考得很不错，接下来就是文化课了。

听到这个消息，陈喃真心为她感到高兴，两人小小庆祝了一番。

她们一起坐在学校小卖部的门口，谈着对未来的憧憬。

她们都快要奔向自己的未来了。

剩下的二十天里，陈喃还是和往常一样，回家的时候路过篮球场，有的时候运气好能见到路栩一个人在打球，有的时候见不到他。

今天和往常一样，陈喃背着书包走在路上，天有些灰暗。

她路过球场，期待地望向里边，今天球场里格外安静，一个人都没有，没见到路栩的身影。

他不在这儿。

她垂下眸，抬起步子往小巷子里走。

刚要拐进巷子口的时候，背后倏然传来声音叫住她。

“陈喃。”

那个熟悉得不能再熟悉的声音，她听得背后一僵。

“好久不见了啊，听说你快高考了。”不出意外，等她僵硬地转过身来，迎面撞上了高副的眼睛。

他不怀好意地笑着，表情有些戏谑，让她下意识地倒吸一口凉气，不自觉地后退了几步。

“你……”陈喃不由得攥紧衣角，声音有些颤抖。

在她十几年生活里，他像是一个阴影般的存在，再见到他，自己还是忍不住地害怕。

“我什么？你不会是想问我什么时候出来的吧？那可就说来话长了，我很早就从里边出来了。”高副见她这副模样，听他说句话都身子颤抖，声音更是轻得快听不清。

他最瞧不上的就是陈喃这副样子。

“你还记得吧，我当时说过的，我不会让你好好高考的。”他笑道，语气恶劣，周围的一帮人跟着起哄，看着眼前的女生，七嘴八舌地嘲讽。

陈喃被他们一帮人堵在巷子口。

她死咬着嘴唇，脑子一蒙，明明知道不能表现出害怕他们的样子，可她的腿还是止不住地打战。

这眼前的一幕又一幕像是回到了小时候，她被这群人围着嘲笑，因为他们那些难听的骂声，陷入深深的梦魇。

不能再这样了，她明明什么都没有做错，却被迫遭受这些。

陈喃做了好一会儿的心理斗争，她攥紧了手，害怕的情绪蔓延，手心冒出了冷汗。

高副就这么看着眼前一言未发的她，不知道她的心理活动，只嗤笑了一声："陈喃，我说你还真的是半点长进都……"

他的话刚说到一半，陈喃抬起头，声音不大不小地打断他。

"高副，我、我很早就说过了，我和我妈没有任何错，我妈和你爸的事情全都是谣言，你……"她说话磕磕巴巴的，语气却笃定。

"你放屁！"高副脸色一暗，没想到她会反抗解释，听见她当着那么多兄弟的面翻起那件陈年往事，想起小时候那些人是怎么传他爸和赵兰的事情，他心底一股火腾地烧起来。

陈喃被他吼得一蒙，眼皮狂跳，眼里不争气地泛起一层雾。她一咬牙，抬起头死死盯着眼前的男生，眼神还是有些闪躲，语气却强硬了不少："我没有说错，当年的事情，本来就是莫须有的，而且那些事情传出来，你凭什么全都怪到我和我妈的头上？高副，我们明明都是舆论的受害者，你凭什么就欺负我？"

见和他解释不通，她也不愿意再细声细语地一遍遍重复。

从小到大这么多年，她哪次不是好声好气地和高副解释，起初他也算是这谣言的受害者，陈喃一次次地容忍他，直到这个人把一切的过错都怪到了她和她妈身上。

陈喃才意识到，和这种人，是永远都说不清的。

她鼻子一酸，光是想起这事，都觉得又委屈又离谱。

只是因为别人随口传的谣言，造成了她那么多年的阴影。

这些年，她莫名其妙被欺负歧视，她都忍下来了。

而现如今，还是因为赵兰工作的事情，她仍是不愿意撕破脸。说完这些话，陈喃不管高副是什么表情，趁着旁边的人走神，转身撞开他想要跑走。

陈喃声音很细，加上她又带着哭腔，这些话说出来其实没什么震撼力，可高副还是因她的话狠狠怔住了一会儿。

他这么多年总是欺负陈喃，她始终没有脾气似的，从小到大只知道哭，从来没见过她这个样子。他抬起头看她，见她要走，眼疾手快地拽住她的胳膊，用力把她往墙上一甩。

高副的力气大，没个轻重，陈喃被他拽回来，天气热，她穿的衣服很薄，露在外面的胳膊硬生生擦过墙壁，磨破了一道口子。

她蹙眉闷哼了一声，高副死死攥紧她的手腕，脸色一黑，从被她唬住的情绪里回过神来。

大概是陈喃的那番话他的确没有办法反驳，只能嘴上耍横："你跑什么？我让你走了吗？"

"你到底想怎么样，从小到大这些事情我和你解释得还不够多吗？"陈喃不耐烦地别过头，吃痛地看着自己胳膊上的一道道伤痕，她皮肤白，一道道印子显得格外骇人。

"解释？你那个算什么解释，你解释几句就有用了？你知道那个时候别人怎么说我们家吗？他们是怎么说我爸的吗？"高副嘶吼出声，看着眼前这张和赵兰相似的脸，情绪开始失控。

"难道你经历的那些事情，我就没有经历吗？"听到他的话，陈喃觉得好笑，她紧盯着他，眼底的水雾仍在蔓延，她的声音不大，却狠狠质问着他。

高副被她的态度惹得不爽，攥着她手腕的力气越来越大。

"你松手！"陈喃想要挣脱开他，无果，手腕上传来的一阵阵刺痛刺激着她的神经。

两个人僵持着，高副迟迟不愿意松手，失去理智似的："陈喃，你和你妈一个样，不是什么好东西。"他嘴上不饶人，从嗓子里嘶吼出声，手上的力气还在加重。

她听见那些污秽难听的话，再也忍不住，刚要开口骂回去，空中倏然飞来一个篮球，狠狠砸在高副的身上，力气不小。

他背上一痛，下意识地松开陈喃的手腕。

他骂了一声，怒气冲冲地转过头，看着站在不远处的男生。

陈喃看着自己手腕上的红痕，深吸一口气，她觉得自己的手腕麻掉了，一时半会儿都感觉不到疼。

随后她顺着高副的目光望去，见到那个人的脸后，她目光呆滞，眼眶一湿。

“哎呀，不好意思手滑了，不小心砸到你了。”路栩迈着步子走过来，撞开围着陈喃的人，像是不经意地走到她面前捡球，挡在她面前，将她和高副隔开来。

粉红色晚霞的光柔和地落在他身上，少年恣意，唇边带着若有似无的笑，看似是在抱歉，实则毫无歉意。

他蹲下身来，捡起那个篮球拍了拍灰，像是在嫌弃什么。

“可怜了我的球，怎么砸到这种人啊？”他的声音很大，清清楚楚地传进了高副的耳朵里。

路栩不带半点掩饰地挑衅和嘲讽着对方，他挑了一下眉，站直身体将陈喃挡了个严实：“你一个大男人，欺负一个女孩子，像话吗？”

“关你什么事？你闲得没事是吧？”高副眼底猩红，心情不爽地冲他骂着，撸起衣袖威胁似的看着路栩。

从他出现在这儿，到他毫不犹豫地挡在自己的面前，陈喃一直处于恍惚的状态。

直到看见高副作势要打人的动作，她才回过神来，一下子紧张起来，高副这群人天天打架，说动手就动手，她挪了挪步子，犹豫地轻轻扯了扯路栩的衣角，怕他出事。

陈喃还没来得及说什么，路栩像是能感应到她的不安，不在意地笑出声：“怎么着，想打架啊？提醒你一句，我刚刚已经报警了，你们这种行为，不知道得关进去教育个几年。”

一听到他报警了的消息，周围的一帮人开始慌了。

他们刚出来没多久，谁也不想再惹事进去。

一帮人吵吵嚷嚷，有几个人让高副对这事算了得了，再被关进去可是大事。

高副倒也不是不慌，他紧紧盯着路栩的表情，想要求证这件事情的真假。

他淡淡笑着，没有半点破绽，像是在等些什么。

一分钟后，不远处有警笛响起来，高副脸色一变，彻底慌了，一帮人窸窸窣窣连忙逃走。

见到如此情况，路栩笑出声。

确定那一帮子人跑远了，他才返回去，把扔在墙边的手机闹铃按掉。

把手机收好后，他走过来看着眼前的女孩子，她蹲在地上一言不发。两个人挨得很近，对视一眼，陈喃突然想起自己脸上还没有完全好的痘痘，更是难堪。

她把脑袋埋在臂弯里，刚才还强硬的样子，此刻化为乌有。

眼前一片模糊，她说不清是因为委屈还是难堪得想哭。

“谢谢你啊。”她头埋得很低，声音哽咽沙哑，半晌才斟酌出这么四个字。

路栩看着身边的女孩，大概是知道她觉得尴尬，特地离她远一些坐下。陈喃的啜泣声很轻，但还是被他注意到了。

他的声音不自觉柔和下来：“不要紧，我就是出手帮忙而已。”

其实他真的只是路过这儿，今天他们班拖堂了会儿，他照例一个人过来打球，没想到经过这里时会遇到这么个情况。

路栩自己都不清楚怎么就直接把球丢了过去，可能是正义感使然吧，他想。

他从兜里拿出几张纸巾，递给旁边的陈喃：“擦擦吧。”

陈喃稍稍抬起头，他离自己很近，她不敢看他，伸出手刚要接过纸，余光瞥见他胳膊上也淌着血，动作犹豫地只从他手指间抽走一张纸：“你……这儿流血了。”

路栩顺着她的话看了一眼自己的手臂，不知道是怎么擦破的，现在冒着滴滴血珠，之前没注意到时他还没感觉到疼，这么一说，他动动胳膊，一阵痛意袭来。

他不禁一皱眉，看着手上剩下的纸，随意地往伤口上一按：“没事，不要紧。”

陈喃看着他简单粗暴处理伤口的方式，眉头直皱。

还没等她再说些什么，路栩的目光一转，她意识到他落在自己身上的目光，不争气地连忙低下头，手心里的纸巾被她紧紧攥住。

他看了陈喃几眼，面前的女生蹲在地上，双手抱着腿，看不清脸色。

“刚刚那群人经常欺负你吗？”他看了眼前边，怕那帮人再返回来，没急着走。

“没……没有的。”她声音轻轻的。

被他碰到自己这样的一幕，陈喃不知道该怎么形容心里的情绪，见他出手帮自己时，又忍不住地热泪盈眶。

听她语气那么勉强地掩饰，路栩肯定是不相信的，但他没有揭穿，只是望着远处，顺着陈喃的话接下：“我以前路过这儿好像没见过他们。”

“他们去年……被关进去了。”陈喃回答。

“因为打架？那么严重？”

路栩诧异地一挑眉，看着自己胳膊上的伤口，想起自己的事。

她点点头：“嗯，对，听说差点儿打死了人……”

闻言，他淡淡地“哦”了一声，心里已然有些打算。不过不知道为什么，他总觉得眼前这女孩子，话里有话似的。

他没在意，话锋一转，继续问她：“这件事情，你没告诉过你家里人吗？”

陈喃听着这话，没开口回答。

路栩忍不住掀起眼皮看她一眼，见她不说话，也能猜到个大概。

“怕爸妈担心吗？”他问着。

提起父母，男生苦笑地扯了扯嘴角，动作幅度有点大，牵扯到嘴边的伤。

“嘶！”他倒吸一口凉气。

她听到声音仰起头，夕阳已经落下，周围灯光昏暗，微弱的光落在他脸上，陈喃勉强看清他脸上的伤。

陈喃突然想起校园内传的路栩家里的谣言，想起不少人说他过得不太好。

“你脸上的伤，是怎么弄的？”

她下意识地想要关心他，可等这话说出去，她才意识到不对，又重新缩着脑袋，看着脚下的水泥地。

“啊？”他轻叹一声，随后回了句，“没什么，不小心弄的。”

他含糊着不愿意说，陈喃眼神一愣，也不继续问下去。

“不好意思啊，我刚刚是不是问了让你不高兴的事情了。”见他脸色不是很好，陈喃有点后悔自己刚才问的话。

闻言，路栩笑了声，故作轻松地说了原因：“没什么，就是家里出了点事而已。”

这一个月里，他其实就是没事给路渊找不痛快，半夜回家、出言不逊，往往挨一顿臭骂，路渊被他气得没办法，也会动手打他。

少年血气方刚，叛逆地与父亲对着干。

他想让父亲也不好过，而不是他妈妈一个人天天以泪洗面，那个男人却那么无所谓。

天彻底黑下来，马路两边的路灯盏盏亮起来，照亮了一整条路。

路栩望着远处，一阵阵春风扑面而来。

路栩不知道为什么，压抑在心里那么久的事情，连对宋词屿都不愿意多提几句的家里情况，在这样的一个夜晚，他对着一个陌生的女孩，反倒很轻松地说出了口："我爸妈要离婚了，现在我爸逼着我，要我高考完报考金融系，我不乐意。"

原本路渊是不管这事的，可是自从他出轨，和林琳分居，父子间的关系就越来越差了，路栩又时不时带着一脸伤回来，死活要和他对着干。

于是扯到这件事情上，父子俩意见不合，吵得不可开交。

"那你，有心仪的专业了吗？"陈喃没料到路栩会突然谈起自己心里的伤疤，她抬头看着他。

少年坐在一边低着头，神色有些落寞。

"嗯，以后我想当个翻译家。"他点头回答道。

她听着路栩的话，这才知道原来他的梦想是做一个翻译家。

原来他一直都是向着目标进发的。

而她，其实一直都在漫无目的地跑着，不知道方向在哪里。

"那很好啊，翻译家这个职业，一听就很厉害。"她笑，"你知道吗，我叔叔总说，高考是能攥在自己手里的选择，这是我们一生里最重要的选择。所以我们才要步步小心，不能走错路。但所有的选择，其实一直都在你的手里。"

陈喃说话的声音很轻很细，却像是带着一股不一样的韧劲，很能感染人。

路栩听着她的话，有些恍惚："真的……在自己的手里吗？"

看他茫然质疑自己的样子，她变得有些着急，声音都加大了些："你不是已经有目标了吗？所以不管是未来，还是高考，都是你本人来决定的啊。我相信你，你一定会成为一个很厉害的翻译官的。"她说到最后有些不好意思，声音才降下来。

闻言，路栩一愣，有些诧异道："为什么？我们都不认识，你就这么相信我？"

陈喃听到“不认识”时，心里泛起一阵苦，没有告诉他其实他们之间也有过一些交集。

“因为你今天帮了我啊，我相信你一定是个很好的人。”她微微地点点头，没有过多地解释，“所以这么大的事情，光逃避是没用的。你应该好好和你爸爸商量一下，好好和家里人说啊。”

陈喃是真的在很认真地劝着路栩。其实他心里都明白，只是还在纠结，听到陈喃的这番话，郁积的心绪，像是一下子烟消云散了。

路栩舒了口气，迎合着她轻笑道：“是啊，这么大的事情，我们都应该和爸妈好好说一下。”

他像是在赞同陈喃的话，点了点头，可又将目光转向她，话里话外是另外一个意思。

陈喃眼睫微颤，眨眨眼，很快就聪明地听懂了路栩的话。

话题被路栩绕着绕着，又回到了她的身上。

她这才意识到，原来路栩说了那么多，还是在劝她把这件事情告诉家长。

理解到他的用意，她心上一震。

“你说得对，赌气和逃避是没什么用。”路栩站起身，不知道为什么，觉得轻松了很多。

有些话说出口了，反倒没那么沉重了。

“所以我也应该好好去找我爸谈谈，而你，也不能再任由这事发酵了，不做出反抗的话，是会继续被欺负的，下次可就没那么好的运气碰见我了。”他继续说着，可今天这事他都帮到这儿了，干脆就帮到底。

他希望眼前的女生勇敢一点，不要惧怕，为此甚至不惜自揭伤疤。

他想，大概是今晚的月色很美，自己能畅快说出那些要面子的心事，见到陈喃，就格外希望能帮到她。

“希望你勇敢一点。”少年勾唇恣意说着，方才的沉重表情消失了。

他言尽于此，说完，便手插着兜往另一个方向离开了。

陈喃却在听到这话的一刹那，泪如雨下。

她抬起头望着少年远去的背影，终于敢光明正大地看着他，不用再低下头。

月色落在路栩的肩上，柔和又明亮。

她心底莫名滋生了一股勇气，攥紧衣摆，少女站起身来，大声地在他背后喊了一句：“祝你未来的梦想能得偿所愿。还有……谢谢你。”

她眼底泪光闪烁，喊出那句话用尽了自己积攒了三年的勇气。

前方的少年背影一顿，他没有转身，清润淡淡的声音顺着风传来：“是我要谢谢你。也祝你所有事，能如愿。”

他的背影缓缓走远，拐弯后没了踪影。

陈喃别过头，在心里囤积已久的情绪，因为他的一句话，彻底崩塌。

是我要谢谢你。

谢谢你出现在我的青春里，谢谢你那么好，好到让人没办法不去喜欢。

谢谢你的出现，让我愿意去追逐，想去成为更好的人。

路栩，你永远是我心里，最好的那个少年。

她呜咽着，啜泣声闷重。

他所祝愿的那些事，她想自己大概是无法如愿了。

因为她的那些愿望里，总有他的名字。

他一直都是她那个，无法得偿所愿的故事。

这场闹剧最后还是没有瞒过赵兰，陈喃回家后，赵兰看着女儿胳膊上的红痕，心惊肉跳的。

陈喃终于没再选择瞒着她，把事情都说了出来。

赵兰听完那些话，一下子就坐不住了。

她拉着陈喃的手，敲开高副家的大门，看见高副心虚移开的目光，没等其他人说什么，进门上去就是一巴掌。

“你以后再敢欺负陈喃试试，我绝对饶不了你！”赵兰脸色狠戾，放着狠话。

高副的妈妈不悦地冲上来要找赵兰理论，赵兰没给好脸色，两个女人骂骂咧咧吵起来。

在嘈杂的吵闹中，周边的邻居有的看着热闹，有的连忙拉架。

陈喃看到高副怨恨的表情，她不再惧怕他的目光，语气冷漠：“这巴掌，你该遭的。”

她忍了高副十几年。

是该结束了。

那些惧怕和阴影，也应该从她的生活里散去了。

或许陈喃自己都没有意识到，在这三年里，因为很多人，她成长了很多。

而让她下定决心鼓起勇气的那个人，是路栩。

有关这件事情两家人前前后后了解了情况，高副父母提出私了，赵兰没同意，直接报了案。

“这种事情要是以后再发生，你们就去监狱里见你们儿子吧。”

话语刚落，赵兰直接当面跟高副他爸提出辞职，面色不悦地带着陈喃离开。

只留下脸色尴尬、敢怒不敢言的高副一家子。

这几年里，其实赵兰的脾气是有所收敛的，但这事关陈喃的安全，她作为一个母亲，绝对不会容忍。

回到家后，赵兰拿出药箱，动作轻柔地为她处理伤口。

“以后不管发生什么事情，都要和妈妈讲，一份工作不算什么，没了，妈妈就再找，但是你不能有事知道吗？妈妈最担心的就是你了。”

酒精棉球覆上她的伤口，她倒吸了口凉气，听话地应着，乖乖听着赵兰的数落，这些事情的确是她做得不对。

“妈妈就希望我们南南好好的，健健康康的就好，钱不钱都不重要。”赵兰眼眶湿润，说不尽地心酸。

在那些陈喃轻描淡写描述的过去里，她不知道女儿为了她到底受了多少委屈。

她帮陈喃擦拭伤口的手在不停颤抖。母女俩相对无言，拥抱在一起，所有难言的情绪都融在这个拥抱里。

这些年的苦楚和艰难，母女两个人比谁都要清楚。

赵兰辞了工作，专心在家里陪陈喃备考。

上下学的路上，她都跟着陈喃一起走。

这事闹得不小，林沉茜第二天就听说了，在学校里一遍遍查看陈喃伤口的情况，嘴上一遍遍不停骂着高副。

陈喃本来还心有郁结，此刻看着林沉茜为自己抱不平的模样，一个中午嘴里的话都没有停过，她心上一暖，忍不住笑出声。

外头的阳光大好，骄阳热烈，天气越来越热。

学校里的大部分学生穿起了短袖，那段日子里，陈喃没再碰见路栩。

她扎着高马尾，穿着一身朴素的白色短袖，彻底被埋没在题海里。

在学校上课的最后一天，陈喃起了个大早，从抽屉里拿出那封信来，上边涂涂改改了很多字。

从高一喜欢上路栩开始，她就开始写这封信了。

信上的字迹太乱，于是她就认认真真地抄了一遍。

今天结束后，接下来几天他们就都在家里复习，然后等到高考前一天去看考场，不出意外，接下来这段日子，她大概是见不到路栩了。

而面前的这封信，感情太重牵绊太深。

在这最后的时间里，陈喃还是打算把这封信送出去，这封包含着她高中整整三年暗恋的信。

在誊写到最后的署名时，她犹豫了半晌，最后还是没有留下姓名。

“如果我考上苏大的话，我一定会来认领的。”她把信纸细细地包好，在这个清晨做了一个略有些冲动的决定。

要是她能考上苏大，和路栩在一个学校的话，她一定要在大学勇敢一次，把这三年的故事告诉他，哪怕她比任何一个人都清楚，那一定是没有结果的结局。

但她仍想，给自己的这段暗恋画上句号。

那年的她，大概很难想到，这份暗恋的句号，始终没有人落笔隽写。

从心动喜欢的那一刹那，就注定好了结束释怀没有那么简单。

陈喃还是老样子，趁着理科一班上实验课的时候，把那封信小心翼翼地夹进了路栩的化学书里。

学校的广播站特地为高三学生点了一首歌，在歌声充斥着校园的每一个角落时，陈喃急着跑上三楼，去路栩班级门口。

班里已经没有人了，教室黑漆漆的，门也锁了。

透过微弱的光，能看到班级前后的黑板上写着七歪八扭的字，很杂乱。

龙飞凤舞张扬的字迹布满了黑板，写满了年少轻狂。

陈喃环顾四周，三楼这一层的高三班级都已经下课离开了。她低下头，突然觉得鼻子很酸，连最后一面都没有见到。

她的背影被月光拉长，落在长长的走廊上。

陈喃没急着走，还想再等等，至于等什么，她自己也不知道。

那种感觉很奇怪又强烈，似乎如果今天她不见他一面，未来可能都难见了。

陈喃被自己的这个想法惊住，时间慢慢流逝，广播站的音乐早不知道什么时候播完了。

她蹲在地上，不知道过了多久。

直到楼下传来声响，在寂静的校园显得格外清晰。这个时候学校里已经没有什么人了，陈喃听到有人喊了一声："路栩，大晚上还打球啊？"

听见喊声，她眼睫一颤。

楼下熟悉的声音，笑着回答："对啊，最后一次在学校打球了。"

陈喃猛地缓过神来，听着他的话，急急忙忙站起身来，腿因为蹲久了发麻，有些软，可她也顾不上。

她借着微弱的月光往下望，少年微微绯红的脸颊，贴着前额的刘海湿了一大半，他穿着一身11号的深蓝色队服，讲话时唇边带着笑，手上拿着篮球。

月光照在他的侧脸，原来不只是太阳落在他的身上能让人心动。

"对了，你前阵子怎么了，叫你打球都不愿意，现在喜欢独来独往一个人打球啊？"

"没什么事，这不是快高考毕业了，以后就没机会回来打球了。"他擦了擦额前的汗，表情没有半点不对劲，那些天在他身上的黯淡，像是从来没有出现过。

"那倒也是。"

他和朋友一路聊着，抱着球往校门口的方向走。

陈喃看着他的背影渐渐走远，直到再也望不见，也听不到声音，她才淡淡收回目光。

冷风吹红了她的眼眶，那个穿11号深蓝色球服的身影，从此刻在她的青春里。

陈喃出校门的时候，门口已经没人了，只有林沉茜在校门口等着她，一个人站在风中很显眼。

见她出来眼睛红红的，林沉茜神情一愣："怎么了？是不是有谁欺负你了啊？你告诉我，我去……"

"没有，我没事。我们快走吧。"陈喃摇摇头否认，余光环视四周，没见路栩的身影，想着他大概是早就走了。她垂下眸，没多说什么，拉着林沉茜的手两人一起回家。

高副那件事发生后，林沉茜干脆跟着陈喃一起回家，在她家里学习，也就不去补习班了。

陈喃成绩好，林沉茜爸妈也就应允了。

路栩是学校里最后一个走的，陈喃前脚刚离开，他后脚就迈出校门。

身边的朋友和他打了声招呼就先一步离开了，他礼貌地应了声，没着急走，站在风里，夏风吹起他的衣角。

天色灰蒙蒙的，他转身望着另一个方向，看了一眼远处的巷口，在十字路口站着两个女生和一个妇人。

赵兰在路口等着陈喃和林沉茜，林沉茜作为气氛活跃担当，惹得赵兰笑个不停，三人迈着步子不紧不慢地走远。

巷子里的光透出来，落在他的脸上。

少年轻笑，放心地转过身，朝着另一个方向离开。

高考前一天下午，所有考生提前去看考场，熟悉环境和自己的考场座位，以及来去路线。

路栩仔仔细细地确认好自己的考场和座位，才放心离开。

仅仅剩下最后这半天的时间，他回到家里，路渊和林琳都在，夫妻俩难得没有争吵，和气地坐在沙发上。

毕竟明天就是高考，两人商量好，不吵架安心陪路栩度过高考。

路栩见状有些意外，看见父母心平气和地坐在一起，他有些感慨。

他自顾自地回到卧室，拿起桌上的手机摁了摁，才发现没电了。他插上充电器，等了会儿才开机。

打开手机跳出不少消息，这段时间里他浑浑噩噩的，连手机都没有碰。

他点开未读消息扫了几眼，几乎全是那阵子他家里出事时发来的，没有署名不知是谁的手机号码，一个个都看似在安慰他，实则有些其他目的，例如要他QQ号，想要认识一下，等等。

翻了好几条，路栩有点不耐烦地不愿意继续看。

他随便地往下翻，未读消息的最后一条，没有长篇大论，只有很简单的几个字。他摁着手机按键的动作一顿，这条消息在未读信息里，格外不同。

在众多的消息里，他只回复了那一条不知名手机号的消息：

谢谢，虽然不知道你是谁，但是谢谢你的祝福。也祝你，高考顺利。

那是一条普通的短信祝福，路栩或许永远都不会得知，这条消息的背后，是一个人小心翼翼想了很多很多，最后斟酌出来的。

你的一个短短回复，寥寥几眼，却是她心底的一场重头戏。

二〇一三年六月七日，高考开始。

似乎是传承了每个重要考试必定会下雨的传统，凌晨五点，外头就开始下起了大雨，不见半点要停的意思。

陈伟提前开车过来接陈喃去考试。

一路上，雨滴砸进泥土里，空气中弥漫着一股燥热，连风吹在人的身上都不算爽快。

赵兰在车上一路不停叮嘱着陈喃，陈伟看不得陈喃那么紧张，让她放轻松些："南南，别紧张，发挥出正常的水平就好了。我和你妈都相信你，一定能考上苏大。"

……

高考三天过得很快，六月九日最后一天，英语作为苏市高考的最后一门考试收尾。

陈喃提前十几分钟完成了擅长的英语的考试，她不敢回想自己前几门考试有没有粗心写错题。

她只仔仔细细地检查了好几遍面前的英语卷子，在最后的几分钟里，她目光恍惚地看着不远处，一股默默的失落感席卷而来。

时间一分一秒地过着，夏天的雨来得快走得也快，高考最后一天是个大晴天。

直到监考老师喊着收卷，陈喃才稍稍回过神。

英语考试结束，高考结束。

这三年来的辛苦，终于结束了。

无数个从考场冲出来的学生激动地跑向自己的父母，赵兰和陈伟早就下车，在学校门口等着陈喃。

看着陈喃走出来，赵兰激动地冲她招手："南南，这边这边！"

拥挤的人群中，她抬头往前一望，目光一怔，路栩就在她的前边。

他身边围着一群人，笑着讨论题目。

"我说路哥，你感觉考得怎么样？"

他臭屁地笑笑："轻轻松松。"

话落，周围一片唏嘘声。

陈喃跟在他的身后，离他不远，旁边的人全都穿着清一色的一中校服，她又在人群里第一眼就望见了他。

望见他清瘦的背影，穿梭在人群里走得很快。

赵兰在不远处不断喊着她，她应了声，小跑路过他身边，跑向校门口对面。

等坐上陈伟的车子，汽车的引擎发动，她透过车窗，望着还在人群里的路栩。

"考得怎么样啊？"赵兰问她。

陈喃回过神，笑了笑："我觉得还可以。"

"觉得发挥不错就好，高考结束了，也能好好休息了，今天叔叔请客，庆祝我们南南结束高中生活！"

陈伟也高兴地笑着，一定要带着赵兰和陈喃两个人去饭店吃饭。

赵兰不愿意让他太破费，两人客气地不相让。

陈喃别过头，再次望向窗外，车子慢慢开过，离学校越来越远。

马路两边葱郁的榕树上蝉鸣闹耳，燥热的风吹来，光晕落在地上，形成不规则的图案。

车子开远，她不再看得清路栩。

她的高中生涯至此告终。

【第七章】

/ 夏天结束了 /

高考后，陈喃终于能在家里睡个好觉。没过几天，赵兰就拉着她要去山上庙里还愿。

她在陈喃高考前去庙里求了愿，如今考完试也到了还愿的时候。

母女俩一大早就出了门，正午时分才爬上山到了庙门口。

进寺庙的时候，陈喃留意到寺庙门口那棵硕大的菩提树，粗壮的枝干上挂着无数条正反颜色不同的愿望绳，上边是不同内容的黑色字迹，迎着风微微摆动。

陈喃和赵兰还完了愿，趁着赵兰去厕所的时候，她悄悄走过去，看了一眼摆在面前的摊子，问出声：“请问，可以在树上挂愿望绳吗？”

“可以的，给你绳子！”坐在摊子后的是个年轻的女人，她热情地将手边的愿望绳递给陈喃，和她解释着绳子正反面的用处，“正面浅色，祈求的是正缘，反面深色就是祝福，你自己选着写啊，笔在这里。”

她礼貌地说了声谢谢，接过愿望绳和笔。

陈喃将那个愿望写在了绳子浅色的那一面上。

能不能让我贪心一次，让我能再偷看他一眼。

陈喃亲手将愿望绳系在树上，她双手合十，虔诚地闭上双眼请求着。

“我想考上苏大，我想再见到他一面，哪怕只看一眼也好。”

那是她少之又少的贪心，其实她不太信这些神论，但如今也依旧会为了那个小小的私心，诚恳地祈求着，能再见到路栩一面。

哪怕只有一眼，偷看他一眼就好。

高中毕业后，大家各奔东西，想要再见一面，难上加难。

她把所有的心事，寄托在了这条愿望绳上。

六月二十三日，苏市高考成绩公布。

陈喃紧张地查着分数，神色紧绷。

赵兰和陈伟围在她身边，赵兰双手不停揉搓，手心都出了汗。陈伟比她淡定些，一个劲劝她别紧张，别给陈喃压力。

电脑网页卡了十几分钟，终于跳出高考成绩来。

“妈妈妈！你快帮我看看我多少分？”陈喃别过头不敢看。

“行行行，我和你叔叔看看啊。”赵兰和陈伟凑近电脑。

“南南，629！考得好啊，这个分数好啊！”陈伟把这个分数记下来，脸色喜悦，他这个侄女，是真的给他长脸。

听见赵兰和陈伟的夸赞，她才敢睁开眼，看着自己的高考成绩，也有些傻眼，这绝对是超常发挥啊。

一切好像是一场梦境，她眼前浮现出三年前，她第一次计算和路栩分数的差距——235分，现在她真的拉近了很多很多。

“叔叔，我这个成绩能考上苏大吗？”她按下躁动的心，问出自己最在意的问题。

“去年苏大的录取分数线是619，不出意外的话，叔叔觉得你能考上，等苏大今年分数线出来了，一切就都知道了。不过就算考不上苏大也不要紧，你这个成绩啊，其他的好大学都能选。”

陈伟笑出声，心里的那块石头终于放了下来。

他这么多年帮衬着嫂子和侄女，看着哥哥的女儿考得那么好，未来前途一片大好，他也终于放心了。

高考成绩出来。

路栩不出意外地成为这一年苏市的高考理科状元。

几天后，苏市大学的分数线出炉，陈喃的分数卡得正正好，能上苏大。

赵兰那段时间都乐呵得不像话，逢人就说。没多久，整个巷子里的人，全都知道了陈喃考上苏大这事。

暑假末尾，陈喃终于收到了苏大的录取通知书。

接到录取通知书的一刹那，陈喃觉得有些不真实，她细细摸着录取通知书的外壳，笑得格外灿烂。

她真的考上了。

她可以，和路栩上一个大学了。

那份欣喜雀跃无法描述，因为考上苏大这个好消息，她开心了将近一整个夏天。

在这个炙热的夏天里，有无数的好消息，林沉茜也考上了心仪的北京舞蹈学校，两个女生好不容易释放了压力，陈喃天天被林沉茜拉着出去玩。

在林沉茜那儿，她才知道顾阳青也考去了北京，两人原本早就消失的羁绊，重新连上了。

这大概是毕业后，陈喃最为林沉茜高兴的一件事，她和顾阳青终于还是谈恋爱了。

高兴之余，她也开始准备，坚定地要为自己的那段暗恋画上句号。

写了整整三四页密密麻麻的话，陈喃担心自己见到路栩后会变得紧张，说话支支吾吾丢脸，特地把所有想说的话都写了出来，带在身上。

初秋九月一日，大学开学。

陈喃要去市里上大学，第一次离开家，赵兰难免操心，边收拾着东西，边嘱咐她："要和室友搞好关系啊，不要和她们吵架，妈妈知道你不会干那种事情，但是也不许被人欺负，该强硬还是要强硬的知道吗？"

"知道了妈，我是去市里上学，回来也就几个小时的事，你别担心我，我不会被人欺负的。"她笑，收拾好行李箱。

陈伟和赵兰一起送她去学校。

下车后，陈喃望着面前大大的四个字"苏市大学"，眼中闪着光，早就没了当初刚进高中时唯唯诺诺的样子。

陈喃拉着行李箱走进苏大，找着自己的宿舍。

宿舍里加上她五个人是本地姑娘，还有一个东北女孩。

大家初次见面，都很好相处。

收拾床铺的时候，一个宿舍的女孩们坐在床上闲聊，问起为什么会考来苏大。

陈喃没有回答得太详细，随便说了几句，大部分时间都听着其他女孩说。

尤其是那个东北的姑娘说得多：“我报志愿的时候，就想离家远点，你都不知道我从东北过来，路途远死了，累死我了。”

“你这志愿报的，多少有点叛逆啊。”

一个宿舍的女孩们哄堂大笑，气氛很好。

收拾完东西后，宿管阿姨挨个宿舍走进来通知她们：“你们收拾好了抓紧去操场参加新生典礼啊，还有要是宿舍的柜子和床有什么问题，记得抓紧和我说。”

“好的，阿姨。”东北女生最先大声答应着。

陈喃听见新生典礼，心上一震。

她倏然想起三年前的那个新生典礼，少年在台上熠熠生辉，耀眼地充实了她的整个青春。

作为今年的理科状元，他那么优秀，一定也会作为新生代表演讲吧，陈喃想。

一个宿舍的女孩们来到操场，和当时一样，操场上乌泱泱的一片，大家穿着各种颜色的衣服，站在大太阳下。

周围都是抱怨哀号声，说太阳太晒太烈了。

陈喃没有半点不耐烦，她挺直了背脊，期待地等着校长说出“请新生代表上台讲话”。

她昂着脖子，透过人群望向主席台上，台上的人拿着稿子站在演讲台前，陌生的声音通过话筒传遍了整个操场。

背后袭来徐徐微风，陈喃的表情一怔，出现在主席台上演讲的人，不是路栩。

一个让她难以置信的想法冒出来，路栩是这一届的理科状元，如果他考进了苏大，那他一定会被安排在台上讲话。

除非……他没有考苏大。

她头皮发麻，不愿意相信。

手机上群里的消息提示音一声一声地响着，陈喃的心思全乱了。

她点开手机，是 QQ 群消息，不知道谁拉的校群。

孟北鸽：路栩怎么去南大了？他不是一直都想考苏大的吗？

她附上一张照片，照片里路栩发了个定位：南市大学。

还有一张比耶的照片，他白皙细长的手指出现在照片里。

换作平常，陈喃一定会很仔细地看这张照片，看他那双从高一起就让她特喜欢的手。

可她此时的心思，全停留在了路栩去南大的消息上。

有人也问：咱们理科状元不是一直心仪苏大吗？怎么跑去南大了？

有人解释：你们这就不懂了吧，我路哥早和喜欢的女生说好了，一起考南大，高三刚开学人家的目标就变了，你们消息不灵通啊。

……

陈喃看着群里的消息，指尖一顿，点开路栩的空间，看见了那个定位和照片。

他的那条说说下评论几乎都是：牛啊牛啊，还真去南市上大学了啊，舍得不去苏大吗？

L回复：这有什么舍不得的，记得来南市找我玩啊。

他考去南大的消息就这样被他亲自坐实了。

所有人都以为他会顺利地考去苏大，连陈喃都那么觉得。

她的思绪凌乱，眼底一下子失去了光亮。

站在嘈杂的人群中，陈喃的眼底覆上一层水雾，她强撑着抬起头，背脊却不自觉地弯了下来。

背后吹来一阵阵凉爽的秋风，她却觉得这场风格外闷热，吹得她心烦意乱。

台上的讲话还在继续，像是在提醒她有多么蠢。

想起那一个夏天，自己不停地去篮球场想要偶遇他，都无功而返；想起自己那么拼命地考上苏大，在拿到录取通知书那天的喜悦高兴，甚至喜极而泣。

还有很多很多，她许的愿望，恳求的心声，都被这阵风吹散了，支离破碎。

陈喃看着手机上他的主页，眼角湿了。

“原来你想去的大学从来不是苏大或是南大，而是有她的地方。”

她苦笑，抬头望着湛蓝的天，眼角的一滴泪砸在草坪上。

那些她的妄想和喜欢，在此刻显得像是一场很好笑的笑话。

新生典礼结束后，陈喃出校，去了附近的一家理发店。

她剪掉了留了整整三年的长发。

回到宿舍的时候，里边闲聊的姑娘们见到她都一愣。

“陈喃，你怎么剪头发了？还有你眼睛怎么红红的啊？”

几个人纷纷拥上来，见她情绪不对格外关切。

她本来勉强控制好的情绪，在这一刻溃不成军，她低下头说不出话，微弱的啜泣声蔓延。

“我没事，我就是觉得，自己有点傻，有点好笑。”陈喃苍白地笑着，眼泪却止不住地掉下来，她不停地擦着眼泪，却怎么也擦不完。

她好像一直都在做那些傻事，什么都没有做好。

大家一愣，没想到她会哭成这样，连忙给她递纸，边安慰着她边问她原因。

陈喃不吭声只是摇头，她没料到自己能哭得那么狠。少女滚烫的泪水，像是怎么也洗不净这些年的心酸和喜欢。

她把藏在枕头底下的那一页页纸揉烂，全部丢进垃圾桶。

原来这个世界上，有太多事情努力了也未必会有结果，而有些人，从一开始就不被给予努力的资格。

她那么期待考上苏大，期待能和他一个学校，能见到他，原来全是痴心妄想。

九月，秋风阵阵，吹过苏大校园的枫树，给叶子染上了亮眼的红色。

她的眼泪随着那个仲夏结束、消亡。

夏天，结束了。

【第八章】

/ 她与太阳并肩 /

陈喃在键盘上敲完最后一个字，把初稿发给了许梦梦。

又是一个三更半夜，她捯饬着柜子里藏在最下面的日记，找出那本纸张早已泛黄，还有些损坏的日记。

她坐在客厅的沙发上，借着灯光，细细地看着上边稚嫩的字：

十八岁，喜欢打篮球，偶像是科比，爱听周杰伦的歌（特别是《晴天》这首歌），夏天雨天也会出去打球，冬天容易感冒咳嗽，弹钢琴很厉害，弹过《搁浅》，成绩好，语文有些薄弱。

用佐助当头像，讨厌香菜喜欢吃辣，爱吃荷氏薄荷糖，跑1000米很轻松，有很多人喜欢他，理科第一名，篮球赛的主力。

每天大课间九点十分到十五分之间，会出现在二楼到三楼的楼梯口，每周五晚上会去家附近的球场打球，就是打球容易崴到脚。

他人很好，会帮不熟的陌生人，会买老奶奶的花，公交车上会主动让位子，帮过我很多次，是个永远耀眼的人。

他鼻骨有颗痣，身高一米八三，生日在十二月十一日，射手座，穿深蓝色11号球服的少年，手很好看，家里出过事，那段时间很颓废，但他人还是特别好，很好很好。

我希望他永远平安顺遂。

……

那本日记上记录了路栩全部的青春痕迹，他是她暗恋故事里，最深刻的人。

陈喃就照着这本日记上的内容，写出了那个栩栩如生的他。

路栩。

这个故事，她写到高考结束后就停下了。

许梦梦熬了几个通宵，读完了陈喃这本初稿。

虽然知道她爱写 BE，又偏爱 L 姓的男主，但看到最后那样的一个结局，许梦梦还是接受不了。

深更半夜，她招呼都没打一声，就跑来了陈喃家里。

“陈喃，我知道你没睡，快开门。”她敲了敲门，声音在黑夜里尤其清晰。

陈喃的确没睡，走到门口打开房门，看见一脸愁怨的许梦梦，她也不惊讶许梦梦的到来：“怎么了啊，让我们许大编辑大晚上跑来。”

她明知故问地笑着，侧身让许梦梦进来。

客厅没有开灯，落地窗被打开，秋风钻进屋子，纯白色的窗帘被吹动着掀起，月光微弱。

许梦梦进来，有意无意地看了陈喃一眼。

这一个月，她写完这本书，好像瘦了很多。

“你这次效率够高的啊，写那么快。”许梦梦把手里提着的东西放下，陈喃仔细一看，是一打啤酒。

“这不是你催得紧吗？我正好灵感多。”陈喃忽略了她的阴阳怪气，坐在沙发边，很不客气地拆开啤酒，从里面拿出一小罐来，表情平淡地打开，抿了一口酒。

许梦梦转过头，盯着陈喃的脸。

冷白的月光落在她的脸上，她细长的睫毛微颤，神情淡淡，带着股破碎感。

她不常见到陈喃这副样子，似乎总是有个闸口，能让她露出这样的神情。

许梦梦抿了抿唇，担心她，语气都柔和了些：“说说吧，你都写完这本书了，还不打算告诉我啊。那次你喝醉酒，嘴里念叨的人，到底是谁？”

听了她这话，陈喃不意外，只是过了半晌，还是不知道该如何开口。

“就是你看到的，书里的人，路栩。”她生硬地扯着嘴唇，勉强吐出几个字来。

“我看那个人不是路栩吧，你写了那么多年的 L，到底是谁？”许梦梦不愿意和她兜圈子，直截了当地问她，这话直直地戳进陈喃心里。

她没回话，低头盯着手里的啤酒，想起许梦梦说她的那次。

其实她在胡乱拨打许梦梦电话前，意识模糊地拨打过另一个人的电话。

那次的年会，是在十二月底，那年的最后一天。

陈喃酒量不好不差，平日里喝酒都是有分寸的，只有那天不知道为什么，她酩酊大醉。

具体的事她不记得了，貌似是同一个组里的同事，采访到一个关于暗恋的故事，在年会上滔滔不绝说着："你说这真的有人能喜欢一个人那么多年吗？反正我是不信，这种小说或电影里的情节，怎么可能在现实中出现啊。"

她周围的同事，有些在迎合，有些在发表自己不同的意见。

只有她一句话都没说，那些话在她脑海里挥之不去。

于是她一杯接一杯不停地喝酒，就这么喝醉了。

在回家的出租车上，路过苏市最大的广场，上面的 LED 屏已经开始了十秒的倒计时，前边的车辆行人都停了下来，陈喃就这么看着，鬼使神差地拨打了那个永远不敢打出去的电话。

电话里传出冰冷的嘟声，在倒计时最后一秒，电话被人接听。

"喂？请问你是哪位？"电话那头清冷的声音令她一刹那清醒了。

陈喃眼皮一跳，睁开眼看着那个电话上的备注，是 11。

看见备注的那个瞬间，她呼吸一滞，一点声音都不敢发出来。

"喂？你好，你还在吗？"

电话里的声音还在问着，那个熟悉又有些陌生的声音。

那是数不清第几年了，她才终于再听见了路栩的声音。

和高中的时候有些不同，他的声音变化有点大。

可是明明都过去那么久了，她为什么……听到他的声音还是那么想哭呢？那个早该遗忘在过去的人，甚至不用见面，光听到他的声音，就让她这么多年的倔强功亏一篑。

"我……打错电话了，不好意思啊。新年快乐。"她苦笑着，头靠在车窗上，外边烟花四起，人潮汹涌。

"没关系，新年快乐。"路栩淡淡开口，回了一句祝福，"没什么事的话，我先挂了。"

她鼻音厚重地“嗯”了一声，电话被挂断。

过了好几分钟，她还是保持着刚刚打电话的姿势。天色灰暗，路边的灯光闪烁错落在陈喃的脸上，几秒后又消失，倚在窗前的女人，早已经哭得泪流满面。

暗恋中的人，连一句最平凡的祝福，都含着他人不知道的深意。

那些许多人能够轻而易举脱口而出的话，她却要反反复复斟酌，靠着酒意才能说出来。

谁说小说里的情节在现实中不会发生。

如果那些都是假的，那她的八年算什么。

“路栩不就是L吗？”陈喃答非所问，喝了一口酒，眼尾悄悄泛红。

许梦梦见状抽了几张纸递给她，试探性地问：“他，叫什么名字？”

她摇摇头，没回答。

“那你们高考结束后，还见过面吗？”

她翻着面前陈喃递给自己的初稿，这个故事刻骨铭心，又显得那么平常。

像是大家暗恋了一个人，那个人优秀，像是天上的星星，永远都触碰不到。

而陈喃的这个稿子，是不完整的。

因为她，还没给这个故事里的女主角一个结局。

“见过，大概是在两三年前吧。”

高考毕业后，她知道路栩去了南大，于是从大一开始，她考研的目标就是南大。

说不上来为了什么，可能就是想去他在的学校看一看。

在那段大学生活里，她的舍友人都特别好，见她那天哭得狼狈，于是带着她一起玩，一起跑步宣泄情绪，顺便减肥瘦身，教她化妆穿搭，在很多重要活动场合，知道她一切都准备好了，会鼓励她战胜胆怯上台演讲。

陈喃的变化，离不开她舍友的帮忙。

大学四年，她也懵懵懂懂的，进苏大是为了路栩，后来却真的在这儿交到了朋友，找到了自己喜欢的事情和理想。

毕业后，她当了一名电视台的记者，从小小的实习生做起。

那是她第一次跟着台里的老师出去采访。

“张姐，你带几个人赶紧去市中心跑一趟，那边正在举办一个重要的国际论坛，不少同行都过去了，你赶紧准备好东西，马上赶过去。”

“行，领导，我马上去。”张姐点点头，匆匆忙忙找了几个人，看着陈喃手边没事，就把她也叫上了，“陈喃，走走走，陪师傅一起去，我带你去见见大场面。”

她蒙蒙地点头，连忙收拾好东西跟着张姐一起出外勤。

现场的记者们挤得水泄不通，台上架着一台摄像机直通电视台。

她们在安排下陆续就座，议会开始。

在议会开始前，张姐突然修改了方才出发前的采访方案，提醒陈喃让她等会儿上去代替自己采访，自己来配合。

她没料到第一次外出采访就是那么大的场合，可是面对张姐的要求，她没办法说不。

这就像是一个考验，她如果通不过，就不具备当记者的能力。

整个过程中，她神经都紧绷着，在位子上如坐针毡，紧张得冒冷汗。

虽然这些年她能正视很多人的目光，也不再那么胆小，但面对这大的场面，她还是会紧张胆怯。

张姐就坐在陈喃旁边，见她坐立不安的样子有些失望，想着要是不行还是按照原计划她自己来。

陈喃不停揉搓着脖颈间的项链，耳机中传来多种不同的语言，她的目光涣散。

她听着那些声音，抬起头，同一时间，台上的翻译声音传进耳机。

那位翻译官的声音标准又好听，对她来说，却是熟悉得不能再熟悉。

她眼睛一湿，望向台上，见到面色冷静、从容不迫地翻译着对话内容的路栩。

他的样子和高中时没多大变化，她第一眼注意到的还是他鼻骨上那颗显眼的痣，只是他的下颌线更加分明了，添了些稳重的气息，他的头发也剪短了，多了分冷峻。

深色的西服穿在他身上很合适，看起来专业又严肃。

面对这么多人的目光，他不露怯也不紧张。

她心底五味杂陈，又真的为他出现在论坛上而高兴。

他实现自己的梦想了，成了一名翻译官。

在见到他模样的那个刹那，她原本焦躁不安的情绪突然平复下来，望着台上的路栩，如同很多年前望向他一样，她紧张的情绪被他化解了。

接下来的采访，陈喃超预期地完成了任务。

她抛出的问题得体，声音自然，专业性很强。

路栩站在一边，听到她的声音细柔好听，说话流畅，他忍不住看了她一眼。

“那个是新人记者吧，以前没见过，看着不错啊。”

“是啊，能力不错，现场表现很厉害嘛。”

周围轻细的声音传入路栩耳中，他挑眉轻笑了声，没有再继续看她，收拾好东西打算下场。

这场采访任务，顺利完成。

结束采访后，张姐向陈喃投来赞许的目光。

陈喃这才松了口气，说不紧张是假的，但看见路栩那么淡然专业地出现在面前，她也心生勇气，不再那么怯场紧张。

“我还以为你不行呢，真是担心死我了。”张姐过来拍了拍陈喃的肩膀，拉着她拿好设备一起离开。

“你别怨我啊，我刚入行那会儿和你差不多，我师傅也是这么把担子抛给我的，都说书上的无数知识都不如一次实践有用。”

张姐想起自己初当记者的时候，笑道：“不过……我看你刚才真的特别紧张，比我那时候紧张多了。你是我最看好的徒弟，但我方才是真的心里没底。”

陈喃刚才那副样子，她自己都不知道脸色有多惨白。

不过好在没出任何意外。

张姐全程都担心地盯着陈喃，可是不知道为什么，后半场的时候，她眼前的这个小姑娘，好像突然就放松下来了，没那么紧张急迫了。

“能告诉我，刚刚你明明那么紧张，为什么一下子就冷静下来了啊？”

听到张姐的疑问，陈喃表情一愣，她没说具体的原因：“就是……突然想到一些事情，就冷静下来了。”

张姐点点头，一路上不停地夸她：“不错不错，以后保持，师傅相信你，未来一定前途无量！”

“谢谢师傅。”陈喃笑了声，不经意地回过头看着身后远远的会议室。

她在心里说着谢谢。

那么久后，他们终于有一刻，出现在了同一个地方。

其实谁都没那么容易，路栩上课学的知识，在外累积的经验，让他足够专业理智。

而她，一路跌跌撞撞地追逐太阳，某一刻，她也和太阳并肩过，成为另外一束光。

那场直播采访结束后，镜头晃过路栩的脸几秒，所有人都捕捉到了他那张脸。

帅哥！帅哥翻译官！啊啊啊！声音好好听！太厉害了！

一分钟我要他的全部信息！

采访的记者小姐姐也好漂亮！而且声音也好好听啊，专业能力杠杠的！

……

那场直播，最惹人注意的就是陈喃和路栩的专业能力，还有路栩那张很难不让人注意的脸。

那阵子他被顶上热搜。

路栩的学历和家世都被扒了出来。

无非就是他考试年年年级第一，家教好，是某届高考的理科状元，学习能力强，翻译能力顶尖，等等。

当然当代网友更关注的就是他的感情状况。

有人传路栩结婚了，也有人说他单身，更有人离谱地说他离婚了。

后来把人家正主闹得没办法，开了个微博号下场辟谣。

L：已有女友，谢谢大家的关心。

陈喃是在几天后看见这条微博内容的，她不意外，可还是有些难受。

他微博的 ID，还是简单的大写字母 L。

那条微博下，不知道多少人在哀号可惜。

她用自己的微博号关注了路栩。

慢慢地，这件事情热度下去，L 的微博没有再更新过，也没人再关注他微博的更新，只有她还在一次次忍不住地点进他的微博，查看他的更新情况。

“怪不得啊，大二那会儿，吴文追你追成那样，你死活不同意。那个时候我以为你不想谈恋爱，原来是有喜欢的人啊。”

许梦梦到今天才恍然大悟，明白了陈喃这些年的伤怀，到底都是因为什么。

大学四年里，陈喃变瘦变高，五官也长开了，漂亮了很多，追她的人其实不少。

数吴文那家伙追得最狠。

吴文是许梦梦同一个系的同学，他也是在追陈喃的男生里，为数不多能和陈喃成为朋友的。

那个时候，其他追陈喃的男生被拒绝了几次后，也就挫败放弃了。

只有吴文不愿意，死活要陈喃给个理由。

“我那次是真没办法了，只好告诉他，我一直有个喜欢的人。”陈喃无奈地说，“可我也没想到，到后面他还是不愿意放弃，他为我做了很多，我也真心地感谢他。”

吴文的确是很喜欢陈喃。

在很多个瞬间，她也真的被他感动，也慢慢有过试试的心思，只是后来一盆冷水泼醒了她……

“所以后来呢，我记得你说，你真的被他感动了，为什么还是没答应？”许梦梦问她。

陈喃低下头，半晌没说话，她不自觉地摸着项链。许梦梦余光瞥了她一眼，这是陈喃这么多年的习惯，只要有什么事情她无法解释，她就爱摸着那条项链沉默。

她脖子上，是一条简约数字 7 的项链。

许梦梦没在意，等着她的回答，也不着急。

两人相对无言地喝着啤酒，好一会儿，陈喃才开口，声音已经有些哑了：“因为感动从来都不是爱情。”

其实大家喜欢一个人的时候，都爱陷进一场大型的自我感动里，她自己也是这样。

喜欢是真的喜欢，因此“及时止损”这四个简单的字，太难做到了。

最后陈喃还是没有补上许梦梦希望知道的结局，两人聊到大半夜终于困得不行，陈喃昏昏沉沉地回房间睡了，许梦梦也住在她家里。

凌晨五点，许梦梦去客房睡觉，刚躺上床就没了困意。

她把陈喃的书稿修改了些错别字和重复的词，让陈喃醒过来就把书稿发布到网上。

随后，许梦梦拿着手机，开始上网搜索当年的那场直播会议。

这么大的场合，网上一定是有记录的，照着陈喃的描述，没一会儿，她就搜到了路栩的信息。

和陈喃表述的一样，他优秀耀眼，连百度上的介绍都能让人惊叹。

但她唯一一点没有说的，就是当年这场议会结束后，路栩的生活被很多网友关注，也有些营销号造谣他的生活。

最严重的造谣，是说他学历都是伪造的，只是表面上光鲜亮丽而已。

路栩家里从商，的确是有些背景在，但在陈喃的描述中，少年和他的父亲后续关系不算好，他成为一个翻译官，和商界没什么联系。

许梦梦不经意地翻着一篇篇报道，划到一篇浏览量很高的报道的最后，娱乐记者的名字让她一愣。

那个娱乐记者是她学姐，和陈喃也是认识的。

毕业后，她去了一家大公司当娱乐记者。

许梦梦的第一反应，是觉得这件事没那么巧合。她看了一眼手机上的时间，还是打算等到早上，再打电话给她那学姐。

陈喃早上九点钟醒过来，起来的时候许梦梦早就走了。

她打开微信看见许梦梦发的消息，照她说的，把自己那篇小说一次性发布在了网站上。

她的笔名叫陈氧，大学毕业后她就没发过文了，上一次写文，貌似还是三年前的事情。

许梦梦也是刀子嘴豆腐心，死活说她那结局不行，但陈喃发布完小说后，还是在第一时间给她发到朋友圈宣传了。

许梦梦：好朋友陈喃陈小姐的书，希望今年陈小姐能火起来！

下边配的是小说的链接。

陈喃看到那条朋友圈想笑，在下边回复了句。

陈喃：我一定尽力，谢谢许大编辑了。

许梦梦回复：信你个鬼！

……

中午十二点，陈喃简单吃了午饭，拿着手里的申请表出门去了电视台。

她休假时间也够久了，是时候回去上班了。

在公交车上，外边的阳光大好，陈喃挑了个后边靠窗的位子坐下来，没过一会儿，手机微信的消息提示音响个不停。

她不解地点开手机看了一眼，是几年前不知道是谁拉的一个高中校友群，是他们高一班级的那帮学生。

顾阳青：大家什么时候有时间，出来聚一聚？

程浩克：这毕业都快十年了，是该搞个同学聚会了。顾哥请客吗？请客我就来！

顾阳青发了个无语的表情包，妥协道：请请请，要不就今晚吧，我可快结婚了啊，以后都没机会出来了。

孟北鸽：啧啧啧，妻管严。

群里一堆调侃的消息，陈喃却看着顾阳青的那一句“快结婚了”，愣了会儿。

随后她把消息截屏发给了林沉茜。

林沉茜微信的聊天框，显示“正在输入中”。

过了十几分钟，她才发来几个字。

林沉茜：你去不去？

陈喃：你想去的话，我陪你去。

林沉茜：我去干吗？人家都要结婚了，谁知道是不是大学那会儿的那个学妹。

陈喃：不是，听说是相亲的，你不去的话，那我就拒绝了啊。

陈喃没打算过去，只是群里几个人确定好了时间，开始挨个 @ 大家，顾阳青 @ 了她。

顾阳青：@陈喃 好久没见了啊，陈喃，你今晚来不来同学聚会啊？

她不急着回复。高中毕业后，林沉茜和顾阳青纠缠了好几年，可惜结局还是不如愿，顾阳青实在是不懂和女生保持距离。

大学那会儿，他学校有个学妹追他追得要死要活，林沉茜看不下去吃醋，他却还是不想伤害人家女孩子的自尊心，一直没下狠话。

所以最后，他们还是分了手。

林沉茜大二分手那天，一个人坐了一晚上的高铁跑来找陈喃。

过来后她也不做什么，就一个人喝闷酒，喝完酒开始说胡话，缠着陈喃，哭诉这几年的那些委屈。

“南南，你说我要是像你一样，就一心栽进学习里，不要谈恋爱就好了，谁也不喜欢多好啊。”林沉茜有一下没一下扯着话，她的语气含糊，醉醺醺的，口不择言。

“你答应我，你千万不许像我一样那么冲动地喜欢上一个人啊，我那个时候说我不会后悔，可我现在真的好难过啊。”

她伸出手指了指陈喃，表情严肃又认真。

但在陈喃眼里，她就是个喝醉了的酒鬼。

见陈喃没有说话，林沉茜泄了气，靠在陈喃的肩膀上，眼底覆上一层水雾，像是在感叹：“喜欢一个人，真的好难啊。”

说完，她别过头，滚烫的眼泪毫无征兆地掉下来，安静得没有声音。

陈喃抽纸递给她。

她眼里的林沉茜，是张扬明媚的。

可是自从她和顾阳青在一起后，便变得脆弱敏感，经常会半夜打电话过来，电话里全是呜咽声。

她这个朋友，从小到大不会因为一道数学题做错了苦恼，很少哭，总是笑得开心，像个小太阳。

原来恋爱，不仅会让人变傻，也会让人变得脆弱。

想到这儿，她泛红的指甲在暗处紧紧地攥着纸，心底堵得慌。

这场喜欢的悲剧，陈喃没有说，其实林沉茜早就深陷其中了。

谁也不能幸免。

那天过后，林沉茜和顾阳青真正地失去了联系。

许多年不再见面，再有消息的时候，就是顾阳青在朋友圈官宣了女朋友，再到现在的喜讯。

他们也终于到了一分手就彻底错过的年纪了，大家都要成家立业了。

那么多年过去了，顾阳青都要结婚了，只有林沉茜还没有放下。

过了两三分钟，林沉茜发来微信。

林沉茜：我去。

然后没后话了，陈喃明白她的倔强，但毕竟是前男友要结婚，陈喃希望她能去见见顾阳青，把过去的事情和解了。

反正这也是场死局。

陈喃回复了顾阳青的@：去的，具体时间和地点，告诉我一声就行。

顾阳青：好。

说完，陈喃放下手机眺望窗外的风景，淡淡扫过车厢一眼，她目光一顿，落在最前面的那个位子上。

那个人的发型和路栩差不多，穿着一身干净的白衬衫，一条黑色的卫裤，脚下踩着一双耐克的白鞋。

陈喃看不见他的脸，却觉得这个穿搭格外熟悉。

她心上一颤，不确定又恍惚。

到了她该下车的站点，她没有动身。

这辆车是从苏市城东开到城西的，那个人始终没有下车，两个小时后开到终点站，车厢里只剩下他们两个人。

那个男生随意朝后面看了一眼，陈喃看到他脸的一刹那，紧绷着的情绪松了下来。

不是路栩。

两个人前后下车，她没到过这辆车的终点站，迷糊地下车后都不认识路。

看着那被认错的人走远，陈喃倏然觉得有些好笑，明知道不是他，可是看到像他的人，还是忍不住跟了上来。

明知不是你，却还是抱有希望。

不知道这个城市里到底还有没有路栩的身影，也没再见过他了。

她在公交车站等了一个多小时的车。这里车辆稀少，出租车也打不着。

看着时间一分一秒过去，林沉茜给她打电话。

“在哪儿呢？我开车来接你。”

“茜茜，我好像走错路了。”她语气淡淡的，望着不远处的稻田失神。

林沉茜没听懂她说的话：“说什么呢？你不是去电视台提交申请吗？走错什么路啊？”

“我坐车坐到城西来了。”她说。

“那你把位置发给我，我过来接你。陈喃，真不是我说你啊，你是不是又坐车睡着了啊？叫你买车非不愿意买，你看吧，还坐过站了，人家都是坐过几站，就你一下子睡到终点站。”

林沉茜收到陈喃的位置共享，掉了个头过来接她。

陈喃乖乖听着林沉茜的话，没有反驳。

路边一阵风刮来，吹在她的身上柔柔的，很舒服。

不远处的稻田里，油菜花开得灿黄，一大片金黄色，跟着风轻轻摇曳。

她眨了眨眼，风吹进眼睛，有些酸。

她想起昨晚许梦梦的一再询问，想起自己的欲言又止。

她好像，一直都走错路了。

这条导航路线，她走偏了。

这一偏，就是八年。

林沉茜开车过来接到陈喃的时候，已经是傍晚五六点了。

到同学聚会订的饭店门口的时候，天彻底黑了。

“怎么回事啊，你平常不会犯这种错误啊？”林沉茜看着副驾驶的陈喃一言不发，有些担心。

她摇摇头：“没事，走吧，快迟到了。”

“你进去吧，我就不去了。”林沉茜临时打了退堂鼓，眼前饭店的大门，她觉得自己没有勇气打开。

“你真不进去啊，不打算和他聊聊？”陈喃劝着她。

林沉茜闻言，轻轻摇着头：“有些事情，说不清楚吧。见了面，又能怎么样呢。”

她苦笑一声，无论陈喃怎么劝她，还是不打算下车，她在逃避和解，这件事情早就到了死胡同了。

她明白陈喃是希望她好，希望她能真的放下，可是她真的放不下。

无奈之下，陈喃只好自己下车，毕竟她都答应了。

“你吃好饭能自己回去吗？别又坐过站了。”林沉茜按下车窗，勉强笑着调侃陈喃，眼底却没半点笑意。

“放心吧，我没事。你早点回去吧。”

林沉茜点点头，开着车子离开。

那辆车开得很快，像是落荒而逃。

原来大家，都是爱逃避的胆小鬼。

打开包厢门时，里面已经来了不少人了。

开门的动静让不少人将目光纷纷投向陈喃。

眼前的人，穿着一身奶白色的长裙，散下微卷的长发，化着淡妆，灯光下皮肤透白，唇红齿白，温婉美丽。

“抱歉，我来晚了。”陈喃不好意思地打着招呼。

包厢里的人诧异几秒。

孟北鸽第一眼认出了她，站起身来：“陈喃，好久不见。”

陈喃微微颔首，礼貌地回了句：“好久不见。”

一时气氛凝固，谁也没想到眼前温柔漂亮的人会是陈喃。

顾阳青连忙活跃气氛，叫她：“来来来，陈喃，快坐过来。”他朝着她的身后看了几眼，确定没有人才松了口气。

陈喃细心地注意到了他的神色，突然明白了林沉茜不打算进来的原因。

她坐下后，周围不少人和她套近乎：

“陈喃现在变大美女了啊，好漂亮。”

“是啊是啊，听说你现在是记者啊，真是厉害！”

她点了点头，淡淡地回复了几句，没多说什么，低下头只顾着吃饭。

再次见到陈喃的程浩克有些不太好意思，想起自己过去那么欺负人家小姑娘，有些羞愧。

一帮人吃过饭后，就在包厢里唱 K。

程浩克犹豫了好久，最后还是端着杯酒走过去。

陈喃安安静静地坐在沙发上，刷着手机，偶尔顾阳青和她搭几句话。

“她还好吧？”

“挺好的。”她应了声，不说林沉茜夜晚流的眼泪和失眠辗转反侧的事。

顾阳青还想要问些什么，程浩克突然就坐了过来。

他的样子成熟了很多，有些尴尬地坐在陈喃的旁边，面对她投来的狐疑目光，磕磕巴巴：“陈喃，当年那事真不好意思，我不该欺负你的，抱歉啊。”

闻声，陈喃喝了口饮料，语气很冷：“不用了，我都忘记了。”

她没接受这迟来的道歉。

“当年是高副那家伙看不惯你，然后我才那样的，不过后来因为宋词屿，我不也没欺负你了吗。你们是不是认识啊？”

“宋词屿？”她抬眼看他，觉得这名字很耳熟，想了会儿才记起来，是路栩身边的那个男生。

“是啊是啊，那个时候我不是跑步的时候绊了你一下吗，被他看见了，后来死活要和我打球。我以前喜欢一女生，那女生喜欢路栩就算了，还说我球技不如他，那我肯定忍不了啊。后来宋词屿来找我，说能让我和路栩还有他打场球，他和路栩要是赢了，就不准我再欺负你。”

那场球，程浩克他们打得挺“脏”的，路栩和宋词屿虽然赢了球赛，但腿伤了一个多月，连那年的校篮球赛都没有赶上。

“后来他们的确赢了，我也就没找过你麻烦了。”程浩克这话说得有些心虚，当时年轻气盛，的确干过不少错事和蠢事。

“这是什么时候的事情？”她不禁蹙眉。

程浩克说：“大概是高二吧。”

高二那年，路栩的确打球崴过脚，还挺严重的。

但她并不知道其中原因。

更不知道宋词屿这个人，为什么要为了她去做这些。

一边的顾阳青问：“你和宋词屿不认识吗？”

她摇头：“我记得他，但我不认识他。”

“那就奇怪了。你高中时候不是冬天生冻疮来着，那盒药膏就是他托我给你的。”

“什么？”她眉头蹙得更深。

顾阳青见陈喃不知情的样子，边解释着边给宋词屿发了个消息：“就是那会儿，他跑来找我，说托我送冻疮药膏给你，还不让我告诉你是他送的。”

那时候顾阳青以为他们认识，没想到，陈喃竟然根本不认识宋词屿这个人。

陈喃眼睫微颤，脸上的表情晦暗不明。

这些信息她一时接受不了，直到聚会结束，都没有想明白到底是为什么。

高中时期，她一心栽进学习里和有关路栩的世界里。

印象里，她和宋词屿没有什么交集。

她摇了摇头，一个人拿着东西走出门，路过孟北鸽身边，孟北鸽特意多看了她几眼，却没有开口说话。

她散着步走回家，没走多远，顾阳青在不远处喊住她：“陈喃！陈喃！”

她回过头。

“这么晚，你一个女孩子回家太不安全了，我找个人送你吧。”

“不用了，我自己就……”还不等她拒绝，不远处开来一辆跑车，车主熄火打开车门下车，下来的人身形修长，样子熟悉。

宋词屿。

陈喃看了顾阳青一眼，觉得这家伙一定是故意的。

“宋词屿，送我同学回家啊，麻烦你了。”顾阳青好意地推搡着两人上车。

陈喃没来得及拒绝，就这么莫名其妙地上了宋词屿的车。

热情过度必有问题，她狠狠剜了一眼顾阳青：“我能自己回去的。”

“不行不行。这局是我组的，我必须要保证每一个人安全到家。”顾阳青讪笑了声，冲着宋词屿递过去一个眼神。

宋词屿心领神会，默默开口：“走吧，我送你，反正顺路。”

“我都没告诉你我家在哪儿，你就知道顺路啊？”她离谱地笑着。

宋词屿一脸尴尬。

“咳，苏市就这么点大，大家都是同学，肯定顺路。”他咳嗽了几声缓解尴尬，勉强扯着。

陈喃没再说什么。

两人一路无言。

“你在前面那个路口停下就行，今天谢谢了。”她指着前边的十字路口说着。

宋词屿还处在尴尬中，等陈喃说着谢谢要下车时，他才反应过来喊住她：“那个，陈喃，能加个微信吗？”

“嗯？”她一怔，狐疑地望向他。

“就……大家都是高中校友嘛，再遇到是缘分，你看……”他不敢盯着她那双眼睛看。

陈喃见他那样，说不出拒绝的话。

等宋词屿扫了她的微信二维码，她才礼貌地告别："我先走了，今天谢谢你。"

"好。"他点头，看着陈喃的背影越走越远。

手机响起，是顾阳青打来的，把失神的他拉回来。

"怎么样，我够意思吧？你怎么不早说啊，不然我那时一定撮合你俩。反正她那时也没喜欢的人，就一心学习……"顾阳青贱兮兮地说着。

宋词屿一撇嘴："你怎么知道人家没有喜欢的人？"

"那肯定没有啊，人家是好学生，我那时没看见她和哪个男生接触过。"

他没有否认。

她的确是个把喜欢藏得很好的女生。

【第九章】

/ 我好像在哪里见过你 /

许梦梦下午的时候和她学姐打了电话。

她学姐叫高媛，在娱乐公司工作。

“哟，许梦梦，稀奇事啊！居然给我打电话。”高媛接了电话，调侃一声。

许梦梦笑了笑，直奔主题：“学姐，你还记得几年前，有个翻译官被营销号爆假料，那件事情闹得还挺大的，我看你也参与这事里了啊。”

高媛想了会儿，才勉勉强强记起来，说：“啊，你说那件事啊。陈喃没和你说？”

许梦梦闻言一蹙眉，不解道：“陈喃？关她什么事啊？”

“当年那事，就是她拜托我的啊。”

她一惊，反复确认：“你说什么？陈喃拜托你的？”

“对啊，当时她打电话给我的。”高媛点点头，回想起那年的情况。

当初那件事情其实也不算大事，圈子里尔虞我诈罢了。

路栩那边处理得也很干净利索，很快就放出辟谣消息，但他们的流量毕竟和圈子里的记者不一样，影响力也不同。

这件事情闹大后，陈喃很担心路栩，可又不知道该怎么帮他。

有一天，她走在下班回家的路上，下意识地走到了路栩公司附近，只隔了一条人行道那么近。

那时是舆论发酵最严重的时候，她看见那个自己心心念念的人，穿着一身黑色西装，靠在墙边抽烟。

他细长的指间亮着一抹猩红，脸色很冷，抬手淡淡吸了口烟。

恍惚间，她好像又看到了很多年前那个家里出事、狼狈不堪的他。

像当初，又不太像。

路栩脚边都是烟头，他一边吸烟，一边通电话：“放心，我不要紧，我问心无愧，我这边处理了一些。嗯，快到公司了，有事公司说吧。”

他吐了一口烟，烟圈蔓延在空气中。

抽完最后一根烟，他蹲下身把所有的烟头用纸包好，一起丢进了门口的垃圾桶。

路栩没打算逃避，只是偶尔也需要吸烟来提提精神，宣泄一下情绪。

他也早不是当年冲动到不顾一切的少年了，他藏好那些令人不爽的难堪，起身往公司里走。

陈喃就站在路的另一边，目送他走远，人行道的红绿灯已经换了好几个来回了，她还是站在原地没有动。

直到他的背影彻底消失，不知道为什么，她倏然觉得眼前这一幕熟悉得令人眼角泛酸。

她总是这么盯着他的背影，然后停住脚步。

不只是在一小段生活里，而是在从少年开始的那一整段回忆里。

从这条人行道迈过去，需要多少步？

可她和他似乎总不在一条线上，所以不管她怎么努力，都走不进他的世界里。

这个答案，她在很多年前就知道了。

不是一个世界的人，永远无法相逢。

“算了，不是一个世界也无所谓了，我还是希望你在你的世界里闪闪发光。”她舒了口气，托人问到了以前一个学姐的电话。

她那个学姐，是个娱乐记者。

回到办公室，她给学姐打了一个电话。

“学姐，有件事情我想找你帮个忙。”

高媛稀奇，戏谑了句：“怎么了啊，我们陈学妹可是不轻易找人帮忙的啊。”

陈喃犹豫了会儿，还是问出口："学姐，你知道最近网上一个翻译官的事吗？"

"听说过，我看了那些营销号发的消息，应该是有人看他不爽吧，那些新闻都挺负面的，怎么了？你一个新闻记者，对这个感兴趣？"她一挑眉，等着陈喃回复。

"没有，就是想问问学姐，你看这事……好处理吗？"她顺着高媛的话问下去，面前的电脑上，全是关于路栩的负面新闻。

他微博的评论区早沦陷了，她只能干着急。

"能啊，只要他的学历没作假，那些事……"

高媛拿着手机边通话边搜了一下，话还没说完，就被她直直打断："他的学历不会是作假的，都是真的。"

高媛意味深长地"哦"了一声，很少见陈喃着急的样子："所以，你想找我帮他澄清？"

她点头："对，我知道处理这些舆论，还是学姐你比较懂，所以我就想到你了。"

"帮忙可以啊，但是学妹，你懂的啊，现在帮忙可都不是白帮的。"高媛没拒绝，这事在她眼里不是什么大事，不过她刻意卖着关子，就是为了等陈喃的一句准话。

电话另一头的陈喃心底了然，接上高媛的话："只要这件事你能帮我办好，以后有什么事你尽管找我，免费的。"

听到想要的答案，高媛轻笑了几声，很满意："行啊，你放心，我一定给你办好。不过，我插一嘴啊，这男的是你朋友啊，那么帮忙？"

陈喃没仔细说："没有，就是他帮过我，我也想帮帮他。"

朋友吗？她想，他们大概连朋友都算不上。

"那行，我还需要他一些资料，我手机发给你，你连夜帮我整理一下吧，这种事拖久了也不好啊。"

"好，我马上弄。"陈喃没有怨言地应下来，倒是让高媛挺诧异。

"所以，然后呢？"许梦梦听着高媛的话，表情越来越难看。

高媛喝了口水，淡淡地继续说："就这么结束了啊。陈喃半夜把资料发给了我，我和对方去交涉联系，最后把那些假料澄清，再多找几个同行宣传真相，就解决了啊。”

“所以，你要陈喃那家伙怎么回报？”许梦梦知道这事没那么简单，这个学姐最是注重利益了，陈喃去求她帮忙，等于是让她宰。

说到这儿，高媛心虚地咳嗽了几声，语气都有些弱：“也就帮我加了十几天班……我有私事嘛，正愁找不到人呢，陈喃就来找我了，刚刚好。”

“加班十几天，还是免费劳动力，你这不亏啊。”她轻讽了高媛一句，想起那段时间陈喃总是累得眼下乌青，原来是因为这事。

“许梦梦，这话不能这么说啊。又不是我强迫陈喃的，是她自愿的啊。”高媛不满地解释，许梦梦不理会她。

两人在电话中沉默片刻，谁也不开口。

直到她话锋一转，八卦的声音传进许梦梦的耳边：“不过那个翻译官，叫什么来着，我不记得了。他和陈喃到底什么关系啊？朋友，还是恋人啊？”

“都不是。你别管了，这事我知道了，谢谢你告诉我。”许梦梦被她问得喉咙一哽。

这两人的关系，好像什么都不是。

“哎哎，你这就没意思了，我看里面肯定有什么不可告人的秘密。”高媛“啧”了一声，想继续套话，没料到许梦梦先一步挂断了电话。

许梦梦大致了解了陈喃的这些事情。

在她眼里，这样的付出，不值当。

像个傻子。

那场闹剧结束的那一年夏天。

陈喃路过路栩办公室楼下，还是对这件事情放心不下，哪怕高媛一再强调这事解决了。

那天阳光明媚，她走在人群里，正在过马路。

连着加班了十几天，精神不是很好，她低着头恍恍惚惚地撞到了一个人，她不禁吃痛地叫了一声。

被撞的那人没有生气，反过来问她：“小姐，你没事吧？”

陈喃揉着额头，听着他的声音抬起头，一下撞进他深邃的眼睛里，他的背后是一大片阳光。

其实她说谎了，他们后来还是见过面的。

她摇着头，意识到自己有些失态，连忙低下头：“我没事，不好意思啊。”

“没关系。”路栩笑了笑。

他目光轻轻落在陈喃的身上片刻，觉得她有些眼熟：“我们……是不是在哪儿见过啊？”

他话音刚落，陈喃垂着眸，眼圈倏然泛红，她不敢抬头，压着嗓音沙哑地否认：“没有吧，你认错人了。”

“是吗？那真是不好意思，我先走了。”路栩怔了几秒，听见她的话也有些自我怀疑。

路栩慢慢走远，人群嘈杂拥挤，她抬眸，一眼望见远处的他。

他穿着一身克莱因蓝色的卫衣，格外显眼。

陈喃停在路边，低下眸，她鼻尖红红的，屈膝蹲在地上，把脑袋埋进臂弯里，久久不能回神。

路栩应该是在上次论坛上见过她，所以才觉得她看着熟悉。

陈喃比任何人都明白，他觉得自己这张脸眼熟，仅仅只是因为不久前的一次合作。

爱是不是很不公平？有些人执着地出现，都未必会被记住。

可是，暗恋的人，本就不该奢望太多。

想要的太多，往往痛苦会更剧烈。

可她明明不想要什么，只想看他一眼。

就像此刻在人群里一样。

这就足够了，她够知足了。

这样一个不大不小的小镇里，骑着车随便兜几圈都能遇到不少的同学，后来苏市变成新一线城市，小镇变化很大。

当初一天能碰见三四次面的人，如今一面都难见上了。

次日上午，陈喃提交了申请表，申请返回工作岗位。

在路上，她不急着回去，想要吹吹风。

“陈喃？”不远处，宋词屿看见她，不确定地喊了一声。

见她回过头，他不禁眉眼舒展，不自觉笑起来。

“宋词屿？”陈喃见他站在一家健身俱乐部的门口，有些不解。

他笑着邀请她：“要不要进来坐坐？”

“不了。这是你的店啊？”她礼貌地拒绝，抬起头看着这家健身俱乐部，店名挺奇怪的。

叫：192。

“是啊，我退役之后，就开了这家俱乐部。”宋词屿回答。

陈喃这才想起来，高中的时候，他貌似是体育生，听顾阳青说过，宋词屿以前是国家二级运动员。

她点点头，伸手指了指俱乐部上方的牌子，好奇地问了声：“你这个俱乐部的名字挺特别的啊，是什么健身目标吗？还是单纯的数字啊？”

听了陈喃的问题，他目光一暗，眼神恍惚着，随意扯了句：“就是觉得好听，随便取的。”

“哦，这样啊。我还有事，先走了。”她没多在意，见他不愿意说，也不再问。

宋词屿欲言又止，手伸在半空中，抬起也不是，放下也不是。

直到她的背影消失在街角，他才颓废地叹了口气。

“宋词屿啊宋词屿，你怎么那么尿啊。”他无奈地骂了自己一句，抬起头看着俱乐部的名字。

他抿了抿嘴，垂下头回到店里，在那儿一坐又是一下午。

回去之后，陈喃就将这件事情告诉了林沉茜，连同在聚会上的事一起。

大概是这么多年没见陈喃有过感情方面的故事，林沉茜格外起劲：“真的假的？宋词屿长得挺帅的啊，还为你悄悄做了那么多，一大老爷们儿搞暗恋啊。”

林沉茜看着满是愁容的陈喃，笑得前俯后仰。

“你别胡说，那都是以前的事情了，现在应该早过去了。”陈喃推搡着林沉茜，神色有些尴尬，让她别乱说话。

不过林沉茜不吃这套，不依不饶地说：“要是过去了，还来接你、要你微信干吗？你看看，给你发了不少消息呢。他人不错，高中那会儿还行的，要不试试？”她冲陈喃挑了挑眉，坏笑着。

“不了，别乱开玩笑了。”陈喃摇着头，拒绝。

只是林沉茜不依，可能是真怕陈喃单身一辈子，当起了撮合两人的红娘。

大半年的时间里，她约着陈喃和宋词屿一起出来吃饭，一起出去玩。

他们两个人正好都喜欢旅游，林沉茜就怂恿两个人一起约着出去玩。

“来来来，宋词屿，你想去哪儿旅游？我和你说，南南也很喜欢游山玩水的，但是我比较宅陪不了她，不过你可以陪陈喃一起去啊。”林沉茜在路边摊喝得有些不清醒，一只手重重地拍在宋词屿的肩膀上。

陈喃眼角一抽，看着都疼。

宋词屿咬牙忍着疼，开口回答：“我比较想去云南。”

话音刚落，林沉茜又狠狠地拍了他肩膀一下，很激动：“这不是巧了吗！南南也想去云南玩来着，就是她工作太忙了，不然早去了。”

“你俩组个团呗，算是结个伴。”她迷迷糊糊地靠在陈喃身上，嘴里一股酒气。

陈喃深深叹了口气，抱歉道：“她喝多了，你别介意啊。”

“没事，我能理解。”宋词屿摇摇头，“对了，那个……”

他指了指林沉茜，声音刻意降下来些：“顾阳青结婚的时间确定了，她知道吗？”

陈喃瞥了他一眼，微抬下巴示意他看林沉茜的样子：“她都这个样子了，还不够明显吗？”

宋词屿尴尬地笑笑，为难地看着睡过去的林沉茜，从口袋里拿出一张结婚请帖：“这是顾阳青让我给你的。”

陈喃接过请帖，只有一张。

“就一张？只给我，不给她？”

“他说，没必要给了。”他复述着顾阳青的话，自己说出口都觉得太残忍。

大学那会儿，两人爱得轰轰烈烈的，看着他们一路从高中吵到大学，好不容易在一起了，几乎所有人都以为顾阳青会和林沉茜走下去的。

“我那个时候真的以为，他们会走下去有个好结局的。”陈喃用手轻轻拨弄着林沉茜额前的碎发，看着喝醉不省人事的她，特心疼。

重逢本来就是件很难的事情，分别更是。

两人合在一起，顺序不对，一切都不对。

“你和顾阳青说，我不去了，她这副样子，我实在是怕她出事。”

宋词屿闻言，也不劝她，理解地点了点头。

顾阳青的婚礼定在这年冬天，室内婚礼。

那天，林沉茜一个人呆坐在家里客厅很久很久，后来受不了，跑去找陈喃喝酒。

她喝得醉醺醺的，嘴里嚷嚷：“今年苏市要是下雪，我就释怀！”

陈喃拿她没办法，苏市啊，很多年都没下过雪了。

远方的婚礼现场，新娘新郎正迎着《婚礼进行曲》说着我愿意，林沉茜在陈喃家喝得昏昏沉沉，在顾阳青结婚这天，发了一条朋友圈。

林沉茜：今年苏市下雪我就释怀。

她发完觉得还不够，发酒疯似的让陈喃也发。

“我不管，现在肯定很多人笑我，你得跟我一起发。”她蛮横不讲道理。

陈喃被她气笑了，也是没办法。

她跟在林沉茜的朋友圈下面一起发了一条评论：今年苏市下雪就释怀吧。

她没屏蔽任何人，作势要和林沉茜一起丢这个人。

不少同事看她这条发言，纷纷评论：

你释怀啥你？

分手了啊？不对，你不是没对象吗？

……

看着越来越离谱的评论，陈喃又觉得不太好，刚要去删，宋词屿在下边评论了一句：陈喃，下雪了。看窗外。

她目光一顿，连忙起身，拉开客厅的窗帘打开窗户。

风雪吹进屋子，雪花凉凉地落在她脸上。

这个不常下雪，到了冬天不太浪漫的城市，下了一场大雪。

在她发了那条朋友圈后一个小时。

陈喃拉着林沉茜站起来，指着外边的风雪：“茜茜，真的下雪了。”

她吸了吸鼻子，脸被冻得通红。

林沉茜伸手接住雪花，看它在手里迅速融化。

她终于控制不住情绪，抱着陈喃痛哭起来。

陈喃低下头，眼底一湿，耐心地安慰她，目光却停留在外边的这场初雪上。

你看，老天都在叫我们释怀了。

【第十章】

/她不是勇敢者，她是胆小鬼/

在陈喃那本书发布几个月后，新的一年临近。

她的书很意外地走红了。

那本书后台的收藏量在急速上涨，她微博的粉丝更是涨得疯狂。

陈喃下班回家后打开手机。

看着自己已经“99+”的私信、点赞和评论，她傻眼了。

意识到这一切不对劲的许梦梦，连夜打了她电话：“陈喃陈喃，火了火了，你要火了！刚刚有个电视台和我说要采访你！”

许梦梦发过来一段视频，是某博主的讲解，提及陈喃这本小说和她其他作品的男主，全是L姓开头的。

大概是这本BE小说，那么简单又平凡，引起了很多人的共鸣。

有人开始淡淡叙述自己的暗恋故事。

“我帮你接下来了啊，这可是宣传书的好机会，不能错过。我把你的电话给人家了，等着人家来找你啊。”

许梦梦激动地帮她安排了一系列的事情。

陈喃本人都没有她那么亢奋。

陈喃没拒绝，就随着许梦梦的安排去了。

她真正意识到自己这本小说火了，是因为她的朋友圈被这本书刷屏了……

陈喃不自觉地咽了咽口水，她觉得自己用的马甲一定得藏得很好。

不过没过几天，陈喃就被打脸了。

有人开始挖掘这本书背后的原型，一时热度大涨。就连宋词屿都来问这本书和她是不是有关系。

林沉茜就更不用说了，她一直都知道陈喃的马甲。

看她写了那么真情实感的小说，这颗迟钝了二十几年的榆木脑袋，终于意识到了其中的不对劲。

她是第一个猜出原型是路栩的人。

但不是唯一一个。

次日一大早，陈喃和电视台的记者联系上，出门赴约。

下了公交车，在电视台门口，陈喃打了个电话："林小姐，我在你们电视台门口。"

电话那头应了几声，很快就有人跑下来接她。

迎面朝着陈喃走过来的，是个穿着员工服，化着精致妆容，很干练的女人。

"陈氧，陈小姐是吗？"对方走过来，不确定地问了声。

陈喃点点头，应了声："是我。"

"你好你好，我是在微信上和你联系的林蕾，没想到你这么年轻，你好漂亮啊。"林蕾笑了笑，给她指路，带她进电视台，"这边请。"

陈喃被夸得不好意思，轻轻摇了摇头，跟在林蕾身边。

林蕾一边带路，一边说："我看了你的那本小说，非常受触动，所以和我领导申请了这个采访。我们等会儿可以先聊一下，具体采访的事情不着急。"

她从前台端了两杯咖啡过来放在桌上："这咖啡不错，你尝尝。"

陈喃道了声谢，象征性地喝了几口。

"我等会儿还有工作，我们直接进入正题吧。"见林蕾还想要寒暄几句，她礼貌地提醒了声，表示自己时间不多。

林蕾听懂她的言外之意，下一秒就摆正了身子，专业起来："好的，那……具体的情况，梦梦和我们交涉过，应该也都告诉你了。我们这场采访分两次，第二次的采访内容要看第一次采访的播放量以及网友的反馈，你这边有问题吗？"

"我需要工作，时间上可能有些紧迫，而且因为我工作的原因，我需要保护好隐私，不能露脸，这点可以吗？”

其实也不是她工作的原因，只是这些采访传播得还是挺广的，一旦暴露身份，她担心以后事情会变复杂。

对此，林蕾全部接受：“时间我们可以慢慢调，自然是以你的时间来调整。另外陈小姐不想露脸，这样的情况我们采访中遇到过很多，你可以佩戴口罩、墨镜等，我们也会为你的脸打上马赛克，这一点你不用担心。”

“那行，接下来有什么安排，你在微信找我就行。”顾虑都被解决，陈喃满意地笑了笑。

两人今天只是简单地聊一聊。

“我们之前还有些采访安排，所以陈小姐我们的时间可能就先定在三周……”林蕾的话还没说完，陈喃包里的手机响起铃声，打断了两人的对话。

前奏漾起——“从前从前，有个人爱你很久……”

陈喃看了一眼来电显示，是许梦梦的电话，她没有接，挂断了电话后给许梦梦发了个微信。

“不接电话吗？”林蕾问。

“是我编辑的电话，应该是问我有没有过来找你。我发微信和她说了，不碍事。”

“哦，这样啊。没想到陈小姐也喜欢听周董的歌。”林蕾轻轻点了下头，指着她的手机，“刚才我要是没听错的话，那首歌应该是周杰伦的《晴天》，对吧？”

听到这首歌的名字，陈喃的目光停顿了几秒，过了会儿才回答：“是。”

“那么巧啊，我也很喜欢这首歌。”林蕾像是遇到了知音，“我男朋友以前也是用这首歌和我告白的，所以我特别喜欢。陈小姐喜欢这首歌，不知道是不是也有什么原因？”

闻言，陈喃心底一苦，不动声色地摇了摇头否认：“没有，就是觉得挺好听的。”

她淡淡回复，脑海里却无数次浮现那年军训，那个唱着《晴天》的少年。

因为一个人，喜欢上一首歌。

的确有人是这样的。

“的确很好听，我很喜欢这首歌。”林蕾看着眼前的陈喃，目光落在她白皙脖颈间挂着的项链上，“陈小姐你的项链很漂亮啊。”

数字7。

项链上没有其他多余的装饰，简约风，挂在她的脖子上很衬气色。

陈喃抬手捏了捏项链上的挂坠，表情有些不自然。

两人之后没聊几句，陈喃工作上有安排，林蕾送她到楼下，两人告别。

林蕾看着慢慢走远的纤细背影，踌躇了会儿，最后还是小跑过去喊住她：“陈小姐。”

陈喃停下脚步回过头：“怎么了？三周后过来采访，我记住了。”

“不是这件事。”林蕾摇着头，问的是另一件事，“我看你的那本暗恋文很有感触，我第一次看这样暗恋有始无终的小说，其实一开始就想问你了，你在末尾写到，谨以此文送给你的少年，说这是最接近你本人经历的暗恋故事。

“我有个朋友，和你描述的暗恋故事主人公很像，不过……他是个男生。”林蕾试探性地看着她，像是想从她的脸上看出些什么，但没有。

她只从陈喃的脸上看到了不解，意识到自己说的这话不对劲，她才连忙找补：“我就是想问问，这本书还会有后续吗？比如最后，路栩还是喜欢上了她，或者长大后两人产生交集，重新认识？”

面对林蕾奇怪的发问，陈喃低下头，苦笑了一声。

沿路吹来一阵冷风。

她说：“不是所有人的暗恋故事都是有始有终的。”

有很多人的暗恋在某一刻突然就断了，再也没有后文。

她的答非所问，就是答案。

和林蕾分开后，陈喃就去上班了。

在办公室里，她偶尔还能听到有同事在议论自己那本书。

“你看我就说嘛，小说里才会有喜欢个八九年的。”

她光听着不发表意见。

如果真的是小说就好了，她能喜欢得勇敢点，放弃时也洒脱些，就像是写完一本书，和书里的人告别，然后彻底释怀。

陈喃想，要是真的那样就好了。

她宁愿充当赋予小说人物感情的那个人，不去当经历过的本人。

或许她能和书里的路栩告别。

却始终没有勇气，和现实中的他，说声再见。

采访的时间到了，陈喃提前在手机上和林蕾约好具体事宜。

她穿着简约，化着淡妆就过来了。

应之前的要求，她戴了一个白色口罩，遮住大半张脸。

一切机器就位，录制开始。

林蕾拿好话筒，清了清嗓：“欢迎大家来到我们节目的现场直播，我是主持人林蕾。在今天的节目中，我们很荣幸邀请到了最近爆火的作者，陈氧陈小姐。陈小姐你好。”

“你们好。”陈喃深吸了口气，周围闪光灯无数，观众席坐满了人。她进入状态，点头礼貌地回应着。

在这一个月里，她因为这本暗恋文，变成了一夜爆火、身价上涨的作家。

微博粉丝暴涨，私信挤满了各种不同的暗恋故事。

林蕾低头照着稿子上的问题很官方地问她：“陈小姐，我们都知道你写文已经有很多年了，但是广大读者发现似乎你的所有文章里，男主的姓氏全都是以L开头，并且在你最新创作的那本暗恋文里，很多读者顺着蛛丝马迹，找到了原型的学校，不知道这是不是真实的呢？”

陈喃这本书真正爆火起来，小半原因是博主的推书。

更多原因是有人找到了原型的苏市一中，和……疑似原型本人。

甚至有不少自称是校友的网友跳出来扒帖，一时间热度高涨，到现在都没有退下来。

苏市一中毕业的，我觉得这个男主描述好熟悉啊。

这不是1×届×××吗？

咱们一中优秀男生一大堆，每年年级第一进来的，大多数不都是理科状元或文科状元出去的，这范围可大了。

……

起初林蕾只是想简单做个采访。

没想到某一个晚上这本书被扒出原型，火了个彻底。

此时此刻，她们聊着的话题，只关乎一个，那就是：暗恋原型。

其实陈喃并不是很愿意提起这事，被人扒出原型也纯属意外。

但如果再不站出来说清楚，这原型风波就要越掀越大了。

林蕾抛出的这个问题，也是所有人最关注的。

其实陈喃自己都没有想到，写了那么多的小说都无人问津，居然有一天自己笔下的暗恋故事大火。

不知道那个被不少读者询问的原型人物，是否也会读到这本小说，发现有个女孩，记下他青春里所有的喜怒哀乐，和他的背影。

那个无数次出现在她记忆里和梦里的背影。

她想，未来自己或许会忘记他的样子，但一定不会忘记他的背影。

林蕾这个问题太直接了，陈喃抿了抿唇，无法回答。

一晃过去快十年，时间走得太快了，连她也早记不清自己是怎么喜欢上路栩的了。

年少时，少女的心动本就是那么没来由。

开学典礼上看见他，台上的少年在发光，熠熠生辉得耀眼，以至于自那天起，她再也没有见过比他更加耀眼的光。

没有人会不爱光亮，会不喜欢光下的人。

林蕾见陈喃走神，小声提醒着她："陈小姐，路栩真的有原型吗？"

陈喃听着林蕾的问题，脑海里不受控制地浮现出一个模糊的背影，那个背影清瘦干净，迈着大步走得太快，跟在背后的女孩子磕磕绊绊，却根本跟不上他。

她没有回答林蕾的问题，只道："在青春里，大家都暗恋过一个很优秀的男孩子吧，所以，像路栩那样的男生，倘若真实存在于生活里，很难有人不喜欢吧。"

她笑得有些苦涩。

路栩这个名字，代表了太多太多。

"他……会替你解围，不会跟着一些恶劣的男生笑你，他学习很优秀，又很有礼貌，篮球还打得特别帅。

"会主动给老人让座，会给不认识的同学讲题，会买老奶奶的花，也会颓废会迷茫，但他永远都会找到那条属于自己的对的路。

"会帮被堵在小巷子里的我，待人总是那么温和……那么好，好到无可挑剔。”

说起他，陈喃的嘴角总是会不自觉地扬起，她眼睛亮晶晶的，是藏无可藏的喜欢。

她想着自己在文中描述的那些细节，这一刻突然恍然大悟，那个少年之所以能让她那么念念不忘，是不是就是因为，她早就遇到了那个在现实生活中可望而不可即的路栩。

在那段年少的青春里，她遇到了一个很好很好的人。

往后的那些日子，她可能再也遇不到像他那么好的人了。

“那样的男生，的确很让人心动。”林蕾被她的情绪带了进去，下意识回答着她的话。

“高中那会儿，我是个很平凡又胆怯的女生，夏天我脸上会被热出红血丝，冬天手上会长冻疮。有的时候皮肤不好，会长很多痘痘。

“军训那会儿，我总被同班的男生笑，他会为我解围，会路过我身边说‘我觉得挺好看的’；他也在小巷子口没犹豫地砸过篮球，救下那时快哭出来的我。

“用他生活里的不开心，他那些伤疤，来安慰我。

“他说，希望我能勇敢点。”陈喃说着声音嘶哑下来，有些哽咽，“那样的他，谁能不心动呢？”

而她，也真的做到了不同意义上的勇敢。

勇敢地喜欢了他那么多年，勇敢到……笔下的男主角都是他的影子，勇敢到能为他，写一本书出来。

“我会因为和他撞到同一节体育课就窃喜一天。那个时候，同学们都穿着清一色的校服，我却能第一眼在人群中认出他。往后很多年里，看见和他相似的背影，我都会忍不住地多看几眼。”

和他在校园里擦肩而过，装作面无表情，其实内心紧绷着，紧张得要命。

那些巧合或是刻意的偶遇，在那之前，她就捯饬自己乱糟糟的头发好久了。

“你懂那种感觉吗？”她话语一顿，一只手覆上挂在脖颈上的项链，望向林蕾的眼睛已经有了泪光，“和他偶尔对视，总会让你产生‘他是不是认识我’的错觉。

“可是没有，我还是那个只能躲在角落里，看着他和喜欢的女孩子打闹的人。”

暗恋的人啊，像是角落的偷窥者。

这份感情，总让人受尽委屈，让人胡思乱想，因为一个无关痛痒的对视，在心底上演一场大戏。

看他身边来来往往出现的人，有勇敢不顾一切大胆告白的，也有像她这样，偷偷看他的。

“那……”林蕾迎上陈喃悲伤的目光，她心上被狠狠一震，那是个没有办法解释的目光，带着眷恋的爱意，却那么破碎。

“那你有听他的，勇敢一点吗？”

陈喃苦笑一声，摇着头，她眼神闪烁，声音已经沙哑：“没有。很可悲不是吗？很多人喜欢一个人，第一反应竟然是自卑。”

听到他说得勇敢，她不是没有动摇过。

只是她真的不知道，知道他喜欢的人是谁，自己到底还有没有去打扰的必要。

没人会不希望自己勇敢点。

可是这个世界上，存在着勇敢者，也应允了胆小鬼的存在。

应允了敏感胆怯的胆小鬼演绎着一份专属胆小鬼的暗恋。

爱情属于勇敢者。

她不是。

采访结束后，在后台看见林蕾欲言又止的表情，陈喃叹了口气，朝林蕾微微点头示意，没等林蕾走过来说什么，她就先一步离开了。

其实再提起路栩，她的心里不算好受。

回忆是很不公平的，她在他的故事里微不足道，他却在她的故事里，成为最浓厚的一笔，就算提起他，不说他的名字，想起他的脸，陈喃都觉得自己能哭出来。

她在街上漫无目的地走着，鬼使神差地走到苏市一中的门口。

一中早就翻修过了，校门外白色的墙壁，屋檐上乌黑的瓦片，崭新又带着故事。

她路过校门口，靠着黑色的围栏瞥见在篮球场里肆意飞扬的男生们。

迎着光，少年气，热血沸腾。

每一年，其实都会有像路栩一样的男生。

他们在篮球场上肆意飞扬，无论是炎热的夏天，还是酷冷的冬天，都无法阻碍他们对篮球的热爱。

可每一个人，都是独一无二的。

也许世界上总有人的眉眼或背影身形相似。

但没有人会是路栩了。

陈喃不知道为什么，倏地停住了步伐。

她坐在马路边的木长椅上。

就这么过了十几分钟，陈喃看着球场里的男生们打完了一场球赛。也有女生冲上去递水，周围一片起哄声，充斥在球场内。

她见状，眉眼弯弯跟着一起笑起来。

在她眼里，那不是一场普通的球赛。

是青春。

是已经逝去的青春。

远方刮来阵阵风，陈喃站起身来，腿有些麻了。

沿路走在中学时代必经的路上，也是一种怀旧吧。

她路过了多年前那个篮球场所在地，目光所至，已经见不到了。

那个球场早荒废了，改成了一个健身公园，给附近的老年人使用。

面前的一寸一土，早就不是当年的模样了。

不远处就是她生活了很多年的那个小巷口，她目光一顿，那些不好的记忆涌上心头，但她已没有了当初那样的应激反应。

高副那帮人后来怎么样了，陈喃一无所知。

考上大学后，她和赵兰就搬家了，再也没有回过这里。

这还是她这么多年第一次过来。

好像，她把所有的回忆都留在这里了。

只有他，跟着陈喃的记忆，去了未来。

很快，陈喃那一段采访的话就被传到了网上。

或许暗恋总是那么心酸又总能引起共鸣，不少人因为她的那段暗恋掉眼泪，为她心酸。

她的采访分为两段，最先播出的一期节目并没有回复她提及的原型是谁。

电视上的女人，穿着一身浅白色的长裙，眉眼柔和，她像是在讲述一个故事。

可如果有人仔细看她的眼睛，不难发现她眼尾的泪花，和无声的哽咽。

你还是那个你，存在于我的故事里，让我一提起，总是忍不住地想掉眼泪。

我青春里，最重要的男孩。

出名对陈喃来说，是好事也是坏事。

一本书火了，有好评就会有恶评。

这大概也是见怪不怪的事了，有人怀疑陈喃的那本小说是抄袭的，也有人说她的书是在卖原型博热度。

她的微博私信、小说评论区里，也开始出现很多难听的话。

其实也正常，并不是每个人都是胆小鬼。

也有很多人，无法理解她的这种行为。

这场大型的自我感动，的确可悲。

这几天许梦梦和林沉茜都担心陈喃，两人嚷嚷着要来陪她一阵子，全被她一口拒绝了。

“我没事，放心吧。”她和两人打着视频电话，才短短几天，视频那头的她好像又消瘦了不少。

林沉茜这个平日里不细心的人都看出来了，她蹙了蹙眉：“怎么回事啊，你是不是没好好吃饭啊，瘦了那么多。”

“这几天没什么胃口。”她苍白地扯着嘴角笑了笑，其实网上那些言论，对她还是有些杀伤力的。

加上这几天她工作忙，一天下来都没怎么吃东西。

从这本书写完到现在，她只要一放空下来，就会做梦，梦到很多很多过去的回忆，然后失眠。

对她来说，写文真的是个很念旧的事情。

过往那些随着时间遗忘在角落的情感和记忆，会一拥而上。

她从来没有忘记过。

只是时间太久了，她也有些模糊了。

说起路栩，在她印象里，还是当初少年的模样。

她这几天状态的确不好。领导看她整天病恹恹的，给她放了三天假。

她接受了，觉得自己是时候要调整调整情绪了。

那几天里，陈喃没出门谁也没见，半夜的时候老能被林沉茜逮到她在社交软件上刷视频，就是不睡觉。

几个人见状觉得这样下去也不是办法，组了个微信群，取名叫：如何逗陈喃开心。

一共就三个人。

许梦梦、林沉茜，还有个宋词屿。

他们目标一致，天天在微信上给陈喃发冷笑话。

陈喃心情倒是没变化，在半夜刷着社交软件视频时，总能被这三个人疯狂轰炸。

她是真的被这几个人气笑。

今晚也还是老样子，她刷到一个视频，手机屏幕上就跳出林沉茜的微信。

林沉茜：从前有个包子走在路上觉得饿了就把自己吃了。

陈喃：……

过了几秒，宋词屿发来消息：从前有一个棉花糖去打球打了很长时间，它说："好累啊，我觉得我整个人都软下来了。"

……

陈喃无奈地扶额，真不知道这几个人到底是怎么在网上搜到这么无聊的冷笑话的。

她没再回复，纤长的手指划过下一个视频。

视频的文案是：变漂亮了又如何，心里最想赢的那场比赛已经过去很久了。

她刷着视频的动作突然顿住，指尖停留在屏幕上，久久缓不过神来。

她总是在夜深人静的时候想起路栩，有时是因为一首歌，有时因为一个文案，那个人藏在过去里，成为她青春的独家记忆。

过去须臾青春尔尔，陈喃其实不讨厌那个高中时胆怯的少女。

勇敢还是胆怯，都是她当年的选择。

没什么好怨的。

就是有些事情迟了很多年，她偏偏是在那个最狼狈的年纪遇上他的。

是个不太凑巧的时机。

如果他们再遇见，会不会是不一样的结局?

她摇了摇头，想把脑海里那些奇怪的想法摇散。

她点开评论区，有一条热门评论格外引人注意:

有些人早就见完最后一面了。

她指尖一顿，呼吸倏然一窒。

也许是的吧。

在某一个不知名的长夜，她就和少年见了最后一面，进行了一场无声的离别。

在她还误以为能再见面的时候。

往后几年，哪怕真的能和他巧合地碰上，也都早不是那一年炙热仲夏的他们了。

【第十一章】

/数字“7”/

在三人小分队发了三四天冷笑话后，宋词屿终于意识到，这事没用。

他无奈地翻起了陈喃微博下的评论，想从中找出点东西来。说不定也有结局好的暗恋，能看到给她发过去，让她也开心点。

评论里留言的人已经上万了。

宋词屿翻了个大概，轻轻扫过几眼，全是暗恋无果的故事。

他只好重新回到评论最上面，略好奇地看了几眼。

评论区里点赞最多的三条评论。

和他的名字出现在同一张纸上，那么点小巧合，都是幸运的。

作者的项链是个7啊？有什么深意吗？

可惜暗恋一直都是胆小鬼的优秀，勇敢者才能获得爱情。

……

宋词屿最先注意到了第一条。

他记得，过去那个图书馆现在还在营业，只是很多书籍都更换了。

陈喃书里描写的那本书早就不在书架上了。高中那会儿很多人都会去图书馆借书看书，一本书被多少人借走再还回来。

谁会注意到呢，因为那张登记表上两个名字落款在一起，也成就过少女美好的心事。

他突然灵光一闪，想去把那张登记表找出来。

陈喃要是看到了，一定会很高兴的。

想到这儿，他一下子就来了劲。

他二话没说把评论区的话截屏，发进三人小群里。

我们去那个图书馆找找吧，说不定能找到。

附议。

说干就干，咱们图书馆门口见，宋词屿你自己去啊，我去接许梦梦。

三人目标一致，直奔苏市老图书馆。

宋词屿一马当先询问前台的图书管理员：“请问你们这儿是不是有本帮助作文提高的书，大概是长这样。”

他调出手机搜索的页面，管理员盯着手机上的照片想了好一会儿，才勉强想起来：“有的，以前还挺多人借的，不过现在这本书已经损坏了，好几年前就从书架上撤下来了。”

“那本书还在吗？或者是那本书的借阅登记表，还在吗？”虽然这回答在三人的意料之中，可林沉茜还是有些着急，她挤在宋词屿前面，期待地问。

“嗯……我也不太确定，不过我们这儿淘汰的书，一般都放在负一楼的储物间里，你们一定要这本书吗？”

“对，我们一定要找到，那本书……对我们一个朋友特别重要，能不能麻烦你帮我们一下。”

宋词屿坚定的语气让女管理员有些犹豫。

面前的三个人站成一排，一脸期许地望着她。

半晌，女管理员受不了这目光，勉强开口答应：“我可以带你们去我们的储物间，不过里面堆了很多的书，未必能找到。”

“没事！只要有一线希望，我们都愿意去试试。”林沉茜见还有希望，连忙开口道谢。

女管理员带着他们坐电梯下到负一楼。

林沉茜在电梯里细细观察了几眼，看着这儿的设计崭新浩大，忍不住惊叹一声：“这儿的变化好大啊，以前来的时候，哪里有电梯啊。”

“你想想你们高中到现在，都快十年了，肯定变化大啊。”许梦梦瞥了她一眼，一个坏心思涌上心头，“不过……林沉茜，你这样不爱学习的，也来图书馆啊。”

她的话带着戏谑调侃的意思，惹得林沉茜一个脸红，她一臊，不用想都知道是陈喃和她说的:“怎么了啊！陈喃以前经常来啊，我跟着她一起来不行啊！”

“哦，这样啊。”许梦梦闻言，装成恍然大悟的样子，稍稍点头。

林沉茜：“……”她还想再争论几句。

下一秒，电梯的门打开。

宋词屿开口：“别闹了啊，我们抓紧找书吧。”

“对对对，我才不和你计较。”林沉茜昂着头，第一个走出电梯，跟着女管理员进储物间。

储物间的门打开，里边的灰尘扬起，她捂着鼻子蹙眉，抬眼看见里边的情况，呼吸都要停了。

“这么多书？我们要找到猴年马月啊！”她感叹一声。

面前的储物间内，堆积如山的书籍都快摞到天花板上去了。

林沉茜腿一软，许梦梦连忙扶住她：“别抱怨了，一本本找吧。”

“你们要找的是图书借阅登记表是吧？”女管理员问。

宋词屿答了句：“对的。”

“嗯，小李，他们几个要找八年前一本书的登记表，你给他们找找具体位置，我还得上班，先回楼上去了啊。”女管理员知会了一声储物间的工作人员，急匆匆地出门走了。

被称为“小李”的工作人员，听到这话也蒙了。

“你们……要找八年前的登记表？”她眼皮一跳，手指着左边那一沓厚厚的登记表，“这些年的登记表都在那边，你们自己找吧。”

小李表示自己实在是无能为力。

宋词屿没怨言，点点头，说了句谢谢，在林沉茜和许梦梦的眼皮子底下，先找了起来。

“他是不是疯了？”许梦梦看着那么卖力的宋词屿，觉得不可思议。

要从这么多的表里找出一张陈喃当年写的登记表，几乎是不可能的事情。

“唉。”林沉茜和她对视一眼，叹了口气。

“找吧，为了我南南的好心情，我今天豁出去了。”

话语一落，三个人分工开始找。

三人从大早上找到了下午，两边筛选的登记表慢慢成正比。

最后小李都不忍心看下去，帮他们一起找。

“我眼睛都花了。”林沉茜自暴自弃地坐在地上，浑身疲倦。

“我也差不多了。”许梦梦和她一起瘫坐在地上，手臂发酸，“这辈子没见过那么多登记表。”

她抬起头看了一眼，那一大堆纸里，只有宋词屿还在继续找着。

他找登记表的动作变慢了很多，手臂的肌肉很酸很疼，可他还是坚持不休息，继续找。

“宋词屿，你休息会儿吧。”许梦梦看不下去，站起来一把拉过他。

他没了力气，和她们一起坐在地上休息。

小李好奇地问：“话说，你们为什么要找这么一份登记表啊？这种东西说不准早就给丢了。”

这些不重要的登记表在他们眼里，和废纸没什么区别。

“因为这些在大部分人眼里看来不值一提的东西，对我一个朋友很重要。”宋词屿低下头，轻笑了一声，休息时，手上的动作也不停。

“那，除了那本书的名字，你们还记得借书的时间和借书人的名字吗？”

“二〇一〇年，五月二十日，陈喃。同年接着一排，九月八日……”宋词屿清楚地念出陈喃书上的内容。

“你记得那么清楚啊？”小李听得诧异，“那应该是没被丢掉，五月二十日这么有纪念性的日期，我们馆长肯定舍不得丢。”

“五月二十日？”许梦梦嘴里轻轻地念着这个日期，她和林沉茜互看了一眼，两人都想到了一件事情。

“怎么了？”宋词屿转过头不解。

“没什么，你还记得我们和你说过的那个，大学时期追陈喃的吴文吗？他大二那年和陈喃告白，就是在五月二十日。”许梦梦摇头笑了笑，这个浪漫的日期，也是命运多舛啊。

“那天……然后呢？”宋词屿动作一顿，像是想起了什么，脸色有些难堪。

林沉茜接着话：“那天，南南没有赴约，听她室友说，她只打了个电话拒绝了。”

“没错，吴文那小子当时还伤心了好久呢。”

许梦梦想起那会儿的乌龙，也是无奈：“你知道那时候陈喃干吗去了吗？

“她没接受人家的告白，跑出去看电影了。”

那一年五月二十日，苏市电影院，电影《情书》复映。

陈喃是大晚上十点多才回来的。还好她们一个宿舍的和宿管阿姨关系好，被骂了几句她就被放进来了，不然她都得在外边露宿街头。

“你怎么知道？”林沉茜不知道这事，转过头问着她。

“听陈喃室友说的，她好像是看了当晚最晚的电影，叫什么来着，当时很火的。”

许梦梦勉强地回忆着，记不起来那电影的名字。

“《情书》。”宋词屿过了几秒，回答。

听到这名字，她才想起来：“对，就是这个名字！”

“不过……你是怎么知道的？”许梦梦转过头，狐疑地瞥了一眼宋词屿。

面前的人并未慌张，他只低下头，语气有些苦涩：“因为那天，路栩和温漾告白了。就在五月二十日那天的电影院。播放的电影，也是《情书》。”

那是大二春天的某一日。

路栩高考后就去当兵了，两年后才回来。他回来后没多久，第一件事就是和温漾告白。

那是在电影院里，路栩这家伙没什么情调，告白也挺老套的，但是很受用。

那天他罕见地发了 QQ 和朋友圈。

L：脱单了。

配图是一张电影院的照片，银幕上播放的就是《情书》。

陈喃是通过林沉茜的截屏，知道这件事的。

林沉茜：陈喃陈喃！温漾脱单了！

陈喃不记得自己是怀着什么样的心情点开那张照片的，明明只是一句话，一张照片，传递不出什么，她却真的能感受到路栩的开心。

点开 QQ 的时候，刚好是陈喃的特别关心提醒。

路栩发了一条动态，内容……和林沉茜截图里温漾发的一模一样。

她指尖颤抖，因为这样的事情，她才再次点开了和路栩的聊天框。

那些聊天记录上，大部分都是她发给他的新年快乐祝福。

第一年他还是会回复的，慢慢地，这些消息就变成了她一个人发送。

陈喃觉得自己脸上凉凉的，手指覆上脸，她才发现自己哭了。

那好像是意料之中的事情，可她还是没有忍住眼泪。

她坐在宿舍的床上，像是失去了力气一样，眼泪怎么都控制不住。

吴文的电话打进来。

她麻木地接通电话，电话里是他喜悦的声音。

“陈喃，你快过来，我有个惊喜要给你！”

在那样一个特殊的日子，她早隐隐约约猜到了什么。

“对不起啊，学长。”她眼里积满了泪，声音都有些哽咽。

电话那头的吴文安静地没有说话，过了好一会儿，他的声音也黯淡下来：“你还是，放不下吗？”

她摇了摇头，不停地吸着鼻子：“我以为，只要时间过去，我就能放下的。”

话音刚落，她好不容易憋住的两行眼泪滑下眼角。

这么久了，陈喃真的以为，时间会给出答案，只要不再见他，不再与他有关，她迟早能放下的。

可是有些人就是难放下的。

“陈喃，虽然你一直说我们只能当朋友，可我还是不甘心啊。”吴文苦笑了声，这两年里，他和陈喃一直就只是朋友。

是他不愿意止于此。

“我明白了，我不逼你。但是陈喃，你对他，现在是喜欢还是执念？我希望你能分清楚。没必要闹得怀念比感情都长。”

吴文挂断电话。

陈喃的心底防线彻底崩塌。

“如果能分得清是执念还是喜欢就好了。”她边笑边哭。

执念和喜欢，可能早就混在一起了吧。

那天陈喃跑出宿舍，一个人看了最晚的那场电影。

在漆黑的电影院里，电影最后的那张借书卡被翻过来，全场不少人都跟着遗憾难过。

只有她一个人，在片尾时，哭得眼睛通红。

陈喃的眼前像是出现了路栩告白的模样，她看的电影，似乎又像是自己的故事。

他一定不知道。

那部电影的标签，是“暗恋”。

她是最后一个离开电影院的。走出电影院门口时，路过一个小女孩，手里捧着一大束漂亮的花。

小女孩看了陈喃一眼，递给陈喃一束花，奶里奶气地问：“姐姐，你怎么哭了？姐姐别哭，这个花送给你。”

陈喃接过那束花，鼻子一酸。

“姐姐没事，谢谢你啊。”她啜泣着，笑得苍白无力。

“那晚陈喃回来，手里还拿了一束花，她几个室友说，要不是看她哭得眼睛通红，还以为她约会去了。”

“花？什么花？”林沉茜站起身来问道。

“玫瑰花。”宋词屿在一边，语气异常笃定地开口。

许梦梦诧异地望向他，随后点了点头：“对，是玫瑰花。”

她问他：“你怎么知道的？”

“猜的，那天五月二十日，外边肯定都卖玫瑰花。”他像是在掩饰什么笑了笑，“我们赶快找吧。”

说罢，他没给许梦梦再问的机会，站起来继续找登记表。

林沉茜没许梦梦那么敏感，没注意到异常。

“所以，那天南南和吴文失约去看电影，都是因为……他啊？”她声音一顿，不用想都知道，那天陈喃一定很难过。

就像她大学那会儿知道顾阳青谈恋爱了一样。

那个时候，没有任何人陪在陈喃的身边，她得多崩溃啊。

林沉茜想到这儿，就特自责。她摇了摇头，跟着宋词屿一起翻找那张登记表，越发卖力。

宋词屿终于找到了那张登记表。

“我找到了。”他呼吸一滞，拿着那张纸的手已经酸痛得颤抖。

另外三人齐刷刷起身，围在宋词屿的身边。

泛黄的纸张上，不是很清晰地留着钢笔字迹。

和陈喃书上描写的一样。

他们的名字挨在一起。

“终于找到了啊。”林沉茜看着那张纸上的名字，此刻心底五味杂陈，复杂得想要哭。

这么多年，一直都是陈喃一个人守着这个秘密，就和这张泛黄的纸一样。

是她整个青春里，没有人注意，也没有人知道的秘密。

夜已经很深了。

“坐我的车吧，大晚上的，你们回去也不安全，要是出事了我可没法和陈喃交代。”宋词屿说道。

林沉茜看着外边漆黑的天，还有点冷，她和许梦梦没拒绝。

把小李送回家后，车子里，三人一致沉默。

最后还是许梦梦先开了口：“这张登记表，你去给陈喃吧，是你找到的，应该你去给她。”

“这是大家一起找的。”宋词屿摇了摇头，拒绝了。

“你傻啊，这不是给你和陈喃创造机会吗？”林沉茜白了他一眼，无语他不开窍。

“都这样了，你们还打算撮合我和陈喃啊。”他耸了耸肩，苦笑了一声。

是啊，一个心里有结的人，多难再喜欢上别人啊。

许梦梦跟着叹了口气，无聊地刷微博。她习惯性地看着热搜榜，找着有兴趣的词条点进去，在热搜榜第二十条开外，她看见陈喃的微博上热搜了。

她急忙坐直了身体，诧异地点进去：“陈喃的微博上热搜了。”

“啊？真的假的啊。那么牛吗？我也去看看。”林沉茜惊呼一声，也打开微博查看。

还真是上热搜了。

热搜词条是：暗恋到底如何能不遗憾。

第一条微博，就是陈喃的。

许梦梦点开看里边的评论，点赞最多的是这一条：

作者的项链是7啊，有什么深意吗？

陈喃没有回复那条评论。

“这里有条评论点赞很多，是说陈喃的项链的。”许梦梦继续看着下边回复的评论，这么一条简单询问的评论，按道理不会那么火啊。

“对了，林沉茜你知道陈喃的项链，那个7有什么意义吗？”她想起陈喃那些小动作，陈喃紧张的时候，很喜欢摸着那条项链。

“啊？”林沉茜闻声摇摇头，“不知道，南南就说是好看来着。”

“那条项链，她戴了很多年了吧。”许梦梦不相信这番话，继续问。

林沉茜点头应：“对，好像是大一的时候，我就看她戴了。宋词屿，你知道为什么项链上是7吗？”

她把问题抛给开车的宋词屿。

他想了会儿，摇头，7这个数字，和路栩扯不上半点关系。

“看来只有南南知道是为什么了。”

正当他们都一筹莫展时，许梦梦刷着微博评论的手一顿。

她的目光定格在某一条评论上，呼吸一滞。她连忙让林沉茜和自己一起看，生怕自己看错了。

“这里有个答案。”她犹犹豫豫地看了宋词屿一眼，念出来，“那不是7。”

“是L。”林沉茜接下她的话。

几乎同一时间，宋词屿眼底情绪波动，他失神地开着车，见自己要闯红灯了才连忙急刹车。

因为惯性，林沉茜和许梦梦身子都往前一倾，许梦梦的手机掉在了车里。

车内一时沉寂。

宋词屿僵硬地转过头，问她：“你说什么？”

许梦梦愣愣地看着他，还没从刚刚的急刹车里缓过来。

她眨了眨眼，艰难地开口：“那不是数字7，是倒过来的L。”

说完，连她都低下头，眼圈泛红。

半晌，宋词屿才转过头，他的手用力地往方向盘上一砸，暗骂了一声，又气又笑。

林沉茜惊魂未定地缩在许梦梦旁边，两人对视着，双眼通红。

因为她们都知道7这个数字对陈喃的意义。

林沉茜手抖地翻出这些年和陈喃出去玩的照片，她拍下了自己和陈喃路过各地时写下的愿望。

那家伙的愿望前缀，一直都是 7。

7，一切平安。

7，万事顺意。

7，毕业快乐。

7，祝你幸福。

……

陈喃总是会把这一小段话放在开头。

也有人问过她，7 是什么意思。

她只说：“是个代号而已。”

而在许梦梦的记忆里，陈喃钟爱 7 这个数字，无论是她在路上抽奖选数字，还是她玩卡罗牌算卦选择心中的数字，又或者是她的网名、她的微博简介，一直都是 7。

原来不是数字，是倒过来的 L。

所有人都恍惚了。

她们只以为陈喃喜欢 7 这个数字，以为 7 是她的幸运数字。

原来，7 就是 L。

她一直，在悄悄地喜欢他。

一路上，三人无言。

林沉茜最先到家下车，宋词屿一句话都没有说，又送许梦梦到小区门口。

“到了。”他提醒了句。

许梦梦点了点头。

“谢谢啊。”她吸了吸鼻子，声音有些哽咽。

在打开车门下车前，她动作一停，冲着驾驶位的宋词屿说：“宋词屿，我知道我接下来说的话可能很过分，但是我能不能……能不能拜托你，你帮陈喃走出来吧，她真的……”她控制着即将崩溃的情绪，不断地摇头，“她自己真的可能走不出来了。”

许梦梦低下头，心底堵得难受。

宋词屿没有回答她。

他整个人在阴影中，忽暗忽明，看不太清脸色。

陈喃的那段感情，连他们这些局外人，都不得不为之难过。

许梦梦一向是个挺理智的人，她见过太多故事，却也还是没忍住。

暗恋太苦了。

实在是太苦，太苦了。

【第十二章】

/ 到底为什么是 192/

次日，陈喃是在工位上收到那张登记表的。那张泛黄的纸，就放在她的桌子上，被一个本子压住。

她的目光瞬间呆滞。那张表上的时间和名字，值得她大哭一场。

陈喃用指腹轻轻地摩挲着那张薄纸，惊喜又诧异。

其实不用想，她都能猜到是谁找到的这张纸。

她给许梦梦三个人发了句：谢谢你们啊。

林沉茜秒回：谢什么，咱们都是好朋友。希望我的南南，看到这个会变得高兴！还有还有，其实我们也没帮多少忙，宋词屿翻了一整天才翻到的！你多谢谢他哦！

陈喃：好。

陈喃：真的谢谢你啊，我真没想到还能看见这张纸。

她编辑了消息发送给宋词屿。

听到林沉茜和许梦梦阐述昨天找这张登记表的情形时，她心里一暖，又特不好意思。

过了几分钟，宋词屿发来消息：不是大事，我们几个随随便便就找到了。而且这纸也不用了，人家就送给我们了。

他嘴里的轻描淡写，是花费了整整一天的努力。

陈喃垂下眼，无法面对宋词屿的这份感情。

这一天里，陈喃都在失神地想着宋词屿的很多事，想起在同学聚会上听到的话，和他如今的所作所为。

同事们和陈喃打着招呼一个个下班了，她是最后一个走的。

她坐电梯下楼，电梯门打开的一刹那，她看见有个女人站在不远处，侧脸漂亮，靠在墙边等着谁。

陈喃第一眼就认出了那个人。

她稍稍走近，喊了一声："温漾。"

那人听到声音转过身来，白皙的脸上带着淡淡的笑："陈喃，好久不见。有时间和我去附近的咖啡馆坐坐吗？"

陈喃能猜到温漾来找自己的目的，没拒绝。

两人并肩走进咖啡馆，点了两杯咖啡。

"陈喃，我们真是……好久没见了。"温漾撩着头发，笑得风情万种。

她还是和以前一样漂亮。

"有话你就直说吧。"陈喃淡淡笑了笑。

温漾的表情明显一顿，她低下头抿着唇，表情有些难堪："我认出在电视上的你了，也不知道为什么，第一眼看到就知道是你。我也看了你写的那本小说。"

她的声音一顿："陈喃，对不起啊，我不知道原来那个时候你也喜欢他，我还和你说了那么多。"

温漾抬起头，脸上是满满的歉意。

陈喃看着她，轻轻摇了摇头："你不用和我说抱歉，你没有错。"

他们三个人，谁都没有错。所以只能留下一个人痛苦。

"我和他……要订婚了。"温漾听到她的话，鼻子有点酸。

那年她不明白为什么陈喃那么不愿意和自己亲近当朋友，如今终于有了答案。

陈喃脸色一下子变得苍白，苦笑着点头："是吗？那恭喜啊。"

她刻意的轻描淡写，没有逃过温漾的眼神。

"你还是喜欢他的对吗？"

"重要吗？你今天来找我，不会就是为了这些吧？"陈喃抬起头，直勾勾地盯着温漾，没有回答。

温漾见陈喃坚持不回答，也不再继续问。

她摇摇头，说出了自己真实的来意：“我今天来找你，除了想和你道个歉，还想和你说说关于宋词屿的事。”

“宋词屿？”陈喃蹙眉，有些不解。

“我想和你说些你高中不知道的事情。我看你在采访里说，高中那会儿我们文理分班后，路栩还是会一直路过你的班级，你还记得那个时候吗？他走过你班级的那条走廊，是不顺路的。”

“你什么意思？”

“我的意思是，后来我问过他，他说那个时候，是宋词屿非要扯着他路过二楼的走廊。”

那时候路栩和宋词屿他们打球时间紧张，一路小跑抄近路回去才能勉强赶在上课前进教室。

可宋词屿那家伙不知道为什么，死活要拉着路栩，绕远路路过文科班的走廊。

每次都这样，每次他们几个都得挨批。路栩也说过宋词屿好几遍，可是他还是不依。

“所以后来慢慢地，他们也就养成了习惯……刚听到这些的时候，我也不知道为什么，直到今天，我想我明白了。他是想让你，多看看路栩。

“还有很多很多，路栩说宋词屿有段时间总会去看那些小猫，问他到底想做什么，他支支吾吾不愿意说。

“有一年他带着路栩去和程浩克那帮人打球，路栩和我说他只知道宋词屿是为了一个女生。我想，那个女生就是你吧。”

温漾的语气很淡，却字字都戳在了陈喃的心上。

她胸口一闷，手指不自然地蜷缩起来，一时说不出是什么感觉。

原来那些年，她以为巧合是上天给予，却从来都不是。是有人，在帮着她完成她那些年的唯一心愿。

所以陈喃才能见到路栩那么多次。

那条路不是他常走的，是宋词屿牵的。

“他总路过的那条小巷子，也不是路栩常走的，而是宋词屿经常走的。”

那个少年啊，看见她被欺负，推搡着路栩让他过去帮她。

他躲在角落里，看见蹲在地上掉眼泪的陈喃，不敢走过去。

这么多年，陈喃追逐着一个影子往前跑，却不知道她身后，也有一个影子。

高中毕业后的某一个夜晚，蝉鸣闹耳，夜空中亮着点点碎星。

球场上只有他们两个人。

宋词屿坐在地上对路栩说："你说，要是有一天，我喜欢的女生喜欢上你怎么办？"

"瞎说什么呢？"

"阿栩，如果有一天，我是说如果，我喜欢的那个人真的喜欢你，还来和你告白了，你能不能别把话说得太死，说得温柔点行吗？"

路栩一脸诧异地看着他："喝酒喝昏头了吧你。再说了，怎么可能有这种事情啊。"

"你别管，你就答应我吧。"

"啊，行行行，耍酒疯了吧你。"

"陈喃，我就是想说，你能不能转过身看看宋词屿？他虽然平时吊儿郎当的，但我看得出来，他是真的喜欢你。他为你付出了那么多，连我知道真相的时候都有些感动。宋词屿啊，是真的没有放下过你。"

温漾的话音刚落，就看到还呆滞在位子上反应不过来的陈喃。

见她诧异得说不出来，温漾只好叹了口气起身先离开了："你自己好好想想吧。"

温漾走后，陈喃坐在位子上，半天没有消化掉那些情绪。

在她的回忆里，路栩是她故事里当仁不让的主角。

可是在那些巧合的遇见里，宋词屿是牵线的人。

她不记得自己在咖啡店里坐了多久，桌上的两杯咖啡没人动过，已经凉了个彻底。

直到林蕾给她发了微信，她才麻木地缓过神来。

林蕾没有发其他的，只发了两张照片。

那是一本苏市一中统一发的日历。她没记错的话，应该是一中那年评选最美校园的时候发的。

照片里的日历，是二〇一二年的。

日历的纸角已经起卷了，周围一大片也是蜡黄的。

六月份。

六月二十二日，这个日期被人用红笔圈了出来。

是她的生日。

下一张照片，是日历的最后一页。

1天，2天……11天……45天……

上面密密麻麻地记录着天数，每个数字都挤在一起，看不太清。

直到那一年的最后一天。

192天。

他写下一句话，字体不太好看：

这是我喜欢上你的192天，也是知道你喜欢他的第192天。

她看着最后的那段话，眼睫轻颤，一幕幕的回忆在脑海里像是在放电影。

她记得那天，因为生日那天她考试，偷偷拿了路栩的考号。

温漾嘴里的那群小猫，她也记得。

某一年，在看小猫时，她的目光撞上了宋词屿的眼睛，他慌乱地躲开。

一段喜欢的开始。

另一边的林蕾，就坐在温漾的对面。

林蕾给陈喃发的照片上的日历的主人，就是宋词屿。

她们相视一笑，笑得苦涩，也终于把这个秘密告诉了那个应该知道的人。

宋词屿在家里颓废了一整天，和陈喃的聊天记录也就停在“谢谢”上了。

直到这一刻，她打来电话，才让他眼前一亮。

电话打入的瞬间，宋词屿就接通了：“喂，陈喃，怎么了？”

他的语气里满是高兴与期待。

陈喃听到他声音的那一刻，就绷不住了。

“宋词屿，我问你，你俱乐部的名字，到底为什么叫‘192’？”她站在那个俱乐部的门口，紧紧盯着上边的名字，脑子里乱得一塌糊涂。

提到这个数字，他比任何人都敏感，含糊着：“不是和你说了嘛，就是……”

“我都知道了。”陈喃掐断他试图含糊过去的话。

“什么？”宋词屿在电话这头一怔。

他试图装傻，陈喃却没给他机会。

“我在你俱乐部门口。”她开口。

“好，你等我，我马上过来。”宋词屿连忙拿起衣服就往外跑。

路途不远，他跑到陈喃面前时，却是满头大汗。

他有些踌躇，想让她知道自己的心思，又怕她因为知道，两人连朋友都不能做了。

陈喃背对着他，见状他越发不安。

“陈喃，你别在意啊，我其实就是不知道要取什么店名，随便就想到了这个，我……”他挠了挠头，胡乱解释一通。

话还没说完，背对着他的人的啜泣声轻轻传过来。

宋词屿神色一顿，拉过她的手臂，让她面对着自己。

陈喃转过身，抬起头望向他，她的脸上满是泪痕，眼底积着一层雾气。

“你别哭啊。”他瞬间不知所措，想用手给她擦眼泪又觉得不妥。

她就这么看着宋词屿，他一副局促不安、不知道怎么办的样子。

陈喃死死咬着嘴唇，半晌才吐出几个字来。

她说：“对不起。”

宋词屿从衣服口袋里找纸的动作一顿。

他勉强笑了声，摇了摇头，继续从口袋里找纸，好不容易翻到一张。

他递给陈喃，看着面前的她哭得眼睛通红，又怔住了。

“陈喃，你终于也为我哭了一次啊。”他内心既苦涩又有点难受。

终于这一次，你的眼泪，不再是为了他了。

陈喃好不容易平复了情绪，两人坐进店里。

宋词屿开始讲述自己那长长的暗恋。

“其实我也不是没尝试着走出来，可是不知道为什么，大概是执拗吧，也可能是和你一样吧，觉得那段时光遗憾又难忘。”他苦涩地笑着，对他来说，他这辈子再也遇不到第二个和陈喃一样的人了。

"可是我真的不值得你那么喜欢。"

宋词屿听她的话，摇头否认："值得啊。在我印象里，高中那段时间的你，优秀，人好漂亮，也在发光啊。"

他从桌上抽了几张纸，随时准备着，以防陈喃再哭。

"对不起，我什么都不知道。"她被宋词屿的一番话说得内疚又难堪。

暗恋着别人的人，也许也被人暗恋着。

"你不用感到抱歉啊，陈喃，是我要喜欢你的，也是我不打算告诉你的。"他的神情柔和，声音很轻，在安慰她。

"那时候我意识到原来你真的喜欢路栩，我因为这个还吃醋来着。说起来怪丢人的，不过那会儿也真的意识到我是喜欢你的。可能是那样的日子太深刻了，我才记下了192这个数字。"

他淡淡地描述着那段日子。

其实是不好过的，特别不好过。

看见自己喜欢的人喜欢着别人，目光从未停留在自己身上。

看她给路栩那家伙送东西，他也真的会有醋意。

可是，没办法，谁叫他喜欢上她了呢。

"其实一开始我以为，你会去和路栩告白的。可是没有，我后来才知道，原来我们都打算把这段感情藏着掖着。"他望向陈喃，看着她那双漂亮的杏眼。

从看她匆忙逃跑，不留下姓名的那一刹，宋词屿才真的意识到，原来他们都一样。

是个不愿意，不敢说出喜欢的胆小鬼。

"是啊，有些喜欢，大概是见不得光的。"她看着宋词屿。

两人久久对视着，他们的眼底都是灼热的悲伤。

过了好一会儿，宋词屿才艰难地开口："陈喃，我们会一直都是朋友的，对吗？"

"会的，你已经是我的朋友了。"她郑重地点点头，眼睛湿漉漉的，其余的话她都说不出口。

像是得到这个答案，他就很满意了。

宋词屿没有说，其实他和陈喃不一样。

他不会藏，温漾高中时就问过他这些事。

至于林蕾嘛，是他从小到大的朋友，他也瞒不住。

所以林蕾找陈喃寻求采访，一方面是工作原因，另一方面也和他有些关系。

其实比起来，宋词屿觉得自己也不算暗恋。

他太有私心了，他不想和陈喃有这样的一个结局。

可是看见她哭，他又觉得，现在这个结局挺好的。

来日方长，这个故事的结局，他把选择权交到了陈喃的手里。

【第十三章】

/路栩，我喜欢你/

一周后，陈喃的另一个采访播出。

她提前下班回家，打开电视看采访。

那是一段连续的采访。

只有她知道，中途喊了多少次停，她下场补妆休息，平复情绪。

“所以，陈小姐笔下的L，一直都是同一个人吗？”林蕾继续问她，不过显然问法委婉了很多。

“不算是。只能说那些带有他影子的故事，都不是我的真实故事。

“那个时候有段故事太难忘了，于是我就这样喜欢了他很多年，至于笔下的男主角为什么都是L开头，可能也算是执念吧。”

她从来没有期许过能成为出现在路栩身边的那个人，所以她写下很多很多优秀的女生，想在故事里留下圆满。

陈喃知道自己和他相差太远了，也知道，那条巨大的鸿沟，已经不是努力就能够跨越的了。

从他有喜欢的女生那一刻开始。

很多时候，努力真的没有用，比如在喜欢这件事情上。

存在太多的一物降一物了，都是缘分使然。

爱如果是甘拜下风，那她的暗恋就是无法成真的结局。

“那，在书里写给路栩的信呢？是真实存在的吗？”林蕾没有什么想问的了，她看着手机直播上的评论，找几个问题问她。

“是啊，那应该是我青春时代做过的最勇敢的事情吧，写了一封信给他，还不知道，他有没有看到。”她低下头，自顾自地说。

“那封信，写了什么？”

“很多很多，祝他一路平安，前途一帆风顺……还有其他的吧，我就不念出来了，实在是自己也不记得了。”

陈喃笑着回避，其实那封信的所有字眼，都深深地印在她的记忆里。

“不过，最后我还是没有留下名字。”

在一场浩大的青春暗恋里，或许暗恋者都不曾拥有过名字。

这世界上，像她这样的人还有很多很多。

“那……你们后来没有再见过面吗？”

“见过的，只是，这么多年过去了，我终于明白，我一直在努力靠近他的世界，但我的世界和他的世界是不相融的。”哪怕在某个平行时空的未来有可能有结果，也不过是镜花水月而已。

陈喃想起那年，和他站在同一个地方，他们都在各自发光。

不是一个世界也无所谓了，他们并肩过就行。

“那你后悔过吗？”林蕾问她。

陈喃闻言停顿了一会儿，吸了吸鼻子，有些哽咽地摇头：“没有，我不后悔。和许多人一样，没有小说故事里的重逢和得愿所偿，我以前也幻想过吧，以后我变得更优秀了，能不能再遇到他。后来的确遇到了，也是他的出现让我认清了现实。”

哪有那么多的巧合啊。

他的身边早有人了。

“我想，有句话说得对，生活永远都不是小说，我自然也差了些运气。”她苦涩地扯了扯嘴角，继续说，“所以，希望大家不要刻意去找路栩的原型，也许我这些年描述的背影，少年进三分球的动作，早就不是现在的他了，可能是我还陷在过去暗恋里的深渊没有走出来。”

只是她依旧还在爱着那个少年，和千千万万普通的女孩子一样，一段没什么亮点的单方面暗恋而已。

她只是恍惚，时间过去太久了，她回头数一数，原来已经喜欢了他那么多年了。

她的话一出，主持人和导演、观众纷纷无言，他们看着眼前的人强忍着眼泪，眼底溢出了泪花。

“所以我希望大家不要去打扰他，暗恋，本来就是我一个人的事情。”

她提及原型，却从头到尾都没有说出关于那位L先生的任何信息。

没人知道L到底是什么姓。

而路栩也从来不是路栩。

她像是淡淡地描述了一段自己的暗恋，又悄悄地结束。

“那……陈小姐还有什么想对电视前的读者们说的吗？”林蕾被陈喃的情感打动，也有些难受。

陈喃接过林蕾递过来的纸巾，擦了擦眼角的泪花，道声谢，她说：“我知道很多人，都在为这段故事感到遗憾。

“但我想这样的结局我是不会后悔的，因为我真的因为他考上了以前根本不可能考上的学校，也因为他，我能够勇敢，能够不再胆怯，能够找到自己热爱的事业。

“也因为他，我能够站在这里。

“人生选择这道命题，是无论如何都会留下遗憾的。

“勇敢还是不勇敢，都一样会有遗憾。

“我真的很感谢他，只是如果可以重来一次，我希望我不要那么自卑了。”

陈喃淡淡地说着，眼底很平静，可眼圈还是红的。

“我也想告诉每一个还处在暗恋里的女生男生，永远不要觉得自己不好，我们可以喜欢一个人，但是喜欢不是失去自我，虽然暗恋的确是一场自卑的大戏。

“希望我们都能成为更好的人，为他更为了自己。

“说不定，你们会再相遇再见面，如果没有，像我这样……”

她长舒了一口气，直视着镜头，眼神闪烁，目光却很坚定：“也不要紧，那从来不妨碍我们变成更好的人。

“很感谢大家喜欢这本书，我想那样的故事，就是我和他之间最好的结局了。

“最后，祝他一切都好。

“也祝大家，都勇敢。”

电视上的采访还没有完，陈喃的思绪被敲门声拉回来。她放下手里的遥控器，打开门，门外放着一个快递。

陈喃把快递拿进屋。是一些老读者寄来的信，她很早之前把地址挂在微博上，后来火了为了隐私就删除了，只有最初的老读者知道她的地址

她轻轻地拆着，拆到最后一封，信封被撑满，掉出来一沓照片。

陈喃的动作一顿，捡起掉在地上的几张。

那是一幅幅素描，上面有个主角人物，是路栩。

寄信人，没有留下名字。

她却心底了然，拿起手机在班级群里找到了孟北鸽的微信，申请加了好友。

对方一秒通过。

陈喃毫不犹豫地打了通电话过去。

“不是吧陈喃，你那么快就认出是我的画了啊？”电话那头的人秒接，有点吃惊。

“你的画作被挂在班里那么久，我能不记得吗？说说吧，你把这些东西寄给我是什么意思啊？”

孟北鸽听到这儿，语气不自然起来，她别扭地开口：“嗯……就是想和你道个歉来着，我以前老觉得你特装，还欺负你。但是我感觉口头道歉没诚意，你收到的都是我高中的时候画的路栩，怎么样，画得不错吧！”

陈喃点点头，真心实意地夸了她一句：“是不错，很好看。”

“其实……”孟北鸽笑了笑，咳嗽几声掩盖尴尬，“当年为了他，去考苏大的，不止你一个。”

“你怎么也知道我的事？”陈喃闻言一怔，随后才意识过来。

是啊，她可是在楼梯口和路栩告白过的人。

“许梦梦推荐的，你还没火之前我就看完了！你忘了我们是一个学校的啊。”孟北鸽解释了几句。

两人在电话里第一次那么心平气和地聊天。

她犹豫了会儿说：“陈喃，其实我挺佩服你的。我对他，也就是一时兴起，

后来知道他考去南大了，我就不乐意再喜欢他了。后来听说，你想考研去南大，成功了吗？”

陈喃摇摇头，解释：“没成功。后来知道他恋爱了，也不想去了，再后来我找到了心仪的工作，也就没有考研。”

“我高中时候是真的没想到，原来你也喜欢他。不过我们都挺幸运的，因为我们没有在暗恋中迷失自己。”

那一年路栩考去南大，她们两个人都痛苦。

可是谁都没有颓废，还有自己的生活要过。

现在孟北鸽成了很出名的画家，陈喃也成了很出色的记者。

“这些东西，我好不容易从储物间里翻出来的。我想，你应该比我需要它。”孟北鸽停顿了会儿，喊着她的名字，“陈喃，我希望你也能早点放下。等你不需要了记得把画丢了，我也不需要了。我希望很快能等到那天。”

她的话很恳切。

这么久以来，很多人都在帮助她，只是为了让她别再那么执着了。

陈喃闷重地“嗯”了一声，和她说了句谢谢，挂断了电话。

陈喃回过神来，伴随着电视里采访的声音，她看着那一张张素描画。

有高中作文比赛那会儿，他们同框时被孟北鸽画下来的画，也有很多他帅气进球的画。

她一张一张地翻着，再见到他的样子，哪怕是一张画，她还是有些难受。

翻到最后一张，是高一那一年。

路栩站在台上演讲，耀眼又夺目。

台下人山人海，孟北鸽只着重画了他一个人，台下的所有人都被简单处理了。

只有他一个人，棱角分明，浑身少年气。

路栩站在台上，像是一道光。

陈喃就和台下的那些人一样，在人群里。

旁边的电视传来背景声音。

是她的。

“就像我书里写的那样，在这浩大的青春里，于我而言，人声鼎沸，我就在人群中，只偷看他一眼。”

这就足够了，她够知足了。

陈喃看向那张照片，他在人群的最上方。

她在人群里看他。

陈喃对着那些照片上的他看了好久，眼睛湿湿的。

半晌她才把照片塞进柜子里，柜子里空落落地留下一本日记，和几张已经褪去字迹的纸。

她拿起那几张纸，勉强能分辨出是两张考号和一张电影票。

太多年了，连纸上印着的字也都慢慢消失，纸张也开始泛黄。

在某一张考号纸的背后，写着模糊的字迹。

“那是我见过，最明媚的夏天。”

她眼角一酸，拿起笔添上了他的名字。

这些年，她描述的夏天，一直都是他。

日记还有照片随着夏天的某一场回忆，成了藏在她柜子里最大的秘密。

过后，陈喃回到沙发上继续看着自己的采访，突然觉得特别累，便躺在沙发上睡过去了。

她做了一个很长很长的梦，梦里她回到了苏市一中高一开学的那天，林沉茜还是老样子，拉着她要去看年级第一的风采，她愣在原地犹豫了很久。

“怎么了？”

“我有点不舒服，你等我一下。”

陈喃不记得在原地等了多久，她吸了吸鼻子，倏然松了口气似的如释重负，她站起身来，和林沉茜一起往操场跑去。

和当年一模一样，她听见了那个熟悉的声音，看到了那个清瘦、令人难忘的背影，开始了一段一如既往的青春。

只是这次她在梦里，看清楚了那时的宋词屿。

她依旧选择毫无疑问地喜欢上路栩，哪怕余生很多年她都沉浸在那段过往青春里，难以自拔地失眠与痛苦。

可青春无辜，无论重来多少次，她还是愿意遇见他。

陈喃只是想，再回去，希望自己能勇敢点，勇敢点告诉他，自己喜欢过他。

无关结局，她不在意结果了，因为结局无论怎么样，都不会太好。

但是过程本身就是珍贵的，她只是想要告诉他。

把那年结束的夏天弥补回来。

她以二十五岁的心态，在那一年喊住梦里那个仍在朝前走的少年，鼓足勇气奋力一喊，梦里的他，身边还没有温漾，还在打着球耍帅。

前边的少年听见声音转过身，她已然眼眶湿了。

“路栩，我是陈喃。我……我喜欢你很久了。”她哽咽着，最后一句话是颤抖着说出口的。

夏天的风吹过她的脸，她早已经热泪盈眶。

路栩诧异地张了张嘴，陈喃听不清他说了什么，甚至看不清他的脸。少年的样子已经模糊，但那个清瘦挺拔的背影仍是那样清晰。

“嗞嗞嗞”的振动声吵醒了陈喃，她眼睫微颤，还有泪珠挂在上边。

梦醒了。

陈喃抽了张纸擦掉脸上的眼泪，很短暂的一个梦，一个遂愿的梦。

大概只有在梦里，她才能那么勇敢。

她身边的手机在不停地振动，陈喃缓了会儿才想起来，自己开了振动。

她打开手机才发现，宋词屿给自己发了好几条微信消息，只是自己睡着了没看见。

她接通电话。

“喂？”

电话那头的他焦急：“怎么回事啊，没回消息？”

“我刚刚睡着了，没看到消息。”她的声音还是有些哑。

宋词屿听得一愣，语气缓下来：“今天下班这么早？”

“今天电视台里没什么事。”

她说着话，隐约听见电话那头嘈杂，便询问：“你在哪儿啊？那边有点吵。”

“一个……朋友的聚会。”他语气有些不自然地解释。

陈喃没有多想：“哦，这样啊，那你好好玩，我好困，先睡了啊。”

“行，晚安。”

“嗯。”宋词屿满意地挂断电话，在外面透了口气，重新回到包厢内。

其实今天，是路栩的饭局。

路栩要订婚了，这是他最后的单身聚会。

他不打算告诉陈喃，免得她再难过了。

他刚打开门，就听见 KTV 里突然有人问了一句。

“路哥，我们高中有个女孩子叫什么，陈喃，你认识不？”

那人似乎还想继续说些什么，宋词屿“哎”了几声，给他递了杯酒，拦住他想开口的话。

音乐暂停，包厢里的所有人就这么齐刷刷地望着路栩，他也看着路栩，等路栩开口。

路栩眯了眯眼，穿着一身深黑色的冲锋衣外套，融在忽明忽暗的光线里，他拿起杯子抿了口水，露出一小截冷白色的手腕。他想了一会儿，这才开口：

“陈喃？没听说过啊，不记得了。”

—全文完—

【番外一】

/ 珍惜眼前人 /

这一年的圣诞节，路栩宣布了订婚日期。

微信群里，一堆人说着祝福他的话。

陈喃看了几眼，抛下手机没说话。前几天太忙了，她现在累得只想好好睡一觉。

大概还是被他发的订婚时间刺激到了，她又在梦里见到了他。

“你这种人，怎么在梦里都不放过我啊。”陈喃低下头，苦笑了一声，面前的人，是他又不是他。

十八岁的少年迎着光，模样却已经模糊看不清了。

二十六岁要订婚的你，好像不是那个少年。

她在那个梦境里，觉得自己像是失去了呼吸，溺进了一片大海里。周围灰茫茫的，她痛苦地闭上眼睛，脸上一片凉凉的。

她再醒过来，已经是一个小时后了。

陈喃恍惚地坐起身，随意抹了一把眼泪。

她打开客厅的窗户，让冷风吹进来，冷得她身子一颤。

这几天里，陈喃反复地梦到路栩，她迷信地点开百度搜索。

话题：一直梦到过去的同一个人，有什么原因吗?

下边评论各不一样。

巧合吧，这种情况建议睡个四五天，就梦不着了。

同一个人？梦中情人吗？

……

或许是你的潜意识在忘记他，可是你的心里却不想，于是他不断地出现在你的梦里。

陈喃翻评论的手一顿，看着那句话眼皮直跳。

梦境是无法解释的。

当你梦到一个人的时候，唯一能解释的就是，这个人，对你意义非凡。

“路栩啊，或许我真的要和你告别了。”她看着那句评论苦笑。

手机仍在不停振动，提示收到新消息，是群里的祝福和林沉茜的一大段语音。她不用听都知道，是关于路栩订婚这事的。

“可是明明都要告别了，我怎么……梦到你还是会哭啊？”

你到底是我的遗憾，是我的执念，是我这须臾数年里，魂牵梦绕的人。

二〇一九年的圣诞节，陈喃打算单独去赴一场约。

她穿着一件卡其色的羽绒服出门，刚打开家门，就在门口撞见了给她送午饭的宋词屿。

“你怎么来了？”她一愣。

“要出去？”宋词屿没回答，看了她的装扮反问了句。

陈喃点点头，说着：“嗯，我想去趟山上的寺庙。”

“现在？外边那么冷。”他不可思议地看了陈喃一眼，想开口劝她，可是看见她红红的眼眶，态度坚定。

他张了张嘴，劝她的话到了嘴边还是变成了：“我陪你一起去吧。”

“不用了，我自己能去。”她笑着摆手拒绝。

宋词屿却不依她：“你自己坐车去，到那里都要下午五六点了，回来可就没车了。”

“我可以自己打车的。”

“顺路顺路，我正好也想去，走走走，我们一起去。”他装作没听到陈喃的话，一把抢过她手边的包，拉着她就往楼下走。

“哎哎哎！哪里顺路啊！”陈喃被他拉着，满脸无奈，有点急。

最后她还是没拗过宋词屿，两人一起到了山下。

爬山用时不算长，只是这座山有些陡。

宋词屿一路上小心翼翼的，担心陈喃，别过头看了她一眼。

后边没人，他瞳孔放大，还没来得及反应，远处传来陈喃的声音："宋词屿，你能不能快点？"

她扯了扯嘴角，自己都快爬到山顶了，这人怎么还在山腰。

"啊？哦哦哦，来了来了。"宋词屿觉得没面子，之后爬山的速度加快了些，不过陈喃还是爬得比他快。

两人在下午五点爬上山，看着远处的风景，夕阳染红了天空，放眼望去是一大片的粉红色晚霞。

山顶的树迎着风微微晃动，陈喃和宋词屿的鼻尖都被冻得通红。

她没有心思欣赏风景，走进熟悉的寺庙门口，那棵菩提树还是枝繁叶茂。

她走近那个小摊。

摊主是个女人，抬起头，和陈喃对视。

女人是当年给陈喃愿望绳的那个摊主，她的样貌没有多大变化，只是脸颊瘦了些。

"需要算一卦吗？给你算算你的命中人。"

女摊主手里拿着卦签，要她抽一个。

"来，选第几个？"

"第七个……"她几乎没犹豫地顺嘴说出来，却半路刹住了车，"的旁边，第六个吧。"

"行，我给你好好算算，你随便看看啊。"女摊主点点头，拿着手里的竹签，没有立刻揭秘。

女摊主的目光停留在陈喃背后的男人身上。他穿着黑色的棉服，眼眸抬着，靠着墙壁，有些不羁，柔和的眼神只落在陈喃的身上。

陈喃靠近那棵菩提树，找了半圈，在无数根愿望绳中，找到了自己的那根。

她喊了声宋词屿："宋词屿，你能帮我把那根绳子拿下来吗？"

"啊？好。"宋词屿立刻跑过来，确定了她要的那根绳子。位置有点高，但他不费劲伸手就能够着。

在那棵菩提树的不远处，烧香的炉子冒着烟。

炉子旁边贴着一张纸，断舍离。

“给，你要的绳子。”宋词屿拽下绳子递给她。

陈喃回过头，接过那条愿望绳。

这么多年风吹雨打，绳子已经泛旧泛黄了。

和那些最近挂上去的绳子比起来，她这条颜色淡了一些。

绳子正反面各写了一句话。正面的正缘部分，是她当年高考后写下的；而反面的祝福，是她写完那本书后留下的。

上面写着几个黑色的字，秀气又漂亮——

路栩，我的少年，我祝你一切都好。

她轻轻地用指腹摩挲着上边的字，这根绳子时间太久了，不知道经历了多少风雨，摸上去有些硌手。

鲜见地，她没有写下数字 7。

而是留下了路栩的名字。

陈喃盯着那根绳子发呆，从来没想过自己再过来，会是这样的一个局面。

“哈！”女摊主走回来，不合时宜地打了个哈欠，打断了陈喃的思绪。

她见怪不怪地问：“怎么着，把这根绳子拿下来了啊。”

“旁边那个是什么？”陈喃没应付她的调侃，指着不远处的炉子问了句。

“哦，那个啊，就是烧香和处理这些绳子的炉子。”

“处理这些愿望绳？”

“嗯，对啊。前几年有对闹分手的小情侣过来，死活要把绳子给烧了，谁知被人拍了视频弄到了网上。后来也有不少人，分手的、后悔的，要把这些愿望绳取下来丢掉。住持就想了个办法，将那些废弃不用的绳子投入火炉，所以这儿就贴了个‘断舍离’。”

她淡淡地解释着，对那些小情侣闹分手的方式略有些无语。

“把绳子往里面一丢，就好了？”陈喃了解地微微点头，继续问。

“当然不是。”女摊主拿起她手边的绳子，仔细为她解释，“你看绳子浅色这面是代表正缘，是缘分，反面呢是祝福。两边用途不一样的，写着正缘的丢进火里，就代表正缘尽断，一般那些分手的情侣会这样做。至于写在反面嘛，一般都是树上挂不下了，写些祝福丢进火里边，祝福就会成真哦！”

她说得玄乎，陈喃不太相信：“真的假的啊？祝福还要丢进火里？”

“难道你不知道吗？有些人的祝福，是送不到本人手里的，与其挂在树上也看不着，不如投入火炉啊。”她白了陈喃一眼，继续说，“随着大火烧成灰烬，春风吹又生。这是很好的寓意好嘛！”

那些无法送到本人身边的祝福，像是思念一样，说不定跟着风，就吹到他身边了。

陈喃笑着点点头。

她低下头拿过女摊主手里的愿望绳，拿着笔添上了几个字。

宋词屿站在一边看得清楚。

她写的，是路栩的名字。

她没有再写代号 7，也没有写英文字母 L。

在落款处，她留下了自己的名字——陈喃。

下一秒，还没等宋词屿反应过来，陈喃往前走了几步，伸出手来没犹豫地将那根绳子丢进火堆里。

谁都不明白，她这根两边都写着话的绳子丢进去，是什么意思。

只有她知道。

缘分已经尽了，这个祝福，也算送给他了。

而她，也终于能够勇敢地留下一次自己的名字了。

他们的名字写在了一起，在那团火焰里化作灰烬。

她今天来，就是要取下这根绳子，结束那年的妄想。

因为正缘没有成真。

她没再偷看他一眼。

陈喃这一气呵成的动作，让女摊主看愣了几秒，见她的肩膀颤抖，又碍于宋词屿在场不好说话。

女摊主拉过陈喃的手臂，随意地甩了一根绳子给宋词屿：“你们来都来了，也写个愿望吧。走走走，我们去那边写。”

她抛下一个让宋词屿放心的眼神，拉着陈喃走了。

陈喃没说话，跟着她一起往后边的小院子里走。

“他快结婚了，婚期就在明年一月份。我可不就得来个断舍离吗？”陈喃笑着抬起头，吸了吸鼻子，望着眼前的人说。

那时女摊主说她的愿望一定会成真，成功了记得带他来还愿。

今天陈喃过来，没有还愿，只是来给一个结局。

“唉，这算什么啊，天底下男人那么多，不行咱就换。你再写一个，我再给你挂上去，过去写的那个不作数了。”女摊主把手里的愿望绳和笔放在她手里，别过头去不看她。

陈喃低着眼，最终还是没有动笔。

她不知道自己还能写什么。

等两人走出去的时候，外头的宋词屿已经挂好了自己的绳子。

“写好了？”站在树边的他，转过身，担心地问陈喃。

陈喃苍白地点了点头，没有解释。

“那我们现在走吗？”他应该是注意到了陈喃不对劲的情绪，声音很轻地问。

“你先去外边等着吧，我还没给她算卦呢。”

陈喃回过头愣愣地看着女摊主，最后还是妥协地让宋词屿去外边等她。

看着宋词屿的背影走远，陈喃回过头，问：“你还真给我算一卦啊？刚刚怎么不说？”

“因为我觉得刚刚的契机不对，我给你算的这一卦，必须让你看着他。”女摊主神神秘秘的，放在背后的手伸出来，把那根竹签放进陈喃的手里。

女摊主凑到陈喃耳边，声音很轻，伴着风的声音：

“佛说，珍惜眼前人。”

她下巴一抬，指明了外边的宋词屿。

陈喃攥紧了手里的竹签，顺着女摊主的目光望去，看见在外边冷得直哈气的宋词屿。

她没有说话。

两人下山后回到车里，宋词屿细心地在第一时间开了车内空调。

“冷不冷？”

“还好。”陈喃摇摇头，除了手有些僵，其他都还好。

一路顺畅，陈喃时不时地看着旁边开车的他，启唇好几次，还是犹豫没说出来。

宋词屿注意到她的纠结，主动询问：“怎么了？”

“没什么。”她尴尬自己的小动作被他发现，干脆问了出来，“你的愿望绳，写了什么啊？”

“秘密。”他停下车，神秘地转过头，嘴角带着淡淡的笑。

他说：“陈喃，等你真的有一天放下他的时候，我一定告诉你那根绳子上的内容。”

她一怔，半晌才愣愣地答了个：“好。”

两人回到苏市的时候，已经是晚上七点了。

圣诞节的气氛很好，店面都被装饰上铃铛和彩带，店门口摆着漂亮的圣诞树。

陈喃看着窗外，突然想起高中的那个圣诞节，开口问了宋词屿一句：“高中那会儿的圣诞节，我送的苹果，后来怎么样了？”

她就是随口问一句，其实不用想都知道路栩不会在意。

宋词屿却像是如临大敌，磕磕巴巴几句，很不自然地掩饰着。

“吃了啊，路栩那家伙那天把那个苹果吃掉了。”他边说边点头，这话说了不下五遍。

“真的假的啊？”她疑惑地看向他。

他猛点着头，死活咬定那个苹果就是被吃了，陈喃到最后都无奈了。

这个问题，在圣诞节过后的一天晚上有了答案。

陈喃从梦里醒过来，不出意外地梦到了那一年的圣诞节。

她从那场梦中醒来时是凌晨，彻底睡不着了。

客厅里一片敞亮，她忘了关灯。

她打开手机的时候才知道，宋词屿那家伙在圣诞节结束的最后一分钟，给她发了句圣诞节快乐。

有几条未读的消息，是林沉茜的。

她发过来一张截图，内容是温漾发的朋友圈。

照片里她和路栩入镜，两人一手拿着一个苹果咬了一口，靠在一起。

温漾：路大帅哥终于被我逼着吃了口苹果。

这条朋友圈发布的时间，是在四个小时前。

照片里，他们两人穿着一身圣诞节主题的红白色情侣装，男生嘴角淡淡一扬，他鼻骨边的那颗痣很清楚，他手上拿着一个咬了一口的苹果，暗红色的毛衣衬得他人更白了。

路栩笑得弧度很浅，但她看得出来，他是高兴的。

而在他旁边的温漾，笑得恣意张扬，露出八颗牙齿，眉毛往上扬，很骄傲的样子。

他们很般配，连一张照片都看着那么般配。

陈喃叹了口气，看了眼外边黑漆漆的天空，今晚没有星星。

林沉茜一大堆吐槽的话从手机里传过来。

“陈喃，我真的受不了了。以前我觉得他们挺甜的，现在我怎么越看越不顺眼。”

……

林沉茜一贯的作风，咋咋呼呼的。

陈喃打开手机，再仔仔细细地看着那张照片。

那个问题的答案，早不言而喻了。

【番外二】

/ 亲爱的少年，新婚快乐 /

二〇二〇年一月，路栩结婚了。他在微信群里邀请大家去参加婚礼。

宋词屿给陈喃发了好几条消息，最后还是没有劝她过去。

他在自己送的红包外皮上写上了两个姓。

宋和陈。

算是替她来了。

半夜。

陈喃已经停更了快一年的微博，在深夜更新了。

陈氧：路栩我的少年，新婚快乐。

他大概永远都不会知道，曾经有一个女孩子爱了他一整个青春。

知道他的喜好和过往，知道他容易在冬天受凉感冒，因为总在冬天看到他生病。

知道他夏天下雨时多半在篮球场打球，她和他淋过同一场雨，也见过他打球崴脚受伤痛苦的样子，她送过药，悄悄塞进了他的课桌，也……更知道他喜欢的女孩子是何等优秀的一个人。

他也终于要和青春里的那个姑娘结婚了。

陈喃垂下眼，修改了微博的简介。

原本只有一个简单的 7，被她改成了：路栩，我不想继续喜欢你了。

她开始上线回复很多读者的问题。

在那个他结婚的夜晚。

其实她收到的大部分私信里有很多读者朋友会问她，这样的暗恋到底值不值得，也许她倾尽了所有，在对方眼里只是过往云烟。真的值得吗？

她在无数个夜晚想过这个问题。

却始终无法回答。

终于在今晚，她敲下了一行行字，她能够回答了。

是值得的，这些年里她总有一个个目标，能让她为之前进，比如高考的时候希望跟上他的脚步，考去一个更好的学校。

一路追随那么多年，不知道摔倒了多少次。

也许是摔蒙了吧，连她也分不清，那些痛苦到底是喜欢，还是多年的执着。

其实我也分不清，我喜欢的是那个少年，还是十八岁那年暗恋无果的遗憾，但我总想把他记录下来。

大概是因为我是个记性很不好的人，常常会忘记很多事情。路栩在我脑海里的样子已经模糊到几乎看不清脸了，我也很久没再听过他的声音了。

十八岁那年，我总在想，我还有大把时间能够等他，可是现在我二十五岁了，他也有了一段很好很好的婚姻。

从认识他的那一刻起，我就在想，他那么好的人一定会得到最好的结局。

好在那段青春里，他如愿了。

而我，也没有时间资格再等了。

就像大家说的一样，或许我不曾存在于他的青春里，也许我也没有名字，但是只要我记得他，这段暗恋就不算白搭了。

所以我写了很多很多关于他原型的文章。

我想我是想记住他的。

我怕我忘记他，我想记住他。我的青春里，刻着他的名字。

未来的数年，我该拿什么记住你？

我又该拿什么去证明这段故事的存在。

是抽屉里泛黄的纸，几年不到就消散的字迹，还是日记上无数的泪痕和心酸，抑或是他整个青春记录者的我，始终没有留下他的名字。

于是陈喃写下了这本书。

一本只属于她和路栩的书。

往后未来无论多远，文字会让我记住你。

陈喃将这篇打了很长时间的文发在了微博上。

发完，她觉得心里松了口气。

在这一天的凌晨三点，陈喃向单位提交了去其他市工作的申请。

之后她收拾好了行李，只和赵兰说明了情况，只身一人离开苏市。

打开门离开家的那会儿，赵兰犹豫地喊住她："南南，早点回来，放下心里的事情了，记得回家。"

陈喃一愣，听着妈妈的话，眼圈一红。

原来赵兰什么都知道，她根本没有瞒过所有人。

她轻轻地"嗯"了一声，前往机场。

林沉茜几个人知道这事的时候，陈喃已经乘飞机离开了。

她还是无法面对这个城市。

这一年，隔壁市的小村庄里突发暴雨洪水。

陈喃是在前一天得到这个消息的，她第二天就要启程过去报道采访。

临行前的晚上，她和林沉茜几个人打了个视频电话，开了句玩笑："我要是回不来了，得好好把我那本书出版了啊。"

"陈喃！你说什么啊！我警告你不许吓我！"林沉茜听到这话就和她急。

陈喃被林沉茜弄得哭笑不得。

虽然是开玩笑的口吻，但是这次的工作的确很艰险。

"实在不行，你别去了。"许梦梦也真的担心陈喃，可还是拗不过她。

"那不行啊，这是我的工作，你们放心吧，我会保证自己的安全，我还等着回来看我的书大卖呢。"她笑，在这个群里打着电话的四个人里，只有宋词屿一句话都没说。

他沉默得不对劲，一句话都没说就挂了电话。

陈喃还有点纳闷，不清楚他是怎么了。

直到凌晨五点多的时候，陈喃被外头的大雨吵醒，接到了宋词屿的电话。

“宋词屿？”

“我在你楼下。”他的话很平淡，可外边大风呼啸的声音刺耳。

陈喃听到他的话，眼皮一跳，下意识地透过窗户看着楼下。

宋词屿撑着一把伞，站在大风大雨里。

“你是不是疯了！”外边那么恶劣的天气，她怕宋词屿出事，连忙披了件衣服下楼。

见到他的时候，面前的人眼下一片乌青，大概是连夜开车赶过来的。

“宋词屿，你真的……”陈喃有点生气，可嘴边的话还没说完，就被他用力地拥入怀。

“你要安全回来，我就在这边等你，等你回来了我们一起回苏市。”

他们滚烫的皮肤相贴，陈喃的心一颤，这才意识到是自己的那句玩笑话开过了。

“你放心，我会安全回来的，一定准时和你们报平安。”她没有急着推开他，先安抚宋词屿。

次日，她启程离开，催着宋词屿早点回苏市，他不愿意，她也拗不过他。

在接下来的工作里，她每次采访完，都会准时向他们报平安。

这场突如其来的暴雨，引发了很多天灾人祸。

几天内，陈喃见证了她职业生涯里最惨痛的生离死别。

她印象最深的是，有一对吵架的小情侣，还没有和好，男方在赶过来找女方的路上遇上了恶劣天气，意外出了车祸。

两人没来得及见最后一面。

“在生死面前，爱和恨啊都显得没那么重要了。”

这一年发生了很多事儿，陈喃在这样的环境下，急速成长。

半年后，这边的任务结束，可是陈喃并没有和宋词屿一起回苏市，而是提交了新的申请表。

在飞机上，她收到了宋词屿发来的一张截图。

L：收拾家的时候，突然翻到高中化学课本里夹着的一封信，不知道是哪位朋友送的祝福，在这里谢谢了。

她手指颤抖地点开那张截图，那双白皙细长的手拿着她十八岁那年写给他的信。

多难想象啊，这封信迟了九年。

宋词屿没有发其他多余的话，只发了这张截图。

她仔仔细细地盯着那张截图，眼眶湿润，鼻尖泛酸。

她给宋词屿回了一个：谢谢。

这两个字还没有打完，她的眼泪就砸在了屏幕上。

这些日子里，她忙得不可开交，就是不想让自己再想其他。

可她还会再次为了当年给这个少年的一封信而泣不成声。

也是这一年的十二月，陈喃前往国外进行新的采访工作。

在这段日子里，苏市的那帮人发生了很多很多事情。

从林沉茜的嘴里得知："孟北鸽要结婚了，你猜猜是和谁？"

"和吴文！这个世界真是太小了。"

陈喃知道这消息，有些诧异，却也由衷地为两人高兴，她是到不了现场了，不过心意还是要到的。

而林沉茜，也终于肯出去相亲了。

"你真要去相亲啊？你不是最讨厌这个了吗？"陈喃知道她这个决定时，有些诧异。

毕竟林沉茜的心里，一直都有顾阳青。

"那能怎么办啊，我妈可不像赵阿姨不催婚的。"

"那他呢？"

林沉茜在电话里，听到这话顿时沉默。

过了好一会儿，她才苦涩地笑了笑："他结婚了啊，老娘总不能等他一辈子吧。"

她身上那股洒脱劲终于回来了。

林沉茜的这次相亲很成功，对方是个很温柔、事业稳定的男人，两人很快就走到了一起。

陈喃真心为林沉茜高兴，听见身边朋友一个个恋爱结婚，都有了好消息。

就她还是孤家寡人了。

那种感觉就像是，身边那些执着的，过去嚷嚷着一辈子不和对方在一起，就要哭着喝得烂醉的人，像你，像我，又像她。

可她们后来都走出去了，爱上了其他人，开始了新的恋情。

而她呢，只有她还被困在某个夏天里，困在了少年的背影前。

永远忘不掉，永远无法释怀。

有的时候，陈喃觉得自己不愿意回去，是不敢面对自己那段糟糕的感情。

好在赵兰和宋词屿这帮朋友都能理解她，他们平日里煲煲电话粥，打微信视频，偶尔也会在朋友圈下边评论调侃几句。

宋词屿对她更是关心，两人虽然隔得很远，但还是常联系。

她生病了，宋词屿永远都是第一个关心她的朋友。

时间过得很快。

来年，她前往南市工作。

在南市的那一年春天，她终于见到了那里的樱花。

开了一整条马路，放眼望去皆是。

浅粉色的樱花花瓣，被风吹落在地上，铺满了周围。

南市的樱花和传说中一样，很好看，很唯美。

这就是路栩，生活过的城市。

十二月底，陈喃终于踏上了回家的路程。

一月一号，她那颗四处跑动的心，终于安安稳稳地落地，回到了苏市。

在机场，陈喃拉着行李箱等着林沉茜。

她站在大厅中央拍照发了条朋友圈。

陈喃：我回家了。

在她发朋友圈之际，林沉茜三个人已经冲进大厅，一眼就找出了人群中的她。

宋词屿比其他两个人跑得更快，他冲上前去，看着那个熟悉的背影，两年不见，都有些恍惚。

他踌躇不安地喊着她的名字："陈喃。"

那人闻声转过身来，白皙的脸上戴着口罩，她眼角泛起笑意，扎着高高的马尾，比两年前多了份洒脱，她的眼睛看上去不一样了。

眼前的姑娘，眉眼弯得像个漂亮的月牙，她眼底的那些水雾消失殆尽。

陈喃看着发愣的宋词屿，笑着喊他："宋词屿，好久不见啊。"

"好久不见。"他听到她熟悉的声音，眼角有点红。

身后的两个女生显然没那么淡定，她们冲上前去，双手抱住陈喃。

"想死你了，你怎么那么久才回来。"

"是啊，你也不回来看看我们。"

"好啦，我不是回来了吗？"陈喃笑着，和她们一路有说不完的话。

四人坐上车，宋词屿还是老样子，充当司机。上车的时候，林沉茜和许梦梦默契地把副驾驶座留给了陈喃。

她把她们的小动作看在眼里，却没有说什么。

在路上，宋词屿稳稳地开着车，等红绿灯时望向陈喃的侧脸。

他问："以前说好一起去云南的，还作不作数啊，别明天人又不见了。"

撇过头看见宋词屿那期待的目光和他话里有话的语气，陈喃一怔。

知道他是在说自己当年的不辞而别。

又想起自己"鸽"了人家两年，她特不好意思："作数啊，肯定作数，这次就算是请假，我都陪你去云南玩。"

"行啊，那过几天我们就去。"宋词屿听到这个答案，忍着笑，前边的绿灯亮起，他心情很不错地踩下油门。

这两年里，陈喃经历了很多。见到了很多生死离别，见过太多不同的故事，她的心智也成熟了很多。

她这次回来，不打算走了。

电视台给她放了假，带薪休假。

她和宋词屿很快决定好了一起去云南旅游的时间，她提前去超市买了些日常用品，排着队结账。

陈喃抬起头时，不自觉地一愣。

有些人再见面，是突然的。

他就在收银台旁边等着谁，礼貌地让出位置等在一边。

陈喃看着他的样子，毕业后第一次与他离得那么近。

她恍惚了会儿，他好像是瘦了，又长高了些，头发变短了，和高中那会儿比起来褪去了稚气，变得成熟了很多，和几年前在论坛上见他时，也不一样。

他穿着一件白色短款羽绒服，里边搭着一件深绿色的卫衣，原本垂在前额的刘海不见了，寸头单眼皮，鼻骨显眼的那颗痣，看着却不似高中那会儿的温柔，多了份冷淡。他懒懒散散地敞开了衣服，靠在墙边等着。

陈喃就站在不远处，看见他紧绷着脸，转头倏然笑了起来，眉眼含笑如初，一边的女生走过来亲昵地揽住他的胳膊，两人肩并肩离开了。

那个女生是温漾。

陈喃在原地愣了几秒，她看着那个背影渐渐走远，有些恍如隔世般，想不起何时认识了他，也记不得什么时候不再记起他。

原来他还是那么耀眼，站在人群里还是那么吸引人。

陈喃觉得见到他好像是上个世纪的事情了，可是当他站在面前，她还是能一瞬间回到高中那个时候。

那个阳光明媚的午后，她期待着少年路过自己班级门口，坐在窗边悄悄看他一眼。

她眨了眨眼睛，看着两人走远的背影，低下头淡淡笑了声。

他的身边早有心上人。

“你幸福就好了。”陈喃叹了口气，自言自语。

手机的微信消息提示音“叮咚叮咚”地响着，点开七八条全是宋词屿的消息。

他说了一大堆，声音传入她的耳畔。

“陈喃陈喃，我看云南那边有好多好玩的，你看我搜到的我们都去看看啊……”

他激动得连声音都快从屏幕里溢出来了，她听着听着眼底倏然泛起一层水雾，说不上来的情绪。

她买好东西后走出商场，正是傍晚五六点。

晚霞四溢，像是一幅有些凌乱但很美的画。

她拿出手机拍了张照片。

天光洒下来一道，覆盖着前边的小路。

陈喃望见他的背影越走越远，融进光里不再看得清。

她打开许久没用的微博，分享了一张照片和一句话。

陈氧：一切的遗憾，终有尽头。

配图是那张晚霞。

商场里放起一曲熟悉的音乐。

Cause you know
爱意就像大雨落下
怎么能让人不牵挂
……

陈喃站在门口，这是队长发布不久的新歌《11》。

她失神地眯了眯眼，不远处有一个人朝着她直直走过来。

是宋词屿。

她诧异地一挑眉，问他：“你怎么来了？”

“你又没回我消息啊。”他指了指手机，耸肩无奈道。

陈喃不回消息这个习惯，实在是不太好。

他接过陈喃手上的袋子，两人并肩朝前走，也融进光里。

大概是见到了路栩，她才又想起宋词屿那个未揭秘的愿望：“对了，你一直没告诉我，那个时候你到底写了什么愿望啊？”

“你猜。说好了有条件告诉你。”

“我猜不着啊……”

……

在那棵树挂满的写着不同愿望的绳子中，宋词屿的那一条格外醒目。

他写下一句：

爱我一次吧，多晚都不要紧。

【番外三】

/ 亲爱的少年，祝你一切都好 /

多年后，年底。

“干妈！”不远处，小小的姑娘扎着双马尾，穿过马路，冲着陈喃跑过去，一把抱住了她。

“哎呀，我们青青跑慢一点啊。”陈喃蹲下来，轻松地一把抱住小姑娘，轻轻捏了捏小姑娘的小脸，软乎乎的。

“程青青，下次不许跑那么快了，过马路危不危险啊。”林沉茜一路走过来，训斥了女儿几声，神情严肃。

小姑娘胆怯地抱住陈喃，陈喃母鸡护崽似的把她护在身后：“茜茜，你别那么凶嘛，小孩子不能凶的啊！”

“陈喃！你就知道惯着她！”

耳边传来林沉茜暴怒的声音，陈喃当作没听到：“别理你妈妈，干妈带你去吃好吃的，走走走。”

“好耶！”小姑娘笑得眼睛亮亮的，牵着陈喃的手就跑。

林沉茜恨铁不成钢地看着面前的一个大人和一个小孩，无语地跟在后面。

路过嘈杂的人群，空气质量不好，有雾霾，很多人都戴着口罩。

陈喃给小姑娘调整好口罩，等着红绿灯。

在十字路口行人道跳转绿灯的一刹那，天空中飘起了雪花。

“下雪啦！”小姑娘奶声奶气地伸出手接着雪，笑盈盈的。

陈喃低下头和小姑娘一起笑起来，她们三人迈着步子走在斑马线上。

她和无数个人擦肩而过，有个人离她很近。

她卷卷的发梢擦过他的肩膀，雪花落在她卡其色的大衣上。

两人不经意地错过，可是不知道为什么，和那人擦肩而过的那一刻，她心上像是有自然反应一样，突然一颤。

陈喃停住脚步，下意识地回过头。她松开了小姑娘的手，站在原地看着众人远去的背影。

那个拥挤在人群里，离她只有一两步的背影，格外显眼。

她眨了眨眼，看着那个背影发呆，看着那个曾经熟悉的、见过千千万万次的背影，眼底有一阵迷茫。

“干妈！快走！不是要给我买好吃的吗？”小姑娘喊着她。

林沉茜也一起催她。

陈喃回过头，笑着跑过去，和林沉茜一人一边牵住小姑娘的手。

她弯下腰，开着玩笑：“我们现在就去买好吃的，不带你妈去！”

“好！”

小姑娘和陈喃笑声清脆，融在大雪里。

林沉茜就看着陈喃拉着自己女儿要跑远，一边气急地叫“陈喃”，一边追上去。

马路的另一边，那个和陈喃擦肩而过的男人听见人群中的笑声转过身来。

他穿着一身深蓝色大衣，脸依然俊秀，皮肤很白，鼻骨有颗痣。他看着前边结伴走远的三人，被笑声所感染，望着美好的画面笑了一下。

随后，他也转身走远。

他们都转过身，朝着不同的方向离开。

拥挤在人群里，也消失在人群里。

她没有认出他，而他更不知道那个当年在他聚会上被人询问的陈喃，就是眼前他注意到的这个人。

那大概就是遗忘吧，陈喃在不知不觉中，终于还是失去了原本能在人群里一眼认出他的本事。

遗忘开始消散。

她终于无法再在人群里第一眼认出路栩，失去了喜欢的超能力。

那人淹没在人群里，那光暗了又亮。

却从不是我的光。

年底最后一天，他们一帮朋友相聚一起跨年。

许梦梦依旧丁克，孟北鸽生了女儿。

顾阳青有了个儿子，他和林沉茜很多年前就和解了。

饭局上，热闹一片，大家各自聊着自己的孩子，说着过去那点事。

饭后大家聊天玩手机，都三十几岁的人了，也不会玩那些年轻人的游戏。

林沉茜口不择言地聊起她写文的事：“可惜南南后来不写书了，不然微博粉丝多得肯定能吓死你们！”

全场都安静下来，林沉茜见状才明白自己说错了话，有些慌张。

陈喃却不介意的样子，笑了笑，附和了句：“没办法啊，老天赏饭我不想要。”

全桌人哄堂大笑，气氛大好。

她低下头，笑里夹杂着苦涩。

陈喃是因为林沉茜的这番话，才想起自己那个微博号的。

她没有参与到朋友们的话题里，几个朋友聊着孩子，她觉得自己实在是格格不入。

陈喃跑到阳台上吹冷风，犹豫了会儿终于还是把之前卸载的微博重新下载下来。

登录微博后，她翻了翻自己的关注列表，自己特别关注的那个人的账号已经注销了。

陈喃愣了会儿。

再点开私信，她才发现仍有人不断给她留言。

清一色地询问她：

那最后你释怀了吗？

甚至有一个读者，在每一年的最后一天，都会发一条：氧氧，你今年释怀了吗？

发了整整十年。

她眼神闪烁，下意识地打出了“释怀了”这三个字，可指尖一顿，却无法发出去。

因为连她都不知道自己到底有没有释怀。

她只是开始了新的生活，不再刻意地想起他，不再去询问他的近况。

但在那段青春里，他一直都是她最大的遗憾，也是她当过胆小鬼的痕迹。

不过人是没有办法永远停留在原地的，就连时间都会悄悄地催着她往前走。

就如她最后一条微博写的那样。

一切的遗憾终有尽头。

遗忘，是一切遗憾的尽头。

过去她总在等时间给出答案，于是她等啊等啊，后来才发现时间不会说话，答案早在时间里了。

她开始遗忘路栩，从一开始提起遗憾，脑海里总会第一个想起他，到他的样子慢慢模糊，声音也不再清晰，她只记得他的名字了。

这就是时间给出的答案。

遗忘是没有声音的，和暗恋一样。

大家都在往前跑了，没有再回头。

陈喃最终还是没有回复。

她翻遍了自己发的微博，目光最后定格在那张愿望绳的照片上。

照片里有着各种不同的愿望。

考上好大学！

物理请善待我！

祝父母身体健康！

……

她拍下了最清晰的那一张，照片里那条绳子被风轻轻吹动，暖色的阳光洒在上面，是当初她写下的那句话。

只有路栩的名字，没有L。

陈喃看着那行字，释然般松了口气，屋子里的小朋友们大声闹着笑着。

她交到了很多朋友，有了一份很喜欢的工作，在好好生活。

你看，大家一切都好就好了，释怀与不释怀，已经没有那么重要了。

在路栩这本书完结的第十年，有粉丝登上微博发现，陈氧十年没有修改的主页简介被删除了，留下一片空白。

十几分钟后，新的一年零点。

陈氧注销微博了。

那个装满她暗恋记忆的微博，消失得一干二净，像是从没有存在过。

外边又下雪了。

她伸出手，够着空中的雪花，掉在手心里凉凉的。

一个夏天的心动，无数个春秋冬日的怀念。

长夜太漫长了，那只是遗憾只是执念。

记不清了，记忆里的那个少年，不再那么深刻了。

那赤忱又隐晦的喜欢，也该告一段落了。

陈喃抬起头，看着不远处的雪景，目光放远能看见亮着灯的教学楼，那是苏市一中。

她所有故事开头的地方。

那其实就是一段简单到不能再简单的往事，绘成故事都略显平淡。

既然是一场戏，总会有结束的时候。

这么多年，她一个人，将这场暗恋独角戏演到了极致，终于也迎来了退场落幕的那一天。

—番外完—

【路栩的视角】

/ 最热烈耀眼的一章 /

其实路栩对于高中的记忆，少之又少。

他高中是个什么样的人，如果要他来说的话，那就是离经叛道的那种男生。

在很多人眼里，他是优秀的，是耀眼的。

太多人只记得他在台上闪闪发光的样子，但是路栩想，那些温文儒雅的模样，和他还真不怎么搭边。他的确是成绩很好，高中三年蝉联年级第一，久而久之就被人记住了。

但很多喜欢他的人都不知道他那些不为人知的样子。

他也会颓废会沮丧，会因为家庭的原因生出放弃努力的念头。

他真不是个太好太优秀的人，高中那会儿执拗又脆弱。

过去那么多年，高中那段日子，他早就记不得太多了。

而温漾，是他那段青春里存在了很久的身影，往后的很多很多年也是如此。

二〇一〇年，路栩进到苏市一中念高一，作为中考第一名，他代表新生上台发言。

那天的阳光很刺眼，他几乎是眯着眼睛读完的稿子。

那天后，在苏市一中几乎没人不知道路栩这个名字。

新生典礼结束后，他下台后在后台休息，他有些头疼，揉了揉太阳穴。后来每次他被兄弟调侃那天的耀眼，他都觉得，自己是真的不喜欢那些活动。

也就是在这个时候，一个女生直直地走到他面前：“路栩同学，能不能加个联系方式？”

他掀开眼皮，淡淡地抬头一望。

是个长相很张扬明艳的女生，五官很精致很美，一身穿搭更是潮流。

一袭黑色短裙搭配一双长筒靴，有些微卷的黑色长发。

那个时候在多少人眼里，他是个不折不扣的好学生，而她，就是个艳丽的坏学生。

谁也没想到，这样的她，慢慢走进了他的心里。

他一开始不同意她加自己，可是躲不过她的软磨硬泡，最后还是加了。

她叫温漾，是他初中同一届的校友。

她一定是他见过的最热烈的女生，几乎天天不顾他冷漠的回复，也要死缠着他。

每天三次的问候，还有早晚饭从不忘记。

路栩想，没人不会被那样热烈的姑娘给攻略吧。

爱情就是勇敢者的游戏。

但是，后来他们也没有在一起。温漾因为家里出事在高三退了学，他们高中的最后一次见面，是在一个晚上，温漾哭得眼睛红肿，她说：“路栩，你要等我，我一定会回来的。”

他紧抿着唇，眼睛通红，他答应了。

温漾被父母安排出国，他开始回归平常的生活。

因为温漾的离开，他全身心投入学习，还用打球来麻痹自己。

高三下半年，他爸出轨闹离婚。

他开始叛逆走歪路，还在小巷子口帮了一个女生。

那个女生差点儿被欺负，他和那个女生聊了很多很多，也让他意识到，这些叛逆解决不了任何问题，他也算是走歪了一段路，被拉回来了。

高三毕业，他成为那一年的高考状元，他按照和温漾的约定，去了南大。

他和她终于在大学重新见面。

“路同学，好久不见！”她还是和当年一样，娇艳得像一朵红玫瑰。

他在她看不见的地方，悄悄红了眼睛。

和温漾重逢后，他向她告白，两人终于在一起。

他们的感情很顺利，工作的第四年，他和温漾订婚了。

在那个单身派对上，有高中同学突然询问起一个女孩子的名字。

好像是姓陈，但他没印象了。

那天回去后，不知道为什么温漾就拽着他，大晚上的一定要把一场采访看完。

他不知道原因，但愿意惯着她。

采访里的内容不少，路栩没记得太清。

只记得好像是一个作者，为了自己喜欢的男孩写了一本书，后来爆火了。

他不由得感叹："好执着的姑娘啊，不过也很厉害啊，为了喜欢的人写一本书。"

他笑了笑，温漾在背后盯着他的目光却有些湿润。

他不会知道了，他就是采访里提及的少年原型。

二〇二〇年，他结婚了，和青春里最爱的女孩子。

那个胆大的女孩。

婚后某一天，他妈在家里收拾他高中时的旧物，想把东西整理整理放到杂物间里去。

在翻书时候掉出了一封信来，他妈打电话给他让他回来。

那封信再打开，纸张已经泛黄。

路栩：

你好，临近毕业了，希望你看到这封信的时候，是在高考前。

这封信写写停停，到你手里的时候，是在五六月份了吧，想提前祝你高考加油。

听说你最近遇到了一些事情，但我想，一切都会变好都会过去的。

希望你不要难过，也不要陷入自我怀疑。

在我的心中，很多人的心中，你永远是篮球场上耀眼的11号少年，是领奖台上发光的路栩。

我想"耀眼"是你的代名词，你的优秀和努力让那束光变得更亮。

但就算抛下那些，你在我的心目中，仍是耀眼的。

那个令我瞩目的人，始终就是你，是你的温柔礼貌让我看到你身上的光。

你永远是我眼里，最好的少年。

很感谢你出现在我的青春里，成为我追逐了三年的目标，也谢谢你帮我解围，祝我勇敢。

最后也希望你能够注意身体。

雨天别再出去打球，回家记得泡个热水澡，免得感冒。

也记得打球小心，别再崴脚，冬天记得多穿些，不要生病……

请原谅我仍不能勇敢地留下我的名字，如果和你考上同一所大学，我一定会来认领的！

无论未来的日子里，我是否还能再见到你，我都祝你平安健康，年年如此。

岁月里最好的少年啊，愿你一路无灾无难，无风无浪。

信没有署名，看完后，路栩心底有些闷，除了感谢还是感谢。

于是他发了一条朋友圈，以表达感谢。

那天晚上，宋词屿难得地喊他出去打球。

两个人打球到凌晨，最后汗流浃背地倒在地上休息。

“怎么突然找我打球了啊？”他问。

宋词屿没有回答，只是笑了笑。他突然话锋一转提起：“你那封信，知道是谁写的吗？”

“怎么突然问这个？”路栩坐起来，摇了摇头，“不知道啊。”

“上面有写什么信息吗？”宋词屿心底了然，又有些哭笑不得，陈喃这家伙连名字都不敢留。

真是个胆小鬼。

“好像是，会和我考上一所大学。”路栩回忆着信上的内容。

时隔那么多年再看见那封信，他实在是感慨万分。

“应该说的是苏大吧。”他叹了口气，觉得有些不太好，“也不知道她有没有考上。”

要是考上了，路栩觉得自己罪过更大了。因为他……没有报考苏大。

“如果真的为了你考上了呢？说不定她现在还喜欢着你，为了你成为很好很好的人呢？你会怎么想？”宋词屿望向路栩。

路灯的微光照在路栩脸上，他的神色不明。

他拿起旁边的矿泉水喝了一口，稳了稳心神，语气很淡，又很认真：“那我希望她，能早点放下。”

又过了几年，他们结婚的房子要拆迁，他们便搬家了。

温漾整理着书架上的书，某一本书里掉出来很久之前的那封信，外边包起来的纸很早就坏了，路栩大概是拿了一张白纸折叠了一下，充当信纸包起来。

他没有扔掉信，也许从高中到大学，收到情书对他来说早就是件见怪不怪的事了。可是很少有人会在整封信里写满了对他的祝福，却只字不提喜欢，又好像每个字都在无声地诉说着。

他不知道该怎么处理这封信，就把它重新塞进了书里。

温漾捡起那封信无意中翻过来，才发现有一行很小的字：

你永远是我青春里最滚烫热烈的那一章。

他没有看见信背后的这一行字。

而那一封信，十几行字，承载着一个人的整个青春。

温漾认得这个字迹，心里明白是谁写的。

她抿了抿嘴，也没有打算告诉他。

她把那封信继续夹在了书里，一切秘密随着那个高中时代，戛然而止。

—完—

【后记】

/致“L”少年/

这个故事的起源和结束，都很平凡。

一个简单的日子里，我想起过去的暗恋，开始写下它。

又在一个深夜写完这个故事。

那天凌晨，我打开阳台的窗，吹了十几分钟的风，然后坦然地和这个故事说句再见。

而到底为什么会想到这个故事呢?

其实也很简单。

某天夜晚谈起暗恋，我刷了一个晚上的视频。

发现大家原来都是胆小鬼，然后萌发了写这个故事的想法。这个故事可能是我写文过程中最水到渠成的一本书，因为写完它的结局，就是一瞬间的事情。

写之前并不知道要写什么内容，可是写着写着就出现了被大家知道的一个故事。

也挺灵的，像是路栩和陈喃带着我写下去的。

这么一份暗恋的述说，没讲出口的喜欢，男主角最后的不认识，在写到结尾的一刹那，我开始后悔写了这个结局。可我无能为力，因为我觉得，那就是最好的结局。

敏感自卑的女孩，会长成优秀更好的人；温柔礼貌的男孩，会有一个好到所有人都觉得理所应当的结局。

说起原型，为什么要说这本书的主角太接近我，因为不只是我，还有他。

他太接近了，所有的一切，冬天他会感冒，他的手好看，他爱听周杰伦，他会下雨天出去打球，打球很容易受伤。

好像从来没有写过那么像他的人。

于是我说，谨以此文送给我的少年。

我说这是最接近我的暗恋故事。

好像遇见他后，我笔下的男主角，都为他镌写，都或多或少有他的影子。

和他的相遇，简单又平凡，心动于某一个夏天。

他用自己的伤疤安慰着我这个陌生人，他告诉我，未来很好。

我一直都记得，记得他投进三分球的臭屁样，记得八百米测试时他穿着明晃晃的运动服跑步的样子，也记得那年春天的操场，我心里默念着他的名字跑完了全程，累得瘫倒在地上被老师催促，眯着眼看到阳光下的他，拉着女朋友的手走远。

总在篮球场看见他的身影，总能看见他淋了一身雨，手里还是抱着个篮球，冬天遇见他很多次，会听到他的咳嗽声，会在做操时整个操场都找不到他的人影，四处打听才知道他生病去了医院挂水，然后我又开始等他回学校。

在篮球场上，会看见他打球不小心崴脚痛苦的神情，无数次投去担忧的目光，却在被朋友询问我是不是喜欢他时，而狼狈地说没有。

我总是不敢上前，是躲在角落的那个人。

后来一阵子执迷写L姓男主角这件事，也就把这个故事赋予给了陈喃。

所以路栩的大部分习惯也都是有迹可循的。

至于L是什么姓，我想和陈喃一样，谁也不用知道，我自己记得就好。

有人说人一生不要遇到太惊艳的人，否则连余生都不能善终，其实仔细想想，遇到也不要紧，只要是相遇就会有意义。

我想，遇见值得被铭记，错过也是。

所以记录下这个苦涩的暗恋故事。

每个人在青春时期或许都暗恋过一个少年，他耀眼瞩目，是那段枯燥的青春里最热烈的一笔。

但暗恋成真的人太少了。

如果说暗恋者注定不会拥有名字，那祝大家都勇敢。

希望下次，不要再当暗恋的胆小鬼了。

枝玖